판게아
- 시발바를 찾아서

판게아 - 시발바를 찾아서
The Pangaea

ⓒ하지윤 2021

초판 1쇄 발행 2021년 6월 25일

지은이 하지윤

펴낸곳 도서출판 가쎄 [제 302-2005-00062호]
주소   서울 용산구 이촌로 224, 609
전화   070. 7553. 1783 / 팩스 02. 749. 6911
인쇄   정민문화사

ISBN   979-11-91192-11-7 (44810)
       979-11-91192-10-0 (세트)

값   14,800원

www.gasse.co.kr
berlin@gasse.co.kr

The Pangaea

판게아 - 시발바를 찾아서

하지윤 지음

gasse·가쎄

차례

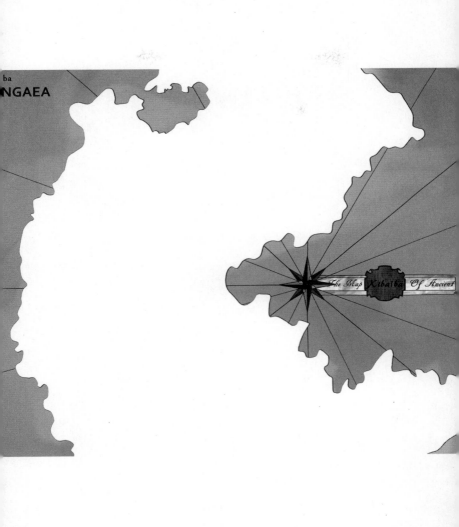

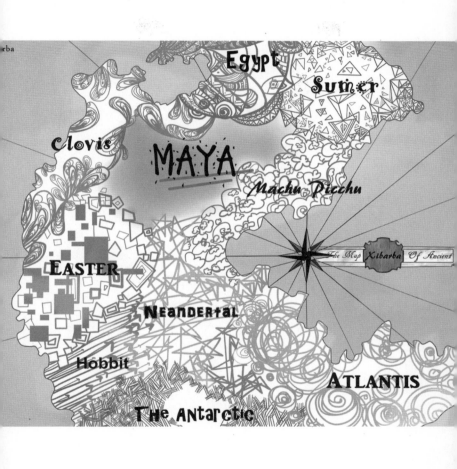

1. 뜻 모를 이상한 신호

"삐그덕... 삐그덕..."

수리는 삐그덕 소리가 거슬렸다. 단잠을 깨우는 고장 난 자명
종 소리처럼 계속되었다. 아무리 떨쳐버리려 해도 삐그덕 소리
는 멈추지 않았다.

"아이... 시끄러워 죽겠네..."

수리는 억지로 눈을 떴다.

눈살을 찌푸리며 주변을 두리번거렸다. 뭔가 이상했다. 사방
이 온통 하늘이고 구름이었다.

"앗!"

수리는 짧은 비명을 질렀다.

"내가... 내가... 아!"

수리는 하늘 한가운데 떠 있었다.

낯빛이 사색이 된 채 온몸을 바동거렸다.

"어? 이거 신기하네!"

수리는 가만히 있어 보았다.

마시멜로처럼 폭신폭신하고 탄탄한 공기가 몸뚱이를 잡고 있었다. 내친김에 팔다리를 야단스럽게 움직여보았다. 아무리 멋대로 움직여도 추락하지 않았다. 두 팔을 퍼덕거리며 슬쩍 날아보았다. 그런데 진짜 날 수 있었다.

"얏호~ 하하하! 끝내준다!"

수리는 탄성을 내지르며 방향도 없이 여기저기 마구 날아다녔다.

그러다 또 그 소리를 들었다. 삐그덕 삐그덕 소리였다. 수리는 하늘을 빙 둘러보며 소리의 출처를 찾으려 했다.

"저기 있었군... 바로 너였구나!"

수리는 너울거리는 구름계곡 너머로 격자 문양의 문을 발견했다.

문은 열렸다 닫혔다 반복하며 삐그덕 소리를 내고 있었다.

"문이 나에게 신호를 보내고 있는 것 같아... 흠... 그런데 저

문은 어디로 통하는 문일까?"

수리는 조심스럽게 문 쪽으로 날아갔다.

수리가 다가가자 문은 열린 채 더 이상 닫히지 않았다. 잠시 머뭇거렸다. 문 안쪽은 짐작도 할 수 없었다. 두려움이 밀려왔지만 금세 떨쳐버렸다.

"그래. 어차피 꿈일 거야... 꿈일 거야. 까짓거 꿈을 향해 돌진하는 거지 뭐."

수리는 자신을 세뇌하듯 되뇌며 두 손으로 문고리를 잡았다.

순간 문 안으로 순식간에 빨려 들어갔다. 문 안의 세상은 갓 내린 흰 눈 같은 여린 안개가 가득했다. 안개는 수리를 힘껏 껴안더니 부리나케 내달렸다. 수리는 도저히 눈을 뜰 수가 없었다. 눈을 꾹 감고 안개와 함께 달렸다. 드디어 안개가 멈추었고 수리를 놓아주었다. 수리는 그제야 눈을 떴다.

"아... 이건 말도 안 돼... 말도 안 돼..."

수리는 보고도 믿기 어려웠다.

높이 치솟은 고대 마야의 피라미드가 바로 앞에 있었다. 그 위용이 무척이나 당당했다.

"태양이... 무려... 다섯 개라니... 다섯 개..."

수리는 머릿속이 하얘지는 듯했다.

피라미드 꼭대기에는 다섯 개나 되는 태양이 있었다. 그런데 그 빛은 어쩐지 시들시들 희미했다.

"... 그렇다면 이건 꿈이 아닐지도 몰라..."

수리는 웜홀을 통해 외계 행성에 도달했다는 생각까지 들었다.

"... 아니지 아니야. 시간을 거슬러 고대 마야에 왔다 해도... 도통 말이 안 돼. 고대 마야라면 태양이 다섯 개일 리 없으니까. 그렇다면 여긴 도대체 어디일까?... 도저히 모르겠어."

수리는 고개를 가로저으며 중얼거렸다.

그사이 천여 개의 계단을 장착한 피라미드는 바짝 다가와 있었다. 수리는 엉겁결에 한 발 뒤로 물러났다. 그때였다. 난생처음 보는 형태의 비행체가 수리를 빠르게 스쳐 갔다. 가자미처럼 생기기도 했고 장어처럼 생기기도 했는데, 이랬다저랬다 형태를 바꾸는 신기한 비행체였다. 비행체는 투명했고 그 내부가 훤히 들여다보였다.

"누구지?... 나를 아는 것 같아..."

수리는 비행체 안에서 자신을 향해 웃고 있는 한 남자를 보았다.

어디선가 본 듯한 남자였다. 낯이 익었다.

피라미드 계단은 더 가까이 다가와 있었다. 이제 수리가 한 발만 내밀면 계단을 밟을 수 있었다.

"그래... 어차피 돌진이다. 수리 돌진."

수리는 자신을 향해 선전포고를 하며 피라미드의 계단을 오르기 시작했다.

"1, 2, 3, 26, 45, 89... 108... 435... 624..."

수리는 수를 세며 계단을 올랐다. 오르고 있는 동안 전혀 힘들지 않았다. 신기한 비행체는 어느새 다시 나타나 수리를 호위하듯 빙글빙글 돌았다. 비행체 안의 남자는 수리를 향해 계속 웃었다. 혈연 지간만이 느낄 수 있는 묘한 끌림이 있었다.

"899... 954... 드디어 다 왔다. 만세다. 만세."

수리가 만세를 외치며 꼭대기에 발을 내디뎠다.

순간 다섯 개의 태양이 수리의 몸을 빠르게 먹어 치웠다. 다섯 개의 태양은 수리를 품은 채 불덩이가 되어 타올랐다. 조금 전까지 희미했던 다섯 개의 태양은 점점 그 빛이 뚜렷해지더니 거대한 불덩이로 변해갔다. 문득 불덩이 사이에서 수리가 툭 튀어나왔다. 다섯 개의 태양을 뚫고 우뚝 올라섰다. 또 하나의 태양이 된 것이다. 이제 여섯 개의 태양이 되었다. 까마득한 저 아래 땅에서는 고대 마야 원주민들의 주문이 시작되었다. 여섯 개의 태양을 향한 경배였다.

"시발바... 시발바... 시발바..."

"시발바..."

수리는 홀린 듯이 시발바라는 말을 따라 했다. 그러자 날개를 단 것처럼 자유롭던 몸뚱이가 돌덩이처럼 무거워지더니 아래로 떨어지기 시작했다. 엄청난 불덩이가 추락하기 시작했다.

"아아아!"

수리는 괴성을 질렀다.

그러다 엄청난 괴력을 지닌 어떤 물체가 자신의 뒷머리를 강타하는 걸 느꼈다. 뒷머리가 깨질 듯이 아팠다.

"아... 이건... 소후두신경자두통...인가?... 으아아..."

수리는 고통스런 나머지 자신의 머리를 쥐어뜯었다.

수리의 머리를 강타한 건 골리 선생님의 특별한 대가리망치였다. 말레이시아 고무나무의 질긴 고무를 망치 대가리에 덕지덕지 붙여 만든 것으로 한 대라도 맞은 사람은 정신 이상을 일으키고 만다는 어둠의 전설을 지닌 무기였다.

"수리이~"

골리 선생님의 고함소리가 온 교실을 돌아다녔다.

수리는 용수철처럼 튕기듯 벌떡 일어났다. 입가엔 침 딱지가 분명한 이물질이 말라붙어 있었고 유난스레 엉망이었던 곱슬머리는 오늘따라 미친놈 산발이었다.

"내 수업 시간에 감히 잠을 자? 감히, 잠을 잔다는 것은 날 선생님으로서 무시할 뿐 아니라 여자로서 무시하는 것과도 같다...고 항상 강조했었지. 수리, 각오는 됐겠지?"

골리 선생님은 이빨을 드러내며 으르렁거렸다.

브라키오사우루스라는 순한 초식 공룡 이름으로 불리는 캐릭터와 도무지 어울리지 않았다. 학생들 사이에서 남자 살상용 면상을 가졌다고 놀림을 당하기도 하는 39세 노처녀 골리 선생님의 현재 면상은 성별을 떠나 그 누구라도 살상이 가능했다.

"흠... 머리를 굴려야 해... 살아나가야 한다. 반드시..."

수리는 자신의 머리통을 툭툭 때렸다.

호랑이굴에 들어가도 정신만 차리면 살아남는다는 풍월은 있어서 일단 눈부터 부릅떴다. 그리고 머리카락 사이로 두 손을 집어넣고 마구 헝클었다. 입에서 푸아악 물만 뿜어대면 완벽한 망나니였다.

"나... 타격 왔어... 심각하게... 반성 없는 저놈의 정체성..."

골리 선생님은 뒷목을 잡았다.

교실 안 학생들은 웃음을 참느라 얼굴이 붉으락푸르락이었다.

"근데요. 잠시 여쭐 게 있는데요. 제가 무슨 죄를 지었는지...
수업 시간에 잠 좀 잤다고 해서 죄는 아니잖아요?"

수리는 뻔뻔하다 못해 사탄이라도 빙의한 듯했다.

학생들은 고삐가 풀린 망아지처럼 웃음을 터트렸다. 난리법
석이었다.

"괜히 깨웠나 봐..."

"몽유병 환자는 깨우는 게 아니라니까. 대가리망치에 죽을
수 있거든..."

학생들은 저마다 한마디씩 했지만 수리를 동정하지는 않았다.

"수리..."

골리 선생님은 비장한 각오를 했다.

학생들이 웃건 말건 구르건 말건 대가리망치를 보란 듯이 들
어 보이며 비정한 비웃음을 날렸다.

"다시는 맞지 않으리라... 난 굳게 결심해 본다."

수리는 속으로는 겁이 났지만 아닌 척 활짝 웃었다.

"오늘은 또 무슨 타령을 하시려나? 혹시 마야? 또 이런저런

이빨이나 풀면서 구사일생으로 살아나 보시겠다? 이런 개수작이지? 너, 나한테 맞는 걸 영광인 줄 알아야 해. 장담하건대 네가 이 대가리망치계의 또 하나의 전설이 될 것이다. 아마 네 친구들이 성지순례 오게 될 걸?"

골리 선생님은 수리의 웃음을 보자 더 화가 나서 위협을 했다.

"사비... 마루..."

수리는 두리번거리며 친구 사비와 마루를 찾았다.

"미안해... 수리야."

사비와 마루는 다른 묘안이 떠오르지 않았다.

수리는 입이 바짝바짝 타들어 갔다. 조금 전의 호랑이굴에서도 살아서 나가겠다던 그 용기는 사라지고 없었다. 오금이 저렸다.

"오늘은 고대 마야에서 희한한 미확인 비행물체라도 보고 오셨나?"

골리 선생님은 비아냥거렸다.

"아니... 서...선생님... 어...어...떻게... 어떻게 아신 거예요?"

수리는 놀라서 말까지 더듬었다.

"저...진...진...짜... 고대 마야... 꾸...꿈을..."

수리는 도중에 입을 다물었다.

꿈을 꾸었다는 것은 잠을 잤다는 것을 인정하는 꼴이었다.

"선생님 정말 대단한 혜안이십니다. 제가 고대 마야에서 희한한 비행체를 보았습니다. 이건 꿈이 아니라 사실입니다. 선생님."

수리는 손뼉을 쳤다.

골리 선생님은 느닷없이 헤드뱅잉을 시작했다. 로커처럼 미친 듯이 머리통을 돌렸다. 학생들은 수리를 놀리는 건지 골리 선생님을 놀리는 건지 헤드뱅잉을 따라 하기 시작했다. 교실은 그야말로 공연장을 능가하는 로큰롤 포스가 넘쳐났다. 골리 선생님이 느닷없이 헤드뱅잉을 멈추었다. 학생들도 따라서 멈추었다. 눈을 희번덕이게 뜨더니 대가리망치로 수리의 책상을 우악스럽게 내리쳤다. 책상은 뿌지직 금이 가더니 폭삭 주저앉아버렸다. 수리는 자신의 몸이 금이 가며 폭삭 주저앉은 것처럼 온몸을 부들부들 떨었다.

골리 선생님은 수리에게 더 가까이 다가갔다. 눈동자는 이제 완벽하게 흰자위만 남아있었다. 수리는 골리 선생님이 어쩌면 좀비일지도 모른다는 생각까지 했다. 그러지 않고서야 검은 눈동자를 전혀 허용하지 않는 완전무결한 저따위 흰자위는 존재할 수 없었다.

"선...선생님. 제가 실수한 건 인정할게요. 제가 꿈을 꾼 건 절대 아니에요. 왜냐하면 잠을 잔 게 아니니까요. 그러니까 이건 일종의 계시? 맞아요. 계시, 전 계시라고 확신합니다. 하하하... 우리 선생님... 아름다운 선생님..."

수리는 변명을 늘어놓았다.

대가리망치로부터 자신이 살아날 수 있기를 간절히 바랐다.

교실 안은 싸늘한 정적이 감돌았다. 폭풍전야의 아슬아슬한 고요였다. 학생들의 웃음소리도 거짓말처럼 멈추었다. 그때였다. 우지끈 우지끈 둔탁한 소리가 났다. 골리 선생님이 폭삭 주저앉아 버린 수리의 책상을 큰 발로 지근지근 밟고 있었다. 책상을 잘게 다지듯 부수고 있었다. 수리는 몸뚱이가 짓밟히며 다져지는 듯 온몸을 움찔거렸다.

"절대 용서 못해. 절대 용서 못해!"

골리 선생님은 이를 바드득바드득 갈면서 소리쳤다.

심하게 갈았는지 이빨 한 조각이 툭 튀어나왔다.

"선생님. 선생님 진정하세요. 이렇게 터무니없이 섬세하게 사시면 안 돼요. 그래서 애인이 안 생기는 거예요. 선생님. 캄다운, 릴렉스... 진정... 진정..."

수리는 막말을 뱉었다.

골리 선생님의 대가리망치가 높이 솟아올랐다. 수리를 비롯한 모든 학생들의 눈도 높이 치솟았다. 바로 그 순간, 골리 선생님은 열렬하게 짝사랑하는 베로 선생님을 발견했다. 오메가고고학교의 초절정 꽃미남 베로 선생님이었다. 그림을 그린 듯한 베로 선생님의 외모는 원판 변형설과 의사 성형설을 탄생시키기도 했다. 골리 선생님은 어느새 대가리망치를 내려놓고 베로 선생님을 향해 쪼르르 달려갔다. 그러더니 베로 선생님의 옷에 먼지라도 묻은 듯 손으로 살살 털어냈다. 부끄러운 듯 볼이 빨갛게 달아올랐다. 수리는 깊은 한숨을 내쉬면서 힘없이 스르르 주저앉았다.

"수리? 고대 마야라고?"

유키는 수리를 향해 손가락 욕을 날렸다.

오메가고고학교 이사장의 아들이었고 전교 1등의 모범생으로, 다른 한편으로는 일진으로 전혀 상반된 극과 극의 삶을 살고 있는 이중인격자였다.

"이미 옛날 옛적에 갑자기 망해버려서 돌덩이만 남은 곳을 다녀왔다고? 하하하, 얘들아 웃기지 않니? 그것도 수업 시간에 잠이나 처자다가 개꿈 꾼 것을 계시라고 나불거리는 넌 도대체 뭐냐? 신형 루저냐?"

유키는 파괴적인 언사를 나불거렸다.

학생들이 웅성대기 시작했다. 대부분 유키에게 동조하고 있었다.

"무식하면 말을 마라. 망했다고 누가 그래? 네가 직접 봤냐? 고대 마야인들은 아직도 지구상 어딘가에 살고 있어. 우리 아빠가 분명히 말씀하셨거든? 참나, 하하하!"

수리는 어처구니없다는 듯이 웃었다.

"넌 바보 종합세트구나. 너희 아빠? 고대 마야 연구에 미쳐서 네 엄마한테 이혼당한 바로 그 아빠? 하하하. 게다가 하늘로 솟았는지 땅으로 꺼졌는지, 사라졌다며? 혹시, 사망하신 건 아닐까? 하하하!"

유키는 수리의 부모를 저격했다.

"나쁜 놈... 패드립이라니..."

수리의 얼굴이 시뻘게졌다.

"고고학계는 치열한 전쟁터 같은 곳이야. 운 좋은 천재들만이 살아남는 곳이라고! 누가 부전자전 아니랄까 봐. 하하하! 고고학에 대해서는 쥐뿔도 모르는 한심한 놈이, 고대 마야가 어쩌고 어째?"

유키는 공격을 멈추지 않았다.

"유키, 고고학에 대해서 쥐뿔도 모르는 한심한 놈은 너 같은데? 넌 학교 이사장인 아버지의 힘만 믿고 공부는 쥐뿔도 안 하는 등신 놈이잖아? 안 그래?"

수리도 결코 지지 않았다.

"내가? 전교 1등이? 공부를 쥐뿔도 안 해? 하하하... 어이가 없네..."

유키는 수리를 향해 또 손가락 욕을 날렸다.

"전교 1등? 너, 문제지와 답안지를 미리 본다는 소문이 아주 파다하던데? 너의 아버지가 개입된 것은 아닐까... 합리적인 추측을 해본다. 하하하!"

수리도 유키에게 손가락 욕을 날렸다.

"수리, 감히 선을 넘네? 좋아. 맞짱 뜨자. 네가 지면 오메가고고학교를 스스로 나가는 거다. 콜?"

유키가 수리를 도발했다.

"선은 네가 넘었지. 딜."

수리는 유키의 결투를 받아들였다.

"이 힐러몬스터 도마뱀에게 물려 죽을 놈아아아!"

수리는 유키에게 곧장 달려들어 패기 시작했다.

학생들이 우르르 몰려나와 환호성을 지르며 유키를 응원하기 시작했다. 평소에도 유키에게 맞고 살았기 때문에 두려워했다.

"유키! 유키! 유키! 유키! 우리의 호프 유키! 유키!"

학생들은 유키를 노골적으로 응원했다.

수리는 학생들이 유키 편을 들자 화가 더 치밀었다.

"유키, 에잇, 죽어라."

수리는 유키에게 올라타 닥치는 대로 주먹질을 했다.

유키는 숨을 꼴깍거렸다. 코와 입에서 피가 줄줄 흘렀다.

그때 유키의 일진 친구들이 나타났다. 그들은 묻지도 따지지도 않고 수리를 작살내기 시작했다.

"주먹 쥐고 불끄으은."

수리는 치열한 격전지의 패잔병처럼 있는 힘을 다해 소리 질렀다.

수리의 친구 사비와 마루가 구원투수로 등장했다. 사비와 마루는 수리를 도와 함께 뒹굴며 싸웠지만 싸움 실력이 동네 코흘리개 수준이었다. 게다가 중과부적이었다.

"숨을 못 쉬겠어."

마루는 헉헉거렸다.

마루는 바닥에 깔려 압사당하기 직전이었다. 난장판인 교실 안에 수업 종이 요란하게 울렸다, 하지만 아무도 듣지 못했다.

"가만 안 둔다. 이놈들."

수리는 유키의 일진 친구들에게 깔려있으면서 팔을 뻗어 아무거나 잡았다.

그리고 젖 먹던 힘까지 다해 유키에게 던졌다. 그런데 수리가 잡은 것은 야구공이었고 야구공은 유키가 아닌 교실 유리창을 향해 날아갔다, 유리창은 와장창 큰소리를 내며 깨졌다.

"아니... 이러면 안 되는데!"

수리는 유리창 쪽을 바라보았다.

깨진 유리창이 문제가 아니었다. 오메가고고학교의 모든 선생님들이 복도에 서 있었다. 선생님들은 최전방을 사수하려고 도열해 있는 마지막 군대와도 같았다. 그 이열종대의 자세가 수리와 사비, 마루의 기세를 확 눌러버렸다. 선생님들은 수리와 사비, 마루를 무섭게 노려보고 있었다.

"너희들, 수리, 사비, 마루... 주먹 쥐고 불끈."

선생님들이 동시에 소리쳤다.

수리 쪽을 향하여 전진하기 시작했다. 수리의 얼굴은 흙빛으로 바뀌었다. 하지만 사비와 마루가 선생님들보다 빨랐다. 삼엄한 포위망을 뚫고 수리를 둘러메고 교실 밖으로 도망쳤다.

수리는 코피가 터져서 얼굴이 엉망진창이었고 여기저기 긁힌 자국투성이였다. 사비가 수리의 얼굴을 닦아 주었다. 수리의 눈에 눈물이 글썽였다.

"난 고대 마야에 갔다 왔다고. 내가 갈릴레오처럼 평생 가택 연금이나 당해야겠냐고? 그것보다 더 화가 나는 건 우리 부모를 모욕한 거야. 유키, 그 자식... 언젠가는 죽이고 말 거야."

수리는 울먹였다.

"그래. 맞아. 그건 너무 심했어. 절대 부모 욕을 하는 건 아니지. 나쁜 놈."

사비도 속이 부글부글 끓었다.

"그런데 진짜 꿈이야? 아니면 계시야?"

마루는 궁금했다.

"꿈인 듯한데... 절대 꿈은 아니야. 그건 계시가 맞다고. 더구나

난 시발바라는 소리를 분명히 들었어. 시발바. 시발바."

수리는 시발바를 반복했다.

"시발바? 어째 욕 같은데?... 하하하..."

마루는 웃음을 터트렸다.

"시발바? 고대 마야에 있다고 알려진 곳이잖아? 세 아빠가 가신 곳이기도 하고..."

사비가 화들짝 놀랐다.

"그렇다면 세 아빠가 신호를 보내고 있는 게 맞아. 확실하다고."

사비는 확신했다.

"사비야. 넌 어쩜 이렇게 똑똑하냐? 아니면 멍청하거나? 하하하... 무슨 신호를 꿈으로 보내냐? 너희들 둘 다 돌았냐? 하하하..."

마루는 수리와 사비를 놀렸다.

"야, 마루. 함부로 말하지 마라. 내 여자니까..."

수리는 사비의 어깨에 손을 얹었다. 사비도 싫지 않은 듯 가만있었다.

"어, 너희들. 냄새가 나네. 연애 냄새. 하하하..."

마루는 손 하트를 그리며 웃었다.

"세 아빠는 뭘 알리려고 그러는 걸까? 구조 신호일까?"

사비는 미간을 찌푸렸다.

"구해달라고 아우성치는 소리를 보내는 것일 수도 있잖아? 지구를 구해달라고?... 하하하..."

마루는 장난처럼 떠들었다.

"지구를 구해달라고? 그게 시발바랑 무슨 상관인데? 아이고... 마루야..."

사비는 마루의 뒤통수를 때렸다.

"하여튼 시발바라는 소리는 분명히 들었어... 그러니까 고대 마야로 떠난 세 아빠와 관련이 있는 거야. 내 말이 맞다고 얘들아. 날 좀 믿어줘. 내가 선생님들 말은 안 들어도 너희들 말은 듣잖니?"

수리는 사비와 마루를 설득했다.

"말은 제대로 하자. 엄마 말도 안 듣지."

사비가 일침을 놓았다.

"우리 학교 다니지 말자."

마루가 폭탄선언을 했다.

수리와 사비가 놀란 눈으로 마루를 보았다

"이런 식으로 무시당하고 계속 다닐 순 없잖아?"

마루는 툴툴거렸다.

"너 또 사고 칠래? 어휴... 어휴..."

수리가 한숨을 푹푹 쉬었다.

"학교에선 애들뿐 아니라 선생님들까지도 우리를 이상한 애들로 취급하고 있긴 해."

사비는 마루 편을 들었다.

"수리는 부모가 이혼했다고 놀림당하고 나는 부모가 별거 중이라고 놀림당하고 사비 너도 그렇고... 진짜 못 다니겠어. 더럽고 치사해."

마루는 얼굴을 잔뜩 찌푸렸다.

"하긴 오메가고고학교. 고고학교가 아니라 고리타분이다."

수리는 바닥에 뒹굴던 깡통을 신경질적으로 차버렸다.

깡통은 날아가서 학교 정문을 통과하던 수리 엄마의 얼굴을 때렸다. 수리 엄마의 얼굴이 벌게졌다. 뒤를 이어 사비 엄마가 나타났고 그 뒤를 이어 마루 엄마도 나타났다.

"벌써 골리 선생님이 엄마들한테 일렀나 봐... 이제 죽었다. 아이씨... 뚱땡이... 노처녀... 공룡... 브라키오사우루스..."

수리는 금세 풀이 죽었다.

수리 엄마가 수리 앞에 당도했다. 수리를 한참 노려보고는 그냥 지나갔다. 다음으로 사비 엄마와 마루 엄마도 사비와 마루를 한참 노려보고는 그냥 지나갔다.

"우리, 가출하자"

세 아이들은 있는 힘을 다해 학교 정문을 빠져나갔다.

유키 엄마는 학교 운영위원장이자 이사장 부인이었다. 그 권력으로 오메가고고학교 교장 선생님을 구워삶았다. 수리는 10일간의 정학 처분을 당했다. 사비와 마루는 근신 처분을 당했다.

수리 엄마는 유키의 치료비를 물어 주는 데 합의했고 유키 엄마에게 정중한 사과까지 해야 했다.

2. 새로운 단서들

세 아이들은 온종일 그들의 아지트인 오리온에 죽치고 있었다. 그곳은 무선통신 동호회 활동을 하는 수리, 사비, 마루의 비밀 장소였다. 햄 라디오를 통해 전 세계 동호인들과 각종 소식을 주고받았다. 그런데 오늘따라 이상한 신호가 계속 들어오고 있었다.

'4/5. 04:15 여기는 아파치. 빨리 와서 지원 바람'

신호는 연이어 끊이지 않고 들어오고 있었다.

'4/5. 04:30 여기는 아파치. 신호가 들리는가? 긴급구조 요청.

비행기가 추락했다. 나의 이름은 마리다'

'4/5. 04:45 다시 반복하겠다. 1967년 4월 5일 나는 플로리다 근처 바다에 추락했다. 구조 바란다. 제발 구조 바란다'

"아파치라면 1967년에 버뮤다 해역에서 사라진 바로 그 유명한 경비행기잖아? 그렇지? 맞지? 와, 이거 대박인데? 그렇긴 한데…"

수리가 고개를 갸우뚱했다.

사비와 마루도 갸우뚱하며 신호에 귀를 기울였다. 그런데 더 이상 어떤 신호도 오지 않았다.

"맞아… 그 경비행사 조종사가 억만장자의 딸이었고 마리라는 이름의 여자였잖아?"

마루는 아는 정보를 총동원하며 호들갑을 떨었다.

"그때 대단했다면서? 수조 원의 유산 상속녀가 실종되자 수없이 많은 구조 비행기를 그 바다로 보냈는데 구조 비행기마저 단 한 대도 돌아오지 않았다잖아?… 더 오싹한 건 비행기 잔해도 시신 일부도 전혀 발견하지 못했다는 거…"

사비는 겁먹은 표정이었다.

"얘들아. 우리, 미르 형한테 한 번 알아보자. 우리가 신호를 받았다면 미르 형도 받았을 거 아냐?"

수리는 햄 동호회 회장인 미르 형에게 신호를 보냈다.

세 아이들의 눈빛이 호기심으로 반짝였다. 그런데 이상한 일이 벌어졌다. 미르 형은 온종일 햄 라디오 앞에 앉아서 각종 소식을 주고받았지만 그런 이상한 신호는 받지 못했다는 것이었다. 수리가 또다시 설명을 보냈지만 미르 형은 아예 믿지도 않았다. 수리의 장난이라고 여겼다.

"시간은 지구에서만 앞으로 흘러. 이 신호는 지구의 시간 체계를 벗어난 곳에서 온 거야."

수리는 순간 소름이 돋았다.

시간 저편 어딘가에서 보내진 이 무선 신호가 이상하게도 자신의 꿈에서 보았던 계시와 연결된 것 같다는 느낌을 떨칠 수가 없었다. 사비는 벌써 자신의 긴 머리를 포니테일로 묶더니 가방을 챙겼다.

"지구를 벗어나면 시간은 앞으로도 흐르고 뒤로도 흘러. 빙빙 돌아. 결국 원점으로 돌아오지."

수리도 자신의 백팩을 등에 멨다.

"뭔 소리야? 하여간 난 뭔지 모르겠지만 괜히 재미있는 일이 벌어질 것 같네. 진짜야. 그런데 배가 고프네... 하하하..."

마루는 입맛을 쩝쩝 다셨다.

"으이그. 저 식충이. 먹다가 돌아가실 놈."

수리가 약을 올렸다.

"뭐어? 이런 환란과 핍박을 받으실 놈."

마루는 혀를 날름 내밀었다.

수리와 사비, 마루는 일단 세 아빠들의 연구실로 향했다. 물론 엄마들 모르게 가야 했다. 세 엄마들의 허락 없이 연구실로 가는 것은 엄마가 지배하는 나라에서는 중범죄였다. 카툰연구소 앞에 당도한 수리는 문을 두드렸다. 세 아빠들이 사라진 이후 처음 방문이었다. 수리는 다시 문을 두드렸다. 기척이 있을 리 없었다. 수리는 아빠가 예전에 알려준 비밀번호를 눌렀다. 비밀번호는 5위날 18툰이었다. 이 암호를 풀어 조합해 보니 460이라는 숫자가 나왔다. 연구소 문이 철컥 소리를 내며 열렸다.

연구소는 밖에서 보면 그냥 평범한 건물이었지만 안으로 들어가면 전혀 다른 세상이자 우주가 펼쳐졌다. 카툰연구소는 고대 마야 파칼 왕의 무덤인 비문의 사원 내부와 똑같이 만들어져 있었다. 고대 마야에 도착했다고 착각 할 정도로 시공간을 초월한 놀라운 공간이었다. 연구소는 세 아빠들이 어디론가 급히 떠난 것처럼 몹시 어지럽혀져 있었다. 수비와 사비, 마루는 연구소 곳곳을 돌아다니며 단서가 될 만한 것들을 찾기 시작했다.

세 아이들은 고대 마야 파칼 왕의 관 모조품 앞에서 걸음을 멈추었다. 모조품이라고 해도 세속을 넘어선 그 아름다움은 현재의 과학과 기술을 능가하는 결정체였다. 파칼 왕의 관 위로는 세 아빠들이 늘 침을 튀기며 일장연설을 하던 그림 돌판이 있었다.

"이것 봐, 얘들아. 이 그림 돌판의 주인공인 고대 마야인은 마치 현대 우주인과도 같은 복장을 하고 있지? 봐봐, 보이지? 머리에는 헬멧을 쓰고 있고 이 우주선 좀 봐. 매우 복잡한 형태의 우주선으로 보이지? 게다가 이 고대 마야인이 밟고 있는 발밑을 보라고. 이건 가속페달 같은 게 아닐까? 그리고 그 아래 이건... 이 장치는 핵융합 장치일 수도 있어. 아, 얼마나 흥분되는지... 이 그림 돌판이 처음 발견되었을 때 세계의 학자들도 저마다 한마디씩 했지. 고대 마야인들이 우주선을 발명했었다고 말이야. 하지만 곧 이런 얘기도 식사 자리의 수다처럼 사라지고 말았어. 현대 인간의 자존심이 이를 받아들일 리 없었으니까.”

수리와 사비, 마루는 이 그림 돌판을 뚫어져라 보았다. 그런데 마루의 배에서 꼬르륵 소리가 났다. 모두 웃기 시작했다. 데굴데굴 구르며 웃었다.

세 아이들은 서로 어깨동무를 하며 빛의 방으로 들어갔다. 빛의 방은 조명이 은은하게 빛났고 바닥은 큰 지도였다. 그리고 최첨단 대형컴퓨터가 있었다. 기존의 컴퓨터와 비교하면 가히 빛의 속도라고 할 만한 슈퍼컴퓨터였다. 아이들이라면 누구나 환장할만한 게임 CD가 가득했고 대형냉장고엔 먹을 것이 가득했다. 배가 고파진 수리와 사비, 마루가 냉장고의 음식을 모조리 꺼냈다. 수리는 햄과 빵을 먹었고 사비는 복숭아 통조림을 먹었고 마루는 누들을 먹었다.

아이들은 약속이나 한 듯이 열광적으로 게임에 몰두했다. 게임의 원형질만 존재하는 공간이었다. 게임하다가 지치면 푹신한 소파에서 쉬거나 잠이 들었고 배고프면 먹고 또 먹었다. 바나나, 딸기, 키위, 멜론, 석류, 앵두, 크랜베리와 탄산수, 과일주스 등 먹을 것이 넘쳐났다.

"천국이 별거야? 여기가 바로 천국이지."

수리는 트림을 했다.

"천국이 여기라고? 지구상에 천국이 여기 한 군데라면 지구인들이 무척 섭섭할 텐데? 여기 들어올 수 없는 나머지는 모두지옥에 사는 거잖아? 하하하..."

마루는 배를 두드렸다.

"그렇지 그렇지. 흠 그렇다면 천국은 고대 마야다. 하하하..."

수리는 절로 웃음이 나왔다.

세 아이들은 각자 미소를 지었고 서로의 미소를 쓰다듬었다.

"이제, 우리 그만하자. 우린 아빠들을 찾아야 하잖아?"

사비는 수리와 마루를 번갈아 보았다.

수리, 사비, 마루는 각자 한 구역씩 맡아 연구소를 뒤지기 시작했다. 세 아빠들과 연락이 끊긴 지는 꽤 오래였다. 수리는 고고학자인 아빠 요한슨 박사의 책상을 뒤졌다. 사비는 물리학자아빠 허블 박사의 책상을 뒤졌다. 마루는 천문학자 아빠 휠러박사의 책상을 뒤졌다. 한참 지나서 세 아빠가 남긴 메모지 한장을 발견했다. 메모지에는 이렇게 씌어있었다.

'우리는 급히 시발바로 떠난다. 12박툰 19카툰 16툰 10위날

"시발바? 그래 역시 시발바야. 내 말이 맞잖아? 이제 내 말 믿지? 꿈이 아니고 계시라고. 그러니까... 세 아빠들은 고대 마야의 시발바에 있는 게 확실해. 그런데 이 숫자는 또 무슨 의미지?"

수리는 의기양양했다.

"글쎄... 고대 마야의 역법을 사용한 건 분명해... 확실하다고."

사비는 자신했다.

"... 뭘 의미하는 숫자라는 거야?"

마루는 아무리 봐도 알 수가 없었다.

"지금 당장 정확하게 말할 순 없지. 아무튼 엄청 중요한 암호일 거야. 우리들에게 남긴 이유가 있을 테고. 이 메모지를 챙기자. 단서일 테니까."

수리가 엄지손가락을 세웠다.

수리가 메모지를 챙기는 순간 메모지 밑에 있던 오래된 색감의 비밀지도가 하나 나타났다. 기계로 찍어낸 것이 아니라 직접 손으로 그린 지도였다. 수작업으로 그린 지도라 그런지 투박했지만 상당히 정교했다. 그런데 지도에는 북미와 남미 사이,

북대서양 서쪽의 어떤 해역에 커다랗게 동그라미가 그려져 있었다.

"버뮤다 트라이앵글 아냐? 맞지?"

수리는 역대급 발견이라도 한 듯 들떴다.

"맞아. 맞아. 버뮤다야. 그 유명한 버뮤다."

사비도 눈빛을 빛내며 말했다.

"그런데 여기엔 섬이 하나 있어. 잘 봐. 얘들아, 여기 좀 보라고."

수리가 지도의 한 지점을 손가락으로 가리켰다.

"제로섬이라고 씌어 있어. 그런데 한 번도 들어본 적이 없는 섬이야."

수리가 고개를 갸웃거렸다.

"그런데 말이야. 이거이거 위도와 경도가 5125와 5200? 이게 말이 되는 거야?"

마루는 의문을 달았다.

"하여튼 이런 위도와 경도는 절대 없어. 어떻게 된 거지? 한 번 찾아보자. 어서."

사비는 서둘렀다.

세 아이들은 빛의 방 바닥에 깔린 큰 지도를 들여다보았다.

무릎으로 기어 다니면서 제로섬을 찾았다. 하지만 플로리다 연안에서 대서양 서쪽을 온통 뒤져 봐도 제로섬이라는 이름의 섬은 없었다. 또 다른 곳에 제로섬이 존재할지도 모른다는 생각에 모든 대륙과 바다를 뒤졌다. 마찬가지였다. 제로섬은 없었다. 수리와 사비, 마루는 각자 슈퍼컴퓨터로 검색을 시작했다. 한참이 지나서야 세 아이들은 자리에서 일어났다.

"그런 섬은 세상에 없어. 제로섬은 없다고."

수리는 몹시 실망했다.

"그래, 없어. 그래서 제로라고 한 거 아닐까? 섬이 존재하지 않는다는 의미 말이야."

사비도 지쳐 있었다.

"맞아. 이 세상엔 없는 섬이야. 그래서 제로섬인 거지. 맞아"

수리는 인정할 수밖에 없었다.

"수리야. 너 돌았냐? 그걸 말이라고 하는 거야? 참나... 네 말이 맞다고 하자. 이 세상에 없는 섬을 도대체 우리가 어떻게 찾아? 그리고 세 아빠들이 이 세상에 없는 제로섬에 갔다는 얘기야?"

마루는 혀를 끌끌 찼다.

"동그라미를 그린 곳이 버뮤다 트라이앵글 맞는데, 아무도 버뮤다 트라이앵글로 일부러 갈 수는 없어. 그냥 우연히 들어

가게 될 뿐 아니라 엄청난 힘에 의해서 빨려들어 간다고... 정말 모르겠어... 모르겠다고."

사비는 고개를 절레절레 흔들었다.

"그럼 제로섬은 뭐고 시발바는 또 뭐야?... 어휴 답답해."

마루는 주머니칼을 꺼내 들었다.

지도의 제로섬 지역을 주머니칼로 도려냈다. 순식간의 일이었다.

"하여간 넌, 넌... 어휴... 사고뭉치."

수리는 마루의 뒤통수를 쳤다.

세 아이들은 연구소 자료들을 뒤지기 시작했다. 시발바는 죽음의 신이 사는 동굴의 명칭이었다. 이 동굴에서 제물로 바쳐졌던 고대 마야인들의 많은 유골과 많은 방들이 발견되기도 했었다. 고대 마야인들은 시발바를 통해서 영원의 세계로 갈 수 있다고 믿었다. 고대 마야인들이 말하는 영원의 세계가 어디인지 아무도 몰랐다. 수리와 사비, 마루는 열띤 토론을 벌였다. 그리고 시발바와 제로섬이 분명히 연관이 있다는 결론을 내렸다.

곧장 세 아빠들의 추적을 시작했다. 잠시 후 행적이 잡혔다.

22일 전에 오메가 공항을 빠져나간 게 확인되었고 기착지는 멕시코였다. 멕시코의 고대 마야 유적지 팔렝케였다. 수리는 멕시코에 사는 슐레이만 삼촌에게 전화를 걸었다. 슐레이만 삼촌은 세 아빠들이 22일 전쯤에 멕시코에 왔음을 확인해 주었다. 세 아이들은 안도의 한숨을 쉬었다.

"그런데 말이야. 그 이후에 사라졌어. 연락이 닿지 않아. 나도 무슨 비밀스러운 발굴이라도 했나 싶어서 기다리기만 했지. 그런데 나와 약속한 날짜에 나타나지 않은 거야. 그래서 슬슬 걱정이 되기 시작한 거지. 휴..."

슐레이만 삼촌은 계속 한숨을 쉬었다.

"알았어요. 삼촌... 우리도 생각할 시간이 필요해요."

수리는 달리할 말이 없었다.

전화를 끊었다.

세 아이들은 세 아빠들이 실종되었음을 확신하게 되었다.

"우리가 찾으러 가자"

수리가 조용히 말했다.

"우리가 멕시코까지 어떻게 갈 수 있어? 돈도 없잖아. 그런데 어떻게 멕시코 팔렝케로 간다는 거야? 게다가 고대 마야 유적지는 정글 속에 있다고. 그 정글 어디에서 세 아빠들을 찾을 수 있겠니? 정글은 키가 3m가 넘는 풀들이 무성할 뿐 아니라 마호가니 같은 거목이 하늘을 가리고 있고 낮에도 햇빛이 닿지 않는다고. 그리고... 표범, 멧돼지, 독사, 독도마뱀, 독거미 등이 우글우글...”

사비는 벌써 울먹거렸다.

“흑흑... 우리가 거지였던 걸 깜빡했어.”

마루는 우는 시늉을 했다.

“넌, 지금 이 마당에도 농담이 나오니? 개념 없기는...”

수리는 쓴소리를 했다.

그때 슐레이만 삼촌으로부터 세 아이들을 구원할 전화가 걸려 왔다. 멕시코행 비행기표를 끊어 줄 테니 빨리 오라는 연락이었다. 수리와 사비, 마루는 얼마나 기뻤던지 동시에 환호성을 질렀다. 그리고 씩씩하게 카툰연구소를 나와 수리의 집으로 향했다. 여행 준비를 해야 했다.

집에는 이미 사비 엄마와 마루 엄마가 와있었다. 수리와 사비, 마루는 엄마들의 화난 표정에 기가 죽어 얌전히 소파에 앉았다.

“아빠 연구실에 가지 말랬지? 평생 연구니 뭐니 하면서 집에는 들어와 본 적도 없는 사람이야."

수리 엄마의 목소리는 얼음장같이 차가웠다.

"돈이 되는 연구를 한다면 또 모를까? 고대 마야? 흥, 아무짝에도 쓸모없는 이런 연구에 평생을 바치면서 나 혼자 가족을 먹여 살리게 만들었다고. 흑, 내가 얼마나 연약한데..."

사비 엄마도 하소연을 쏟아냈다.

"날 사랑한다고? 아기만 낳아주면 곧 결혼식을 올리겠다고 하더니 마루 너를 낳고 나니까 아예 연구실에 처박혀서 결혼식 자체를 잊어버린 인간이야... 아주 이가 갈린다."

마루 엄마는 눈물까지 흘렸다.

세 아이들은 아무리 머리를 굴려도 여기서 살아나갈 묘안이 떠오르지 않았다. 직진을 해야 할지, 좌회전을 해야 할지, 우회전을 해야 할지, 유턴을 해야 할지 암담했다. 그때 수리가 울기 시작했다. 그러자 사비도 마루도 따라 울기 시작했다. 그러더니 곧 사무치게 통탄하는 울음으로 바뀌었다.

"사라졌다고요. 아빠가 실종됐어요."

수리는 꺼억꺼억 울었다.

"어디로 갔는지 아무도 몰라요."

사비는 눈물을 줄줄 흘렸다.

"걱정돼서 미치겠어요. 무슨 사고라도 생겼으면 어떡해요?"

마루는 눈물인지 콧물인지 모를 형체의 액체를 흘렸다.

"청승 그만 떨어."

수리 엄마가 버럭 소리를 질렀다.

세 아이들은 울음을 뚝 그쳤다. 그런데 갑자기 수리 엄마가 웃기 시작했다. 사비 엄마도 마루 엄마도 따라 웃기 시작했다. 세 아이들은 영문을 알 수가 없었다. 남편들이 실종됐는데 왜 웃는 건지 이해할 수가 없었다.

"잘됐다. 속이 시원하네! 호호호..."

수리 엄마는 통쾌하다는 듯이 웃었다.

"어휴 잘되고말고."

사비 엄마도 즐거운 듯했다.

"그러게 말야. 벌 받은 거야. 호호호..."

마루 엄마는 한술 더 떴다.

"공부 꽤나 한 박사들이라고 얼마나 말은 잘하던지. 요리조리 피해 가며 논리적으로 말한답시고 떠들 때는... 어휴! 누군 뭐 무식해서 말을 못하는 줄 아나? 평생 말 못하는 벌이라도 받아라. 호호호... 아니지 아니야. 아예 기억상실증이라도 걸려라. 우리를 새까맣게 잊어버리게... 호호호."

수리 엄마는 악담까지 퍼부었다.

"어머니. 전, 효를 버릴 수 없습니다."

수리는 두 손을 공손히 모으고 의연하게 말했다.

세 엄마들은 멀뚱하게 수리를 보았다.

가소롭다는 표정이었다.

"그 말투는 뭐니? 어디를 떠돌다 왔길래 말투가 그 모양이니?"

수리 엄마의 목소리는 점점 높아졌다.

"우리는 아빠를 찾으러 가겠습니다. 어머니."

수리가 또 이상한 말투로 선언했다.

사비와 마루도 고개를 끄덕였다.

세 아이들은 수리 아빠가 쓰던 헛간 같은 방에 갇혔다. 세 엄마들은 방문에 무시무시하게 커다란 자물쇠를 달았다. 수리 엄마와 아빠가 이혼하기 전에 함께 쓰던 방이었지만 이혼하고부터 이 방은 버려져 있었다. 먼지가 켜켜이 쌓여 있었고 사방에 거미줄이었다. 타라노스거미들은 거미줄을 치고 다니며 메소포타미아전갈을 잡아먹고 있었다. 마침 해가 지고 있었고 지는 해는 비스듬히 방 안으로 스며들고 있었다.

"어디서 오는 것일까?..."

사비는 스며드는 해의 빛줄기를 잡으려 하고 있었다.

"당연히 고대 마야지. 고대 마야에서 건너온 해야."

수리는 일부러 씩씩하게 말했다.

"우리는 아마 죽어서 이 집의 귀신이 될 거야. 우린 굶어 죽게
될 테니까."

마루는 배가 고픈지 배를 만지작거렸다.

"넌 내일 지구가 멸망한다고 해도 지금 당장 치킨을 먹을 거
야. 아마... 먹다가 돌아가실 놈이니까."

수리가 마루를 한심한 듯 보았다.

"탈출하자."

수리가 벌떡 일어났다.

"어떻게?"

사비가 물었다.

수리는 사비의 물음에 금방 대답할 수 없었다.

"치킨... 치킨..."

마루는 잠꼬대를 하며 자고 있었다. 수리는 기회를 놓치지 않고

사비의 손을 슬그머니 잡았다. 사비도 싫지 않은지 수리의 손을 뿌리치지 않았다. 서로 고개를 숙이고 이마를 맞대었다. 수리가 살며시 고개를 들었다. 사비도 고개를 들었다. 서로 고개를 들다가 입술이 맞닿았다.

"... 커서 너랑 결혼해야 되지? 우리가 뽀뽀했으니까..."

사비는 얼굴이 빨개져 있었다.

"첫 키스 한 남자랑 결혼하면 공주님처럼 행복하게 살 수 있대."

수리는 입술을 다시 내밀었다.

사비는 부끄러운지 얼굴을 들지도 못했다. 그때 방의 바닥 문이 열리더니 수리의 동생 모리가 나타났다. 마룻바닥을 비추던 햇빛이 모리의 온몸을 별처럼 반짝이게 했다.

모리는 입에 공갈젖꼭지를 물고 한 손에는 햄 라디오, 다른 손엔 게임기를 들고있었다. 수리는 반가운 나머지 모리를 꼭 껴안고 덩실덩실 춤을 추었다. 수리 아빠가 이혼하기 전에 사용하던 것이었다. 비록 많이 낡았지만 모리가 어떻게 찾아낸 건지 참 기특했다. 모리는 다섯 살인데도 아직 말을 못했고 공갈젖꼭지를 입에 물고 살 정도로 작은 아기였다. 모리는 수리에게 햄 라디오를 건네주었다. 수리가 좋아하는 F1 게임 어플이 깔린 게임기도 주었다. 수리는 모리의 머리를 쓰다듬었다.

'SOS SOS. 난 수리다. 구조 바란다. 급하다. 빨리 와주길 바란다'

수리는 햄 라디오로 햄 동호회 회장 미르 형에게 신호를 보냈다. 곧 기다리라는 답신을 받았다. 세 아이들은 기다리다가 깜빡 잠이 들었다. 하늘은 이제 캄캄했다. 저 멀리 금성이 맹렬하게 반짝이고 있었다. 수리는 이층 방의 창문을 뜯는 소리를 듣고 잠에서 깨어났다. 사비도 깨어났다. 동호회 회장 미르 형의 덥수룩한 수염이 보였다. 사비가 마루를 얼른 깨웠다. 마루가 눈을 비비며 일어났다. 미르 형이 창문을 다 뜯었다. 세 아이들은 미르 형이 준비한 비상 사다리를 통해 방을 내려왔다. 방에는 이제 모리만 남았다. 수리는 모리에게 손을 흔들며 눈물을 글썽였다. 모리가 조그만 손을 흔들었다.

'모리야, 내가 시발바로 가게 되면 네가 말할 수 있는 약을 가져올게. 약속할게. 그땐 꼭 사랑한다고 직접 말해줘야 해. 모리야. 사랑해.'

수리는 눈물을 훔쳤다.

수리와 사비와 마루는 사라진 세 아빠들을 찾아 시발바의 땅, 멕시코로 향했다.

팔렝케행 버스를 타고 꼬불꼬불한 산길을 수없이 지나쳤다. 버스는 점점 깊은 정글 속으로 들어가고 있었다. 가끔씩 그림엽서에나 나올 법한 예쁘고 작은 마을들이 나타났다가 사라졌다. 수리와 사비, 마루는 신기한 광경을 넋 놓고 바라보았다. 멕시코 아이들은 학교에도 가지 않는지 숲속을 뛰어다니며 놀았다.

"부럽다."

마루는 콧방울을 튕기며 잠을 자면서 잠꼬대를 했다.

수리가 마루의 콧방울을 손가락으로 튕겼다. 그러자 콧방울은 마루의 얼굴에 달라붙었다. 사비가 손으로 입을 가리고 웃었다.

"언제 도착하는 거지? 거의 비슷한 풍경을 지나다 보니, 어디까지 왔는지 전혀 알 수가 없어."

수리는 카메라를 꺼냈다.

언제 도착하는지 알 수 없다면 풍경이라도 카메라에 담기로 했다. 수리는 쉴 새 없이 찍어댔다.

드디어 팔렝케에 도착했다.

"고대 마야의 모든 유적지 가운데 팔렝케가 그 규모 면에서 최고야."

마루는 잠만 자다 일어난 주제에 누구보다 먼저 고대 마야에 관해 떠들었다.

"마루야. 난 너만 보면... 하하하...."

수리는 너무 웃겨서 배가 아플 지경이었다.

마루 얼굴에 달라붙은 콧방울이 이제 허연 가면처럼 보이는 것 때문이었다.

"그리고, 최대로 강성했을 당시의 왕이 바로 파칼 왕이지. 파 칼 왕이 잠들어 있는 곳이 바로 비문의 사원이고."

사비도 가만있을 리 없었다.

3. 우주의 균형, 시발바

"흠... 세 아빠들은 파칼 왕의 무덤인 비문의 사원까지 왔고... 그다음... 어떻게 갔는지 모르겠지만, 어쨌든 시발바로 떠났어."

수리는 심각했다.

"지금까지 시발바를 찾은 사람은 없어. 시발바로 향했다고 하는 사람들 중 그 누구도 살아서 돌아오지 못했고. 그렇다면 세 아빠들도 살아서 돌아올 가능성이..."

사비는 울컥했다.

"세 아빠들은, 분명히 파칼 왕의 무덤에서 무언가 찾아낸 거야. 찾아낸 무언가 때문에 시발바로 들어갈 수 있었던 것이고... 틀림없어... 그러니까 너무 부정적으로 생각하지 말자. 살아계실 거야."

수리는 사비를 위로했다.

"아빠들이 찾아낸 게 과연 뭘까? 우리가 알아낼 수 있을까?"

사비는 수리를 보았다.

"자, 움직이자."

수리는 대답하지 않았다.

그냥 앞서 걷기 시작했다. 사비와 마루가 그 뒤를 따랐다.

세 아이들은 먼저 십자가 신전으로 가보았다. 꼭대기에 올라가서 아래를 내려다보았다. 태양의 사원, 14번 사원, 비문의 사원 그리고 왕궁이 한눈에 보였다. 장엄한 광경이었다. 아주 오래 살아온 거장이거나 그보다 더 오래 살아온 신적인 존재가 건축했다고 믿을 수밖에 없는 예술작품들이었다. 과학적인 논리로 설명할 수 없는 불가해한 건축물들이었다. 마침 해가 지고 있었다. 지는 해의 긴 그림자가 사원들을 향해 뱀처럼 스멀스멀 기어 오고 있었다.

"그런데, 슐레이만 삼촌이 왜 이렇게 늦지? 사원도 곧 폐쇄할 텐데..."

수리는 초조했다.

슐레이만 삼촌을 만나지 못하면 이곳에서 길 잃은 미아가 될 게 뻔했다.

그때 슐레이만 삼촌이 나타났다. 수리와 사비, 마루는 뛰어가서 슐레이만 삼촌과 반갑게 포옹했다. 그런데 삼촌은 예전의 모습이 하나도 없었다. 고대 마야의 유적을 연구하는 고고학자라고 보기 어려울 정도로 화려한 양복을 빼입었고 신발도 가방도 손목시계도 전부 명품이었다. 게다가 경호원까지 여러 명 대동하고 있었다.

"삼촌, 원래 고고학자는 막노동꾼이나 마찬가지인데... 그동안 얼마나 많은 돈을 버신 거예요? 너무... 멋진데요? 삼촌?"

수리는 삼촌과 만난 게 반가웠지만 수상한 느낌을 지울 수 없었다.

"그래, 나, 재벌 됐다. 부럽지? 수리도 나처럼 되고 싶지? 너희들 모두?"

슐레이만 삼촌은 뻐기듯이 말했다.

"네에."

수리와 사비, 마루가 동시에 외쳤다.

"재벌만 되면 엄마한테 돈을 몽땅 줘버릴 거예요. 그럼 아빠가 연구에만 몰두할 수 있을 테고 엄마도 더 이상 생활비 때문에 아빠랑 싸울 일이 없잖아요. 그럼 우리 가족이 다시 함께 살 수 있을 거예요. 아주 행복하게."

수리는 상상만 해도 기뻤다.

수리는 아빠도 엄마도 너무 보고 싶었다. 멀리 떨어지니까 아빠와 엄마의 존재만으로도 행복하다는 것을 절감했다.

"맞아요. 나도 그럴 거예요. 엄마 다 줄래요."

사비도 엄마 아빠가 너무도 보고 싶었다.

"난, 일단 치킨, 족발, 피자 뭐 이런 것들 살 돈을 빼고 줄래! 암! 하하하! 뭐 딴 거 또 없나? 퓨전 음식도 좋지! 하하하. 아이고, 먹고 싶다."

마루는 연신 웃어대며 입맛을 다셨다.

"삼촌, 빨리 가요. 빨리 찾아야죠?"

수리가 삼촌을 재촉했다.

슐레이만 삼촌은 수리와 사비, 마루를 비문의 사원으로 안내했다. 세 아이들은 졸래졸래 따라갔다. 삼촌은 가는 도중에 따라오던 경호원 둘에게 눈짓을 주었다. 그들은 입구 쪽으로 다시 돌아갔다. 나머지 둘은 계속 따라왔다.

비문의 사원 안에서 파칼 왕을 만나러 가는 비밀계단은 몹시 가팔랐다. 오랜 세월 인간 대신 자리를 차지한 이끼와 습기로 인해 미끄러웠다. 둔탁한 형태의 커다란 돌덩이 사이사이 황금빛이 새어 나오고 있었다. 평소에 볼 수 있었던 거무튀튀한 돌덩이들과는 전혀 달랐다. 한참을 걸어 내려갔다. 수리와 사비, 마루는 드디어 사원의 가장 밑바닥까지 내려왔다. 이는 지표면에서 27미터 아래로 내려간 깊이였다. 슐레이만 삼촌은 세 아이들을 파칼 왕의 묘실로 데려갔다. 묘실은 아주 어두웠다. 그 어둠 깊은 곳에서 고대 마야의 전성기였던 시대와 역사를 책임졌던 한 남자의 경건한 무덤이 보였다.

파칼 왕의 무덤은 일반인들이 함부로 만지거나 할 수 없었다. 하지만 어찌 된 일인지 사원 안내자도 감시자도 없었다. 파칼 왕의 관 속에는 아직 죽지 않고 살아있는 황금가면이 있었다. 황금가면은 오랜 시간 사원의 내부에서 빛을 보지 못했음에도 불구하고 전혀 그 빛깔이 퇴색하지 않고 쨍쨍하게 빛이 나고 있었다.

"이상하지 않아? 황금가면 말이야. 마치 살아있는 것 같아. 저 눈 좀 봐. 마치 진짜 눈알이 우리를 쳐다보고 있는 것 같지 않아?"

수리는 온몸에 닭살이 돋았다.

"진짜 오싹해. 당장 눈을 부릅뜨고 우리에게 명령이라도 내릴 것 같아."

사비는 겁을 먹었는지 뒷걸음질 쳤다.

"살아있어. 맞아."

슐레이만 삼촌은 깜짝 놀랄만한 말을 했다.

세 아이들은 너무 놀라서 슐레이만 삼촌만 보았다.

"이 황금가면은 파칼 왕이 진짜 고대 마야인의 왕이었음을 상징하는 아주 귀중한 물건이야. 어때 아름답지?... 황금은 참 아름다운 거야... 흐흐흐..."

슐레이만 삼촌은 기분 나쁜 웃음을 웃었다.

"그건 알아요. 하지만 파칼 왕은 그냥 왕은 아니죠. 고대 마야인들이 신으로 추앙했던 왕이잖아요?"

수리는 눈빛을 반짝였다.

"그래, 하지만 한 가지 문제가 있지."

슐레이만 삼촌의 목소리가 낮아졌다.

"고대 마야인들은 파칼 왕이 죽었다고 생각하지 않거든. 어딘가에 살아있다고 생각해. 다시 돌아와서 그들을 구원해 줄 거라고 강하게 믿고 있다는 거지."

슐레이만 삼촌은 이상한 이야기를 했다.

"... 살아있다니요? 파칼 왕은 죽었잖아요. 게다가 고대 마야 인들도 이제 죽거나 사라지고 없는데요? 구원한다는 건 말이 안 되잖아요?"

사비는 어느새 한 발 앞으로 다가와 있었다.

"후후... 얘들아, 여길 봐라. 여길 봐."

슐레이만 삼촌은 파칼 왕의 관 뚜껑을 조심스럽게 열었다.

그러자 관의 내부가 보였다. 세 아이들은 깜짝 놀랐다.

"어. 시신에 눈알이 없네. 하긴 원래 미라 상태의 시신은 눈알 이 있을 수 없으니까. 그렇죠? 삼촌?"

수리가 의문을 제시했다.

"그래, 그래서 파칼 왕이 죽지 않았다는 거야. 그의 눈알은 죽은 적이 없거든. 그런데 누군가 훔쳐 가고 말았어. 어쨌든 파 칼 왕은 곧 나타날 거야. 그때가 드디어 온 거지. 흐흐흐..."

슐레이만 삼촌은 갈수록 가관이었다.

"그렇다고 해도, 어떻게 사람이 몇백 년을 살아있을 수가 있어요? 그건 파칼 왕을 간절히 원하는 그들의 희망이 만들어 낸 전설일 뿐이에요."

사비는 삼촌의 이야기를 믿을 수 없었다.

"파칼 왕은 신이야. 그냥 사람이 아니라고."

슐레이만 삼촌은 화를 냈다.

"아, 맞다... 고대 마야인들이 자신들을 구원해 줄 신으로 믿고 있는 케찰코아틀. 맞죠? 케찰코아틀이 파칼 왕인 거죠? 맞죠? 삼촌?"

수리는 비명을 지르듯 외쳤다.

"그렇지. 고대 마야인들은 아직도 케찰코아틀을 기다리고 있어. 흐흐흐."

슐레이만 삼촌은 의미심장한 미소를 지었다.

"케찰코아틀은 온 세상을 지배하고 온 세상을 소유할 수 있는 유일한 왕이니까... 흐흐흐... 케찰코아틀... 케찰코아틀은 고대 마야의 어마어마한 황금의 주인이거든... 흐흐흐... 흐흐흐..."

슐레이만 삼촌은 이물스러운 웃음을 멈추지 않았다.

"그럼 세 아빠들이 이곳에서 발견한 건 뭐죠? 그걸 안다면 아빠들을 찾을 수 있는 단서가 될 것 같아요."

수리는 아까부터 너무 궁금했다.

"... 시발바를 통해서 고대 마야로 갈 수 있는 길을 찾은 게 아니라..."

술레이만 삼촌은 일부러 뜸을 들이듯 느릿느릿 말했다.

세 아이들은 꼼짝 않고 삼촌의 얼굴만 쳐다보았다.

"... 흐흐흐... 파칼 왕의 눈알을 훔쳤어... 그래서 그들이 데려간 거야... 그래서 지금 너희들이 보고 있는 이 시신에 눈알이 없는 거야. 흐흐흐."

술레이만 삼촌은 입을 삐죽대며 비아냥거렸다.

"믿을 수 없어요. 세 아빠들은 그럴 분들이 아니에요."

세 아이들은 동시에 소리쳤다.

"과연 그럴까?... 흐흐흐..."

술레이만 삼촌은 섬뜩하게 웃었다.

"그리고 그들이라뇨? 그들이 도대체 누구죠?"

수리는 속이 타들어갔다.

"고대 마야인들이지... 흐흐흐... 그들은 그들의 달력에 맞춰 파칼 왕을 부활시키는 의식을 준비하고 있었지... 흐흐흐."

술레이만 삼촌은 제정신이 아닌 듯했다.

"의식이라뇨? 그 의식에 세 아빠들이 왜 필요한 거죠?"

수리는 술레이만 삼촌에게 대들듯이 물었다.

"여기까지... 더 이상 말할 수 없어... 이건 아주아주 말하기 힘든 비밀이거든. 톱 시크릿... 흐흐흐."

슐레이만 삼촌은 고개를 좌우로 흔들었다.

"한 가지만요. 제발요! 그런데 고대 마야인들이 어디에 있다
는 거죠? 세 아빠들이 그들이 살고 있는 곳으로 갔나요?"

사비가 슐레이만 삼촌의 팔을 잡고 흔들었다.

"저희들이 알기론 세 아빠들이 제로섬을 발견했어요. 그런데
지도상 어디에도 그런 섬은 없었어요. 다들 어디에 계신 거죠?"

마루가 물었다.

"삼촌도 고고학자니까 잘 아실 거 아니에요? 도대체 제로섬
은 어디에 있는 거죠? 제로섬과 시발바는 무슨 상관이죠?"

수리는 참다못해 짜증을 냈다.

"고대 마야는 갑자기 사라졌지. 세상의 어떤 학자도 그들의
멸망 원인을 속 시원히 밝히지 못했어. 그런데 세 아빠들은 고
대 마야인들이 살고 있다고 믿는 제로섬이 버뮤다 트라이앵글
에 위치하고 있다고 생각한 거지. 그리고 그들은 제로섬으로 가
는 입구가 바로 시발바라고 생각했던 거야... 이제 알겠어?"

슐레이만 삼촌은 거들먹거렸다.

"그렇다면 세 아빠들은, 시발바의 입구에서 사라진 거군요.
맞죠?"

수리의 가슴이 뛰기 시작했다.

어쩌면 세 아빠들은 살아있을 수도 있었다.

"하하하... 사라진 게 아니라니까... 죽은 것도 아니고. 흐흐흐... 하여간 그들은 계획이 있어."

슐레이만 삼촌은 알쏭달쏭한 이야기를 했다.

"삼촌이 그들을 아세요? 아까부터 그들, 그들이라고 하시는데, 말투가 마치 아는 사람들인 것처럼 얘기하고 있잖아요?"

사비는 정곡을 찔렀다.

슐레이만 삼촌은 멈칫했다.

갑자기 날카로운 호루라기 소리와 함께 급하게 뛰어오는 발소리가 들렸다. 수리와 사비, 마루는 당황해서 슐레이만 삼촌을 보았다. 슐레이만 삼촌은 자신을 따라오라는 손짓을 했다. 세아이들은 삼촌을 따라갔다. 한참을 가다 보니 길은 네 갈래로 나뉘었다.

"없어. 사라졌어."

수리는 어리둥절했다.

슐레이만 삼촌이 안 보였다. 방향을 알 수 없는 어디선가 계속 호루라기 소리와 고함소리 또 급하게 뛰는 소리들이 엉켜서

들려왔다. 세 아이들은 몹시 불안했고 초조했다. 무슨 잘못을 저지른 것도 아닌데 왜 도망가야 하는지 이유도 모른 채 자꾸 도망치고 있었다.

먼저 수리가 길의 끝에 도달했다. 그런데 멕시코 경찰이 이미 기다리고 있었다. 수리는 깜짝 놀랐으나 말이 전혀 통하지 않았기 때문에 그냥 잡히고 말았다. 경찰은 수리의 손목에 수갑을 채웠다. 사비와 마루도 마찬가지로 경찰에 잡혔다. 세 아이들은 전혀 영문도 모른 채 경찰서로 끌려갔다. 세 아이들이 온몸으로 보디 토크를 하며 항변을 해보아도 그 누구도 들어주지 않았다. 슐레이만 삼촌에 대해 절박하게 떠들어 댔지만 아무 소용없었다. 사비가 먼저 울음을 터트렸다. 마루와 수리도 훌쩍거렸다. 세 아이들을 도와줄 사람은 아무도 없었다. 이제 멕시코 땅에서 쥐도 새도 모르게 죽을 수도 있다는 절망감이 엄습했다.

"슐레이만 삼촌은 어디로 간 거지?"

사비는 너무나 걱정스러웠다.

"혹시 고문실 같은 곳으로 잡혀갔는지도 몰라. 슐레이만 삼촌만이 우리를 구해 줄 수 있어. 안 그러면 우린 이곳에서 끝장이야. 우린 평생 감옥에 갇혀 살거나 아니면 죽게 될 거야. 그런데 삼촌의 생사도 모르다니..."

마루는 평소 같지 않게 비관적이었다.

"대충 좀 살아라. 마루야. 오늘따라 왜 그러니? 너 지금 관 짜고 있니?"

수리는 마루의 뒤통수를 툭 쳤다.

경찰관이 통역관을 데리고 왔다. 수리는 통역관에게 자세한 상황을 설명했고 통역관은 경찰에게 세 아이들이 처한 상황을 자세하게 설명해 주었다.

"너희들이 파칼 왕의 무덤에 몰래 침입했고 파칼 왕의 황금가면을 훔쳤다고 하는데?"

경찰에게 이야기를 듣던 통역관이 놀라서 말했다.

수리와 사비, 마루는 털썩 주저앉았다. 절망적인 상황이었다. 통역관은 세 아이들이 파칼 왕의 눈알을 훔친 세 아빠들의 아이들이며 그들이 자식을 조종해서 황금가면까지 훔쳤다고 말하고 멕시코 경찰은 아이들을 이용해 아빠들까지도 잡겠다고 벼르고 있다고 했다. 경찰은 국가적인 손실에 매우 화가 나 있었다.

수리와 사비, 마루는 밥도 굶은 채 유치장에 갇히고 말았다.

수리와 사비는 잠을 이루지 못하고 있었지만 마루는 역시 어디서든 어떤 상황에서든 잠은 잘 잤다. 전천후 수면다발증이었다. 유치장 창으로 달빛이 들어왔다. 달빛은 수리가 쪼그리고 앉아 있는 자리까지 빛을 내어주지 않았다. 수리는 그 달빛을 잡고 싶어서 달빛의 언저리를 자꾸 문질렀다. 그토록 미워하던 엄마의 얼굴이 떠올랐고 아빠의 얼굴도 떠올랐다. 엄마도 아빠도 너무나 보고 싶었다.

"모리에게 말할 수 있는 약을 가져다주겠다고 철석같이 약속했는데..."

수리는 모리 생각에 눈물이 저절로 흘렀다.

"수리야, 너무 실망하지 마. 희망을 가져보자. 내일이라도 슐레이만 삼촌이 우리를 구하러 올지도 몰라."

사비는 수리를 위로했지만 힘들긴 마찬가지였다.

"난 사실... 시발바를 찾으러 온 게 아니야."

수리가 조용히 읊조렸다.

"우리 가족의 희망을 찾으러 온 거야."

수리는 울먹거렸다.

"수리, 너 지금 마지막 순간에 도를 깨우쳤니? 무슨 희망?"

사비는 일부러 장난처럼 말했다.

"난 아빠를 찾아서 엄마와 화해시키고 싶었어. 아빠, 엄마, 나, 모리 이렇게 행복해지길 바랐다고. 진짜야... 그래서 여기까지 온 거야."

수리는 고개를 푹 숙였다.

"그건 나도 마찬가지야. 물론 시발바라는 곳이 궁금하기도 해. 그리고 고대 마야에 가고 싶기도 해. 정말 꼭 가보고 싶어. 하지만 결국은 아빠를 찾고 엄마와 화해시키고 우리 가족이 함께 사는 희망을 가졌어."

사비는 수리의 손을 꼭 잡았다.

수리와 사비는 서로 포옹했다. 그리고 서로의 어깨를 다독였다. 그때 마루가 일어나서 수리와 사비가 포옹하고 있는 모습을 보았다.

"너희들 연애하는 거 다 들켰다. 유치장에서까지 이러는 거... 뭐라 할 말이 안 떠오른다. 사랑에는 국경이 없는 게 아니라 사랑에는 유치장이 없는 거구나."

마루는 약이 올랐다.

수리와 사비가 얼른 포옹을 풀었다.

"너희들 내가 아무것도 모른다고 생각하지? 내가 맨날 잠이나 자니까 뭘 모른다고 생각하고 있는 거지? 난 자는 게 아니거든?

너희들을 위해서 자는 척해주는 거라고. 나의 깊은 배려심도 모르는 것들... 하하하..."

마루는 말 끝머리에 웃고 말았다.

세 아이들이 동시에 깔깔대고 웃었다. 하지만 그 웃음 속에는 절망을 끌어안으려는 한 가닥의 희망이 숨겨져 있었다.

다음 날 아침이 돼서야 슐레이만 삼촌이 나타났다. 수리와 사비, 마루가 걱정했던 것과는 달리 너무도 멀쩡한 모습이었다. 하얀 양복에 하얀 중절모에 하얀 구두까지 갖춘 삼촌은 경찰관들을 부하 부리듯 했다. 경찰관들은 연신 고개를 꾸벅이며 인사를 했다. 세 아이들은 그런 모습이 의아했다.

슐레이만 삼촌은 유치장으로 다가오더니 손짓으로 세 아이들을 불렀다. 수리와 사비, 마루는 서로 쳐다보며 쭈뼛거리다 삼촌 가까이 다가갔다.

"내 말만 잘 들으면 너희들을 이곳에서 빼줄게. 흐흐흐..."

슐레이만 삼촌은 뻐기면서 말했다.

"어떻게요? 우리가 어떻게 하면 나갈 수 있어요?"

수리는 깜짝 놀랐다. 사비와 마루도 눈이 휘둥그레졌다.

"너희들, 아빠들을 찾으러 빨리 나가고 싶지? 그치? 흐흐흐."

삼촌은 실실 웃으며 말했다. 세 아이들은 동시에 고개를 끄덕였다.

"내가 너희들의 아빠가 있는 곳으로 데려가 줄 수 있어. 흐흐흐."

슐레이만 삼촌은 여전히 실실거리며 웃었다.

"그곳을 알고 있었단 말이에요?"

수리가 소리쳤다.

"쉿"

삼촌은 야단치듯 눈알을 부라렸다.

수리는 삼촌의 이런 모습이 사기꾼처럼 느껴졌다. 하지만 낯선 땅이었고 아는 사람도 없었다. 삼촌을 믿을 수밖에 없었다.

"그렇다면 약속해. 내 말을 듣겠다고. 흐흐흐."

슐레이만 삼촌은 세 아이들에게 다짐을 받으려고 했다.

수리는 사비와 마루의 얼굴을 번갈아 쳐다보았다. 사비와 마루가 차례로 고개를 끄덕였다.

"네, 약속할게요. 무엇이든 하겠어요. 악마에게 영혼이라도 팔겠어요."

수리는 대답했다.

"난 편의점 아저씨에게 영혼을 팔래. 이왕 팔거면..."

마루는 쩝쩝거리며 말했다.

어쩌면 삼촌이 악마일지도 모른다는 생각이 들었다. 슐레이만 삼촌은 경찰관들과 얘기를 나누었다. 그리고 잠시 후 세 아이들은 유치장에서 풀려났다.

세 아이들은 슐레이만 삼촌을 따라 시발바로 향했다.

"정말 시발바로 가는 길 맞는 거죠?"

수리는 확인하고 싶었다. 자꾸 삼촌에 대한 의심이 들었다.

"정말 우리 아빠들이 그곳에 있는 거죠?"

사비도 슐레이만 삼촌을 의심하고 있었다.

삼촌은 세 아이들을 보고 씨익 웃어 보였다. 기분 나쁜 웃음이었다.

"그런데 이상하잖아요?"

마루가 갑자기 걸음을 멈추었다.

"뭐가 이상하다는 거지?"

슐레이만 삼촌이 마루를 노려보았다.

"우리를 도둑으로 몰아 놓고선 왜 우릴 다시 구해준 거죠? 삼촌이 우리를 황금가면을 훔친 도둑으로 만든 거 아니었어요?"

마루는 거리낌이 없었다.

수리도 사비도 순간 얼굴이 굳어졌다. 마루의 생각이 틀리지 않다는 걸 깨달았다.

"그래요. 맞아요. 마루의 말대로 너무 이상해요."

사비는 슐레이만 삼촌 앞을 막아섰다.

"너희들, 엘도라도...라고 들어 봤지?"

삼촌은 전혀 당황하지 않았다.

"전설의 도시잖아요? 황금의 도시. 갑자기 엘도라도를 꺼내는 이유가 뭐예요?"

수리는 부아가 났다.

"수리, 너도 아빠 닮아서 의심이 많구나? 흐흐흐... 어쨌든 말이다. 전설의 황금 도시 엘도라도는 발견되지 않았어. 수많은 탐험가들이 엘도라도를 발견하러 갔다가 해골이 되어버렸지... 흐흐흐"

슐레이만 삼촌은 엉뚱한 얘기를 꺼냈다.

"그래서요? 왜 갑자기 엘도라도를 들먹이는 거예요?"

수리는 목소리를 높였다.

"... 그리고 엘도라도는 어딘가에 있어요. 마치 고대 마야가 어딘가에 존재하는 것처럼 말이에요. 그런데 엘도라도가 아빠들과 무슨 상관인 거죠? 너무 뜬금없잖아요? 지금 뭐 하시는

거예요? 우리를 이곳까지 불러놓고 뭐 하시는 거냐고요? 말해
보세요. 어서."

사비는 삼촌의 눈빛을 응시했다.

"그래 바로 그거야. 엘도라도. 얘들아. 엘도라도를 발견하고
자 했던 한 탐험가가 엉뚱하게도 그랜드캐니언을 발견한 것처
럼... 그것처럼 나도 엉뚱한 곳에서 엘도라도를 발견했거든... 흐
흐흐... 흐흐흐... 흐흐하하..."

슐레리만 삼촌은 온몸을 들썩이며 웃었다.

"그러니까 그게 어디에 있다는 거예요? 그게 시발바와 무슨
관계가 있냐고요? 제발 제대로 말해보세요."

마루가 참을 수 없다는 듯이 주먹을 불끈 쥐었다.

"사라진 고대 마야 바로 아래 엘도라도가 묻혀 있다니까. 고
대 마야인들은 황금의 땅에 그들의 도시를 세웠다는 거지. 흐
흐흐... 흐흐흐... 흐흐흐..."

삼촌은 그야말로 충격적인 말을 했다.

"난 그 황금의 땅을 지배할 생각이야. 그래서 너희들이 필요
해. 너희들은 반드시 날 도와야 해. 반드시."

슐레이만 삼촌은 본색을 드러냈다.

"바로 황금 때문이었군요. 결국 세 아빠들의 목숨과 황금을

맞바꾸자는 얘기잖아요? 그렇죠? 그런데 왜 직접 못하시는 거죠? 왜 우리를 이용하는 거죠?"

수리는 삼촌이 원망스러웠다.

"... 난 왜 그런지 이유를 알 것 같아. 아빠한테 들은 적이 있어. 그 땅은 희망을 가진 자만이 들어갈 수 있다고 하셨거든."

사비의 말투는 야무졌다.

"희망을 가진 자만이 들어갈 수 있다고?... 사비야. 모두가 희망을 갖고 있어. 세상에 희망을 갖지 않는 사람이 어디 있겠어?"

수리는 언뜻 이해가 되지 않았다.

"맞아. 하지만 희망은 자주 탐욕과 헷갈리기도 하니까. 동전의 양면과도 같지. 어쨌든 시발바는 탐욕을 품은 자는 들어갈 수는 있지만 나올 수는 없어. 내가 정말 화가 나는 건, 삼촌은 오직 황금을 차지하기 위해서 세 아빠들을 전혀 구하려고 하지 않았고 이제는 우리까지 희생시키려 한다는 거야. 안 그래? 슐레이만 씨?"

사비는 반말로 따졌다.

"사비야. 그만해. 삼촌이 탐욕에 찌든 악마라도 어쩔 수 없어. 다른 방법이 없다고, 우리는 가야 해. 가야 한다고. 휴..."

수리는 한숨을 내쉬었다.

"... 흐흐흐... 역시 수리가 영리하군. 좋았어. 그럼 모두 출발할까?"

슐레이만 삼촌은 만족한 웃음을 웃더니 앞장섰다. 수리와 사비, 마루는 힘없이 투덜투덜 따라갔다.

4. 엘도라도, 시발바

　세 아이들은 시발바에 당도했다. 시발바는 바깥에서는 그 크기를 가늠할 수 없을 정도로 입구가 작았고 옥수수수염이 무성했다. 슐레이만 삼촌은 자신과의 약속을 지키지 않으면 고대 마야인들에게 파칼 왕의 눈알을 훔쳐 간 도둑들이 바로 세 아빠들이라고 폭로하겠다고 협박했다.

　"그래서요? 여기서 어떻게 하라는 거예요? 빨리 말해보세요."

　수리의 말에는 날이 서 있었다.

　사비와 마루는 잔뜩 화난 표정이었다.

　"어서 들어가. 저 안으로."

　슐레이만 삼촌은 세 아이들의 등을 떠밀었다.

　동굴은 서늘한 안개를 토해내고 있었다. 세 아이들은 앞으로 조심스럽게 전진했다. 입구에 있는 옥수수수염을 들추자 큼지막한 돌덩이들과 사람과 동물의 뼈들이 여기저기 널려있었다. 세 아이들은 숨소리조차 내지 않고 긴장한 채 걸어갔다. 2킬로미터쯤 걸었을 때 큰 연못이 나타났다. 큰 연못의 가장자리 쪽 물 빛깔은 연한 연두였고 가운데로 갈수록 점점 짙은 초록이었다. 연못은 나무의 나이테처럼 물의 나이테를 갖고 있었다.

"바로 여기야."

수리가 가리켰다.

"이 연못 속으로 들어가야 한단 말이야?"

사비는 겁에 질린 표정이었다.

"시발바는 이 아래에 있는 거야. 다른 길은 없어."

수리는 사비를 달래듯 말했다.

"난 무서워. 못 가겠어"

마루는 도망치듯 뒷걸음질 쳤다.

"우리가 아빠를 구해야지. 누가 구하겠어? 안 그래? 자, 용기를 내자."

수리는 사비의 손을 잡아끌었다.

"... 그래... 나도 엄마 아빠랑 함께 살고 싶어."

사비는 눈물을 글썽였다.

"자, 숨을 한껏 들이마셔. 꽤 오랫동안 숨을 못 쉬게 될 수도 있으니까."

수리는 크게 숨을 들이마셨다.

사비와 마루도 수리를 따라 했다. 그리고 연못 속으로 몸을 던졌다. 연못은 크게 흔들렸고 잠시 후 다시 고요해졌다.

세 아이들은 숨을 한껏 참고 연못 아래로 내려갔다. 연못은 아래로 내려갈수록 점점 넓어졌다. 하나의 큰 수로 같았다. 수로는 더 큰 연못으로 연결되어 있었다. 수리와 사비, 마루는 억지로 숨을 참은 채 헤엄쳐 갔고 더 이상 숨을 참을 수 없게 될 즈음 연못의 수면을 보았다. 재빨리 수면을 향해 돌진했다. 얼마나 숨을 참았던지 얼굴은 핏기가 하나도 없었다. 세 아이들은 주변을 둘러보았다. 또 다른 동굴이었고 동굴의 입구였다. 진짜 시발바의 입구였다.

수리와 사비, 마루는 연못을 나와 동굴 입구로 걸어갔다. 안으로 들어가니 수많은 해골들이 뒹굴고 있었다. 사지가 절단된 유골도 보였다. 수백 년 동안 포개져 있는 죽음들이었다. 갑자기 수천 마리의 박쥐들이 쏟아져 나왔다. 앞이 전혀 보이지 않았다.

박쥐들은 오랫동안 싱싱한 피를 맛보지 못했던지 세 아이들의 몸에 달라붙어 피를 빨았다.

"흡혈박쥐들이야. 도망쳐"

수리가 소리쳤다.

사비와 마루는 몸에 달라붙은 박쥐들을 거칠게 떼어내며 무작정 앞으로 달렸다. 박쥐들도 따라 달렸다.

흡혈박쥐들이 사라지자 팔렝케 유적지에서 보았던 것과 같은 사원들이 나타났다.

"이런 동굴에도 고대 마야의 사원들이 있다니..."

수리는 믿기 어려웠다.

사원은 아주 많았다. 동굴은 안으로 들어갈수록 점점 더 커졌고 사원은 계속 나타났다. 무려 수백 개의 회랑을 통과해야 했다. 난데없이 비가 오기 시작했다.

"동굴 안에 비가 오다니?... 진짜 비가 오네?"

수리는 어안이 벙벙했다.

그런데 비와 함께 온갖 뱀들이 기어 나오기 시작했다. 방울뱀, 붉은반점방패꼬리뱀, 슐레겔장님뱀, 햇살비단구렁이뱀, 고무보아, 에메랄드나무보아. 가짜산호뱀, 아나콘다, 인도비단구렁이, 파라다이스나무뱀, 왕뱀 킹코브라들이었다. 수백 수천 뱀들의 반짝거리는 눈알과 기다란 혀가 세 아이들을 향해 달려오고 있었다. 수리와 사비, 마루는 일단 도망치기 시작했다.

한참을 지나 길고 긴 강 앞에 도착했다. 강은 짙은 검은색을 띠고 있었고 속이 전혀 들여다보이지 않았다. 악마들만 살고 있는 것처럼 포악해 보였다.

"무섭다... 끔찍하다."

수리는 엄두가 나지 않았다.

하지만 강을 건너야 했다. 뒤쪽에선 아직도 수많은 뱀들이 쫓아오고 있었다. "저것 봐."

사비가 고함을 질렀다.

강 건너편으로 무지개가 나타났다. 그런데 무지개가 일곱 가지 색깔이 아니라 여섯 가지 색깔이었다. 그 무지개 아래엔 거대한 폭포가 흐르고 있었다.

"어떻게 건너지?"

사비는 발을 동동 굴렀다.

"또 헤엄쳐야지. 별수 있어? 이러니까 살이 빠지지. 난 빼고 싶은 마음 전혀 없는데 말이야."

마루는 귀찮았다.

"수리야. 이 강... 물속에 뭐가 있는지도 모르잖아?"

사비는 여전히 불안했다.

"뱀에게 통째로 잡혀먹는 것보다는 낫잖아? 하하하!"

수리는 웃기까지 했다.

사실 겁이 나는 걸 감추고 있었다. 세 아이들은 기분 나쁜 강속에 몸을 던졌다. 보기에는 기다란 강이라 폭이 좁은 줄 알았지만 꽤 넓었다. 낑낑대며 강 건너편으로 헤엄쳐 가고 있을 때 이상한 낌새를 느꼈다. 수리와 사비, 마루는 꼼짝도 하지 않고 서로를 쳐다보았다. 잠시 후 물이 출렁이기 시작했다. 물은 점점 더 격렬하게 출렁이더니 위로 솟구쳐 올랐다. 순간 거대한 괴수뱀의 머리가 등장했다. 세 아이들은 서로 다른 방향으로 멀리 나가떨어졌다. 괴수뱀의 길이는 거의 30미터는 넘어 보였다.

괴수뱀의 목엔 수많은 눈알이 달려있었다. 사람의 눈알로 만들어진 목걸이였다. 수리와 사비, 마루는 각자 죽어라 도망치기 시작했지만 아무리 헤엄을 쳐도 계속 그 자리였다. 괴수뱀이 물을 꽈악 잡고 있었다. 물은 전혀 움직이지 않았다. 괴수뱀이 노란 액체를 뿜어댔다. 괴수뱀의 노란 액체는 아이들을 쫓아오던 뱀들을 무자비하게 녹여버렸다. 무시무시한 독이었다. 괴수뱀은 세 아이들에게도 독을 뿜었다. 수리와 사비, 마루는 바들바들 떨기만 했다. 절체절명의 순간이었다. 그때였다. 우렁찬 포효가 들렸다. 그리고 사라진 익룡의 조상 프레온닥틸루스가 그 모습을 드러냈다. 프레온닥틸루스는 괴수뱀을 향해 거리낌 없이 돌진했다. 괴수뱀과 프레온닥틸루스는 서로 물어뜯으며 싸웠고 그동안 세 아이들은 강 건너 쪽에 무사히 당도했다.

"여긴 백악기에 머물러 있어. 시간이 멈춰있는 곳 같아. 휴... 겨우 살았네."

수리는 아직도 몸을 떨며 중얼거렸다.

강 건너편에서 볼 때 얌전해 보이던 폭포는 거칠었다. 세 아이들은 이러지도 저러지도 못하고 서 있기만 했다. 그런데 폭포 안쪽에서 뿌연 안개가 뿜어 나오며 노래가 흘러나왔다.

"에메랄드 비가 내리고
꽃들이 태어나네...
그대여 독수리처럼 자유로우리
대홍수가 땅을 휩쓸고 나면
하짓날 방패가 태양을 가리키리라..."

노래가 끝나자 눈이 내리기 시작했다. 그야말로 폭설이었다. 눈은 시커멓고 포악했던 강을 이불처럼 자꾸 덮었다. 괴수뱀과 프레온닥틸루스의 몸에도 눈은 쌓였다. 그들은 더 이상 싸우지 않았다. 눈을 맞으며 점점 딱딱하게 굳어져 갔다.

"수리야. 무지개, 무지개…"

사비는 감탄한 듯 말했다.

"아니… 말도 안 돼… 너무 아름다워… 진짜 아름다워…"

수리도 감탄을 내뱉었다.

처음 보는 풍경에 넋을 잃었다. 폭설에도 무지개는 그 빛을 잃지 않고 너무나 영롱했다.

"… 천천히 가고 싶어. 그런데 무지개를 향해서 가야 할 거 같지?"

사비는 모처럼 명랑해진 모습이었다.

"내가 흘러가는 것 같아"

수리는 홀린 듯했다.

"나도 그래. 앞으로도 흐르고 뒤로도 흐르고… 이상해. 참 이상해."

마루도 드물게 진지했다.

그 순간 폭포가 떨어지고 있는 안쪽에서 뿌연 안개의 해일이 밀려오기 시작했다. 그 안개는 눈이 부셨다. 세 아이들은 손으로 눈을 가렸다. 그러자 가려진 눈앞으로 수리와 사비, 마루의 역사가 흘러갔다. 엄마와 아빠, 그리고 형제들, 친구들이 지나갔다. 모든 풍경이 지나가자 눈을 떴다.

"저 정도 물줄기면 우린 죽을지도 모르지만, 그래도 우리는 간다."

수리는 폭포를 향해 외쳤다.

"아빠를 구하는 일이라면 뭐든 할 테야."

사비도 외쳤다.

"우리 손 잡자. 그리고 어떤 일이 있어도 이 손 놓치지 말자, 알았지?"

수리는 사비와 마루의 손을 잡았다.

그리고 폭포 속으로 뛰어 들어갔다. 세 아이들의 몸뚱이로 주름진 잔물결들이 섬세하게 몸을 감싸는 듯하더니 돌연 숨막히는 통증이 온몸을 강타했다. 그리고 온몸에 찌르는 듯한 강한 전류가 흘렀다.

"아아아"

수리와 사비, 마루는 비명을 지르다 정신을 잃었다.

　수리와 사비, 마루가 정신을 차리고 보니 깊은 호수 속이었다. 호수 속에서 마치 엄마 뱃속의 태아처럼 몸을 구부리고 있었다. 어느새 세 아이들 주변을 골든수마트라 물고기가 둘러싸고 있었다. 발광하는 와인 색상의 수만 개 눈동자들이 세 아이들을 뚫어지게 보고 있었다. 세상이 온통 움직이는 와인 빛깔뿐이었다.

　"너무 이뻐!"

　사비가 골든수마트라 물고기를 쓰다듬었다.

　"사비야! 사비야!"

　수리는 깜짝 놀라며 사비를 불렀다.

　"그래, 수리야. 우리가 물속에서 숨을 쉬고 말을 하다니... 믿어지지가 않아..."

　사비는 믿기 힘들었다.

　"이거 우리 물고기가 된 거야? 하하하! 와아 너무 신난다. 하하하!"

　마루는 큰 소리로 웃어댔다.

　"아니야. 인어야, 그냥 물고기가 아니라 인어! 인어공주!"

사비는 활짝 웃었다.

"배고프다"

마루는 역시 음식 타령이었다.

"넌, 어떻게 먹는 것만 밝히니? 나처럼 정신세계에 몰두해 봐라. 배가 고프기는커녕, 머리가 고프지."

수리는 놀리듯 말했다.

"사람은 한 끼만 안 먹어도 뇌에 산소가 부족해져서 두뇌 회전 속도가 20%가량 떨어져. 그러니까 배고프건 안 고프건 식사 시간이 되면 무조건 먹어야 한다고. 마루 놀리지 마."

사비가 마루 편을 들었다.

"대충대충 하자. 웬일로 마루를 감싸고도는 거야? 하여간 난 여기가 어딘지 먼저 알아야겠어. 흠, 이것들이..."

수리는 질투 난 표정이었다.

수리와 사비, 마루는 와인 빛깔 눈동자를 가진 골든수마트라의 친절한 안내에 따라 호수의 수면 쪽으로 천천히 헤엄쳐 올라갔다. 골든수마트라는 일사불란한 움직임을 보여주었다. 우회전, 좌회전, 유턴, 직진 등의 무늬는 가히 우주적 수준이었다.

골든수마트라를 따라 호수의 수면 위로 떠오른 세 아이들은 원숭이들과 맞닥뜨렸다. 끼끼끼끽 기묘한 울음소리를 내는 원숭이 떼의 울음소리는 기절초풍할 정도였다. 거미원숭이, 검정울음원숭이, 긴팔원숭이, 안경원숭이, 다람쥐원숭이, 더스키루통, 알락꼬리여우원숭이 등 세상의 모든 원숭이들이 모두 출동한 듯했다. 수리와 사비, 마루는 처음에 몹시 겁을 먹었다. 원숭이들은 보기보다 위험한 동물이기도 하다. 다행히 이곳의 원숭이들은 위협적이지 않았다. 천적을 두지 않고 생존해 왔는지 오히려 유순했다. 악수를 청하며 포옹을 하기까지 했고 여기저기 만져보기도 했다. 같이 놀고 싶어 하는 것이 분명했다.

"뭐야? 얘네들 왜 이러는 거야? 우리 같은 애들을 처음 보나? 난 원숭이라면 질색인데? 저리 가! 저리 가라고."

마루는 질색을 했다.

"그런데 여기가 어딜까?"

수리는 여기저기 둘러보았다. 어딘지 좀체 알 수 없었다.

"나침반이 전혀 움직이지 않아. 그러니까 여긴 분명히 버뮤다 트라이앵글이 맞아. 우리는 시발바에서 웜홀을 만났고 그 웜홀을 통해서 이곳까지 순식간에 도달한 거야. 분명해."

사비는 확신했다.

"이것 봐, 제로섬이 여기가 맞다니까."

마루가 카툰연구소에서 찢었던 지도의 일부를 꺼냈다.

수리와 사비도 지도를 유심히 들여다보았다. 마루의 말이 맞았다.

"맞아. 일반 지도에는 이 제로섬이 나타나지는 않아. 하지만 세 아빠들이 직접 만든 지도에는 제로섬이 존재한단 말이야. 그렇다면 우리는 분명히 제로섬에 도착한 거야, 맞아."

수리는 자신만만했다.

"여기가 섬인지 아직 모르고 혹시 섬이라 해도 여기는 제로섬 이런 팻말이 붙어있지 않은데 그걸 어떻게 알아? 너희들 머리 좀 써라. 장식용으로 달고 다니는 거야? 단순무식이니?"

사비가 반박을 했다.

"그런데... 이상하지 않아? 봐. 온통 양치식물 천지야. 이런 양치식물들은 백악기에나 있던 거라고."

수리는 기이한 풍경에 넋을 놓았다.

"수리야. 홍적세인지 백악기인지는 정확히 모르겠지만 이곳은 모든 종의 동물과 식물이 지구와는 전혀 다른 진화 과정을 거치는 것 같아... 진짜 이상한데 진짜 신비해. 매력 있어... 원숭이들도 귀엽고..."

사비는 원숭이들을 보고 방글방글 웃었다.

그때 세 아이들 앞으로 검은 물체가 휙 지나갔다. 빠른 속도로 수풀 속으로 사라졌다. 얼마 뒤 수풀이 움직이는 소리가 들렸다. 처음에는 작았지만 점점 커졌다. 우두두 우두두 한여름 장마철의 세찬 소나기 소리가 들리는가 싶더니 삽시간에 화살이 빗발치듯 날아와서 땅에 꽂혔다. 수리와 사비, 마루는 서로 꼭 껴안았다. 사시나무 떨듯 떨며 두 눈을 감았다.

"이상하잖아? 얘들아. 잘 들어봐... 이건 새소리야."

사비가 모기만 한 목소리로 말했다.

사비 말이 맞았다. 수많은 새들이 지저귀는 소리였다. 수리나 눈을 뜨고 주변을 둘러보았다. 땅엔 무수히 박힌 화살들의 꼬리에 작은 벌새들이 달려 있었다. 붉은색 부리와 초록색과 푸른색의 깃털을 가진 예쁜 벌새들이었다. 사비와 마루도 눈을 뜨고 벌새들을 보았다. 마음이 놓였는지 잠시 웃었지만 아직은 마음껏 웃을 수는 없었다. 이런 안심도 잠시, 수풀 속에서 한여름의 소나기 소리를 내며 달리던 물체들이 모습을 드러냈다. 바로 원주민들이었다. 거의 벗은 채로 나타난 원주민들은 중요 부위만 겨우 가리고 있었다. 모두 옥수수수염 목걸이를 하고 있었다.

원주민들이 세 아이들 쪽으로 다가왔다. 손에는 칼과 창을 들고 있었다. 그 칼과 창의 끝자락에는 십자가 형태의 날카롭고도 작은 무기가 뾰족했다. 수리와 사비, 마루는 본능적으로 위협을 느끼고 도망치기 시작했다. 도망치는 아이들을 뒤쫓는 원주민들과 그 원주민들의 뒤를 쫓는 원숭이들로 인해 그야말로 아수라장이었다. 세 아이들이 아무리 힘을 다해 도망쳐도 원주민들의 빠른 추격을 피하기는 어려웠다. 거의 자포자기할 무렵이었다. 원주민들을 뒤쫓던 원숭이들이 이번에는 원주민들을 공격하기 시작했다. 원숭이들은 그들의 긴 팔을 쭉쭉 늘여서 서로 연결했고 하나의 커다란 원을 만들어 수리와 사비, 마루를 완벽하게 보호했다. 원주민들은 원숭이들이 보호하고 있는 세 아이들을 더 이상 공격하지 못하고 갈피를 못 잡았다.

원주민들은 단 한 번도 동물과 싸워본 적이 없었다. 그들은 동물을 적으로 생각한 적은 없었지만 사람은 적으로 생각하고 있었다. 원주민들과 세 아이들과 원숭이들은 서로 공세도 수세도 없이 진퇴양난이었다. 그 순간이었다. 하늘에서 날개의 길이만 30미터가 되는 콘도르와키넬이 나타났다. 콘도르와키넬은 멋진 백발을 날리며 하늘을 장악했다. 콘도르와키넬은 어디든

볼 수 있었고 우주의 중심을 볼 수 있는 눈을 갖고 있었다. 날아다니는 인공위성이라고 할 수 있는 아주 오랫동안 살아온 새였다. 원주민들은 콘도르와키넬이 나타나자 순간 모두 땅에 엎드렸다. 그것은 맹목적인 복종이었다.

"와키넬... 와키넬... 와키넬..."

원주민들은 합창을 했다.

"끼끼끼..."

원숭이들도 납작 엎드렸다.

콘도르와키넬은 세상의 내면을 투시하는 날카로운 눈길로 바짝 엎드려 있는 원주민들과 원숭이들을 내려다보았다. 원숭이들의 보호가 풀린 수리와 사비, 마루는 그 틈을 타 도망치기 시작했다. 수리는 도망치면서 뒤를 돌아보았다. 콘도르와키넬이 보이지 않았다.

"... 없어졌어. 안 보여. 얘들아. 이제 안심해. 휴... 다행이다."

수리는 숨 가쁘게 외쳤다.

"그럴 리가 없어. 분명히 하늘 어디에선가 우리를 쫓아오고 있을 거야. 계속 가라고."

사비는 수리 말을 듣지 않았다.

"없다고, 진짜야."

수리가 다시 한번 외쳤다.

"얘들아, 나 배고파서 더 이상 못 가겠어. 난 배고프면 모든 신체기능이 정지한단 말이야... 난 못 가. 못 간단 말이야."

마루가 땀을 뻘뻘 흘리며 주저앉았다.

"제발, 먹는 타령 나중에 하고 일단 도망부터 가자고. 잘못하면 우린 죽을지도 몰라. 그 부리 봤지? 그건 부리가 아니라 곡괭이라구... 그러니까 어서 뛰어, 마루야."

수리는 마루를 억지로 일으켜 세웠다.

마루를 떠밀다시피 도망치고 있을 때 뒤에서 커다란 함성이 들렸다. 수리가 돌아보니 원주민들이었다. 원주민들이 또 쫓아오고 있었다.

"우릴 잡아먹을 기세야! 아니면 의식에 쓰던지. 난 통구이 되는 거 싫어! 싫다고!"

마루는 거의 우는 목소리였다.

세 아이들은 젖 먹던 힘까지 짜내서 달렸다. 그렇게 달리다가 갑자기 멈췄다. 얼굴은 사색이 되었고 온몸은 굳어졌다. 바로 앞에 콘도르와키넬이 수리와 사비, 마루를 노려보고 있었다.

"없어졌다고 하더니, 우리를 기다리고 있었구나!"

사비는 달달 떨었다.

"... 이상해... 우리 셋을 잡아먹어도 배가 안 부를 텐데... 왜 저러는 거지? 독수리는 죽은 시체만 먹는 거 아니었어?... 우리가 죽었나? 아직 안 죽었지? 그렇지?"

마루는 자신의 볼을 꼬집어보았다.

"왜 그러세요? 콘도르와키넬... 우리가 잘못한 게 있어요?"

수리는 아주 작은 목소리로 물었다.

콘도르와키넬은 발을 땅에 두지 않고 있었다. 발바닥에 붙은 씨앗을 아직 심을 땅을 찾지 못했다. 희망이 멈춘 땅에는 자신의 발을 내린 적이 없었다.

"저...저것 봐! 발을 보라고."

수리는 콘도르와키넬의 발을 보았다.

콘도르와키넬의 발바닥엔 씨앗 하나가 붙어있었다.

"씨앗이야. 무슨 씨앗일까?"

사비는 조금 전보다 목소리가 커져있었다.

"난 씨앗 따위 관심이 없고, 제발 빨리 사라졌으면 좋겠어. 제발..."

마루는 정말 간절했다.

콘도르와키넬은 30미터도 넘는 날개를 힘껏 펴더니 하늘로
비상했다. 순식간에 그 모습이 사라졌다.

"아, 다행이다... 정말..."

마루는 가슴을 쓸어내렸다.

그런데 콘도르와키넬은 순식간에 다시 나타났다. 어마어마
한 날개로 세 아이들을 감싸 안으려 했다.

"아아아..."

사비는 낮은 신음소리를 내며 기절했다.

사비의 팔에 작은 독화살이 박혀 있었다. 수리와 마루도 기절
했다. 수리와 마루의 팔에도 작은 독화살이 박혔다. 그 화살은
푸르렀다.

수리와 사비, 마루가 정신을 차린 곳은 어두컴컴한 동굴 감
옥이었다. 옆에는 원주민 할머니가 세 아이들에게 약초를 먹이
고 있었다. 입안의 약초는 너무 썼고 정신은 몽롱했다. 아이들
은 인상을 찌푸리며 가까스로 일어났다. 무장한 원주민 십여 명
이 보초를 서고 있었다.

"여기가 어디예요?"

수리가 어렵게 입을 뗐다.

그런데 원주민들은 아무런 대꾸 없이 수리를 노려보기만 했다.

"여기가 어딘지, 그것만 가르쳐 주세요. 부탁드립니다."

수리는 최대한 공손하게 말했다.

"우리는 마야인이다."

원주민 하나가 대답했다.

"우리가 죽을죄를 지은 것도 아니고 뭘 먹여가며 가둬야 할 것 아니야? 뭘 좀 달라구. 배고파. 꼬르륵 몰라? 꼬르륵? 당신들은 밥도 안 먹나? 혹시 윗분들이 밥도 안 먹이고 일시키나? 그렇다면 심각한 노동 착취잖아?..."

마루는 반말로 마구 떠들었다.

원주민들은 눈만 끔뻑거릴 뿐 아무 대꾸도 하지 않았다. 마루의 배에서 뱃고동 소리가 울렸다. 원주민들은 키득키득 웃었다. 웃는 얼굴이 하나같이 어린아이들처럼 천진난만했다.

"착한 사람들 같아."

수리는 원주민들의 웃음을 보자 마음이 놓였다.

"그분이 곧 오실 거다"

원주민 하나가 또 말했다.

"그분이요? 그분이 누구세요?"

수리는 정말 궁금했다.

원주민은 아무 대답도 하지 않았다.

5. 아이가 없는 마을

"밥은 안 줘요? 아이씨... 난 밥을 제때 안 먹으면 포악해진다 니까. 에라 모르겠다. 잠이나 자자."

마루는 바닥에 벌렁 드러누웠다.

"수리야. 너 용감하더라. 원주민들에게 물어본 거..."

사비는 수리가 멋져 보였다.

"응. 하하하."

수리는 괜히 으쓱해졌다.

"... 여기가 고대 마야 맞아. 우리가 제대로 찾아온 거야. 고대 마야의 멸망설에 대해서 학자들끼리 의견이 분분했었어. 하지 만 누구도 확실한 정답을 내놓진 못했지. 이제야 알 것 같아. 고 대 마야는 멸망한 게 아니야. 지구를 돌아다니는 웜홀에 빠진 거야. 어쨌든 난 참 기쁘다. 우리가 잃어버린 문명을 찾아내다니... 우린 피어리나 아문센보다 더 유명해질 거야."

사비는 자신이 자랑스러웠고 친구들이 자랑스러웠다.

"그런데 이상한 게 있어. 골든수마트라 물고기나 원숭이들은 왜 우리를 공격하지 않았을까? 오히려 우리를 도우려 했잖아? 야생에서 살아왔다면, 적으로 간주해서 죽였을 수도 있었는데..."

수리는 고개를 갸우뚱거렸다.

"그건 천적이 없어서일 거야. 고대 마야에 살고 있는 동물들은 천적이 없이 살아왔기 때문에 야생 본능을 잊은 거지. 플로렌스 섬에 갇힌 고대 인류가 호빗이 되었듯이 말이야. 천적이 없으면 고유의 야생 본성을 잊는 거 아닐까?"

사비의 추리는 꽤 그럴싸했다.

"그럼 여긴 먹을 게 넘쳐난다는 얘기냐?"

마루는 너무 배가 고파서 다시 일어났다.

원주민들이 부산하게 움직이기 시작했다. 동굴의 여기저기서 뿌연 안개가 스멀스멀 기어 왔다. 수리와 사비, 마루는 오싹한 한기를 느꼈다. 느닷없이 원주민들이 무릎을 꿇었다. 잠시 후 난쟁이가 나타났다. 난쟁이 주위로는 건장한 덩치의 전사 십여 명이 삼엄한 경계를 펼쳤다. 난쟁이의 키는 불과 100센티 정도였다. 얼굴에는 옥수수수염 모양의 길쭉한 에메랄드 모자이크 가면을 쓰고 있었다. 손목에는 에메랄드로 만든 구슬을 차고 있었고 입에는 에메랄드를 물고 있었다. 목에는 머리가 두 개 달린 뱀이 꿈틀꿈틀 움직이고 있었다.

"치크. 치크."

원주민들은 기이한 모습의 난쟁이를 찬양하고 있었다.

"저 난쟁이의 이름이 치크인가 봐"

수리는 조심스럽게 말했다.

사비와 마루가 고개만 끄덕였다. 세 아이들 모두 겁을 먹고 있었다.

"난 마법사다. 난 태어난 지 1년 만에 어른으로 자랐다. 난 하루 만에 이 도시를 건설했다. 이 도시는 이 세상의 시작부터 있었던 파칼 왕의 위대한 제국이다."

난쟁이 치크는 모두가 알아들을 수 있는 언어로 말하고 있었다.

"마야."

사비가 짧게 외쳤다.

"너희들은 13번째 박툰의 대주기가 끝나는 날 도착했다. 이는 신의 뜻이고 세상이 시작될 무렵부터 예언된 일이었다. 나는 이미 너희들이 올 걸 알고 기다리고 있었다."

치크는 믿기 어려운 말을 했다.

"오늘 너희들을 환영할 축제가 열릴 것이다. 모두 준비하라."

치크는 원주민들에게 명령을 내렸다.

"맞아. 세 아빠들이 남긴 메모 말이야. 12박툰 19카툰 16툰 10위날 6킨, 바로 13박툰의 마지막 날이야."

수리가 메모를 떠올리자 사비, 마루가 긴장했다. 그때 원주민들이 세 아이들 쪽으로 다가왔다. 그들은 동굴 감옥 문을 열고 아이들을 포박했다. 그리고 어디론가 데리고 갔다.

아이들이 도착한 곳은 황금의 방이었다. 바닥, 천장, 벽면 모두가 황금으로 만들어진 방으로 안내된 아이들은 황금의 기운에 도취되었다.

"슐레이만 삼촌이 얘기한 게 맞나 봐. 엘도라도. 고대 마야는 엘도라도 위에 세워졌다는 말..."

수리는 고개를 끄덕였다.

"맞아. 황금의 땅에 도시가 세워진 거라고 했었지?"

사비도 놀라고 있었다.

"황금이 아무리 많으면 뭐 하니? 먹을 게 없는데... 황금을 먹을 거야? 뭐야?"

마루는 여전히 배가 고픈지 불평을 늘어놓았다.

"예로부터 황금은 인간의 몸을 정화한다고 알려져 왔어. 그런데 이상한 게 이 황금에서는 향기가 나. 그렇지 사비야..."

수리는 사비를 보며 코를 킁킁거렸다.

고대 마야의 황금에는 갓 자란 여린 풀과 막 피어난 꽃봉오리의 향기가 났다. 그건 매일매일 새로워지는 희망의 향기였다.

"그런데 우리를 정화시켜서 뭐 하려고?"

마루가 무심코 뱉었다.

"혹시... 의식의 제물에 바치려는 거 아닐까? 아까 13번째 박툰 어쩌구 되는 날이니 뭐니 하지 않았어?"

사비는 문득 의구심이 들었다.

"말도 안 돼. 제물? 그럼 통통하게 살을 찌워야지. 이렇게 굶긴다는 거야?"

마루는 믿을 수 없다는 표정이었다.

원주민 여자들이 황금바구니를 머리에 이고 나타났다. 여자들은 황금바구니를 바닥에 내려놓았다. 바구니 안에는 옥수수가 가득했다. 수리와 사비, 마루는 허겁지겁 먹었다. 황금바구니에 가득 쌓인 옥수수는 금방 동이 났다.

"진짜 잡아먹으려나? 이렇게 날마다 먹으면 오동통해질 텐데? 하하하."

마루는 배가 불러서 그런지 자꾸 기분 좋은 웃음이 나왔다.

"아이고... 돼지야."

사비는 놀리듯 혀를 날름 내밀었다.

그때 또 다른 원주민 여자들이 황금을 온몸에 주렁주렁 달고 나타났다. 이번에도 황금항아리를 이고 있었다.

"황금으로 뭐 하자는 거야? 도대체 왜 이렇게 주렁주렁 달고 다녀? 자랑도 유분수지."

마루가 톡 쏘아붙였다.

원주민 여자들은 황금항아리를 바닥에 내려놓았다. 걸쭉한 황금빛 액체가 출렁거렸다.

"걸쭉한 거 이거 뭐지?"

수리는 얼굴을 찌푸렸다.

"황금을 녹인 거 같아"

사비는 손을 살짝 담가보았다. 걸쭉한 황금이 손가락에 묻어났다.

"와우, 끝내주는데? 이거 우리 엄마가 보면 대박인데... 하하하..."

마루는 황금을 찰흙 반죽처럼 갖고 놀았다.

"아니, 이게 뭐야? 왜 이래요? 왜 이래?"

수리가 난리법석을 피웠다.

원주민 여자들이 수리의 몸을 사방에서 붙잡고 다른 원주민 여자가 커다란 붓으로 황금 칠을 하기 시작했다. 사비와 마루도 여자들에게 붙잡혀 온몸에 황금 칠을 당했다. 원주민 여자들은 중요한 의식을 치르듯 경건하게 행동했다. 한 여자가 노래를 시작했다.

"에메랄드 비가 내리고
꽃은 태어나네
그대여 독수리처럼 자유로우리
대홍수가 땅을 휩쓸고 나면
하짓날 방패가 태양을 가리키리라..."

이 노래는 세 아이들이 시발바의 입구를 통과할 때 폭포에서 듣던 바로 그 신비한 노래였다.

"이거 뭐야? 보디페인팅이야?"

수리는 황금 칠로 번쩍번쩍 윤이 나는 자신의 몸뚱이를 쳐다보았다.

"우리를 어디에 전시할 예정인가? 혹시 황금 노예? 뭐 이런 거 아니야?"

마루는 고개를 절레절레 흔들었다.

"뭐래, 난 겁 나는데 넌 아무 걱정도 안 되니? 아무리 생각이 없다고 해도 너무 해..."

사비의 목소리는 떨렸다.

"근데 난 진짜 이상한 게 있어."

수리는 의심이 가득한 눈초리였다.

"뭐야? 빨리 말해봐. 궁금해 죽겠어."

사비가 재촉했다.

"여기 와서 아이들을 한 명도 못 봤잖아? 너희들 이상하지 않아? 남자, 여자, 난쟁이... 그런데 아이들은 없었어. 세상 어디를 가도 아이들은 있는 거야. 아이들 없는 곳은 지구상에 단 한 군데도 없다고... 안 그래?"

수리는 심각했다.

"앗, 그 말이 맞다면... 우리가 어떤 의식에 쓰일 제물이 아닐까? 우리가 이곳의 유일한 아이들 아닐까? 그래서 이렇게 황금을 칠하고?..."

사비의 낯빛이 하얗게 변했다.

"우리 이상한 게 또 있어."

수리는 심장 부근을 가리켰다.

수리와 사비, 마루의 몸에서 유독 왼쪽 가슴, 즉 심장 부분만 황금 칠이 없었다. 갑자기 원주민 여자들이 황금 인간이 된 세 아이들을 황금의 방에서 데리고 나갔다. 밖으로 나온 수리와 사비, 마루는 눈이 너무 부셔서 눈을 뜰 수가 없었다. 수리가 겨우 실눈을 뜨고 하늘을 바라보았다. 태양이 무려 다섯 개나 되었다. 하지만 그 태양의 윤곽은 뚜렷하지 않았다. 희미했다.

"도대체 여긴 어딜까? 외계 행성인가? 태양이 다섯 개라니..."

수리는 놀라서 눈이 커졌다.

"태양이 다섯 개나 되는 곳이 있다니... 여긴 정말 상상 이상이네."

사비도 눈에 보이는 게 도무지 믿어지지 않는 듯했다.

"맞아, 꿈에서 본 거랑 똑같아. 사비야, 마루야. 나, 꿈에서 봤어. 태양이 다섯 개였어. 아니 그러다가 여섯 개가 되었어. 아주 뚜렷하게 여섯 개, 그래. 꿈이 아니었던 거야..."

수리는 꿈이 현실과 일치하는 게 너무 두려웠다.

함성이 들리기 시작했다. 세 아이들은 소리가 나는 쪽을 보았다. 달의 광장이었다. 달의 광장에 수천 명의 원주민들이 엎드린 채 모여 있었다. 원주민들 위로는 태양의 신전이 위풍당당했다. 얼마나 까마득하게 높은지 꼭대기에는 구름이 걸쳐 있었고 눈이 쌓여 있었다. 원주민들의 시선은 모두 수리와 사비, 마루를 향해 있었다. 원주민들은 쉬지 않고 주문을 주절거렸다. 세 아이들은 점점 겁이 났다.

"우리를 보고 주문을 외우고 있어. 이상해... 너무 이상해..."

수리는 온몸을 떨었다.

세 아이들은 달의 광장 중앙에 있는 제단으로 끌려갔다. 제단에는 난쟁이 마법사 치크가 엄숙한 표정으로 서 있었다. 그의 목을 감싸고 있는 머리 두 개 달린 뱀의 혀가 수리와 사비, 마루를 겁주듯 날름거렸다. 전사들은 세 아이들을 제단에 눕히고 움직이지 못하도록 단단히 묶었다. 그제야 수리와 사비, 마루에게 엄청난 공포가 들이닥쳤다. 너무 무서워서 울음도 나오지 않았다. 난쟁이 마법사 치크는 그가 가지고 있던 황금십자가 지팡이를 높이 들었다가 거칠게 땅에 내리꽂았다. 그러자 하늘에 떠 있던 희미한 다섯 개의 태양이 사라지고 세상은 깜깜해졌다. 세 아이들의 몸을 물들인 황금색만이 번쩍거리며 빛을 발했다. 수천 명 원주민들의 이상한 주문 소리만이 암흑의 공간을 떠돌았다. 주문 소리는 점점 격앙되며 울음소리로 바뀌어 갔다. 난쟁이 마법사 치크도 주문을 시작했다.

"... 뿌연 안개와 붉은 노을을 마시고 햇빛을 먹으려는 자들입니다... 이들의 살아있는 심장을 바치겠사오니... 내일도 찬란한 태양을 허락해 주십시오."

난쟁이 마법사 치크의 목소리는 몸집과 달리 크고 힘찼다.

치크의 주문이 점점 빨라질수록 원주민들의 주문도 덩달아 빨라졌다. 집단 최면 상태였다.

"살아있는 몸의 심장을 제물로 바친다니..."

수리는 온몸이 얼어붙어서 손가락 하나도 꼼짝할 힘이 없었다. 사비와 마루에게도 극한의 공포가 몸 구석구석을 파고들었다.

순간 하늘이 갑자기 번쩍하더니 조금 밝아졌다. 원주민들이 벌떡 일어나 하늘을 향해 두 팔을 들어 울부짖기 시작했다. 수리와 사비, 마루가 보기에는 사이비 종교의 광신도들 같았다.

"태양이 사라졌어. 신이 저주를 내리신 거야."

원주민 중 하나가 외쳤다.

그러자 원주민들은 웅성거렸다.

"아무래도 우리를 먹을 거 같아. 심장을 도려내고 난 다음에 말이야. 튀겨 먹을까 삶아 먹을까 찜해 먹을까?"

마루는 죽음을 목전에 두고도 먹는 얘기만 했다.

"... 살아날 방법이 있을 거야"

수리는 안간힘을 짜내어 말했다.

"우릴 제물로 바칠 거잖아. 이렇게 죽일 바에야 아까는 왜 배 터지게 옥수수를 먹인 거야? 먹은 거 도로 토해내고 싶어."

마루는 분통이 터졌다.

"잡아먹지 않을 거야. 심장을 제물로 바친다잖아? 그나마 다행이야."

사비는 자신이 무슨 말을 하는지도 몰랐다.

"어차피 죽는 거잖아? 난 고통 없이 죽고 싶단 말이야."

마루는 울먹였다.

"그만 받아들여. 이제 살아날 방법은 없어. 마지막 기도나 할 수밖에."

사비는 비관적인 말투였다.

"그래. 넌 죽는 그 순간에도 고상한 척하는구나. 그래 우리 잘 죽자."

마루는 자포자기했다.

"그만들 해. 싸우다가 죽을래? 방법이 있을 거야. 기다려 봐. 세상에 태어나서 자기 임무를 다하지 못한 사람은 죽을 수 없어. 나는 그렇게 믿어."

수리는 악을 썼다.

"지금 죽이러 오는데?"

마루는 앞이 캄캄했다.

난쟁이 마법사 치크가 다가오고 있었다. 그의 손에 번쩍이는 황금 단도가 들려 있었다.

"아아아!"

세 아이들은 동시에 비명을 질렀다.

치크가 단도를 내리꽂으려는 바로 그 순간, 황금십자가에서 피가 흐르기 시작했다. 갑자기 원주민들이 술렁이기 시작했다. 황금십자가는 고대 마야인들에게 생명을 상징하는 것이었다.

원주민들은 신이 수리와 사비, 마루의 죽음을 반대하고 있다고 생각했다.

난쟁이 마법사 치크는 당황했다. 어찌할 바를 몰랐다. 미처 예견하지 못한 상황이었다. 이 불경한 소동을 잠재울 어떤 조치가 필요했다. 그때 치크의 목에 감겨 있던 머리 두 개 달린 뱀의 입에서 강렬한 핑크빛 액체가 터져 나왔다. 모두 그 아름다운 색깔에 정신이 팔렸다. 세 아이들도 그 핑크빛 액체가 실타래를 풀 듯 바람에 실려 가는 모습을 보고 있다가 곧 쓰러졌다. 하늘은 또다시 완전한 암흑에 빠졌다. 아무것도 보이지 않았다.

세상은 우주 생성기로 돌아간 듯했다. 빛이라곤 하나도 없었다. 태초의 정적이 계속됐다. 그리고 잠시 후 하늘에 콘도르와키넬의 허연 백발이 보였다. 그 백발은 유난히 선명했다. 30미터가 넘는 콘도르와키넬의 날갯짓 소리만 우렁찼다. 콘도르와키넬의 날카로운 눈빛이 수리와 사비, 마루를 강렬하게 노려보았다. 아이들은 정신이 몽롱한 가운데 그 눈빛을 보았다.

콘도르와키넬은 세 아이들을 향해 돌진했다. 발을 땅에 내리지도 않았다. 수리와 사비, 마루는 감쪽같이 사라졌다. 하늘은 점점 밝아졌다. 희미한 다섯 개의 태양이 다시 모습을 드러냈다. 다섯 개의 태양 옆자리에서 갓 태어난 아기 태양 하나가 겨우 여린 빛을 내고 있었다. 아직 완전하지는 않았지만 분명히 그건 신의 징조였고 계시였다. 난쟁이 마법사 치크는 놀란 나머지 비틀거렸다. 원주민들은 하나같이 눈물을 흘렸다. 감격에 겨워하는 기쁨의 눈물이었다.

"케찰코아틀!"

누군가 외쳤다.

짧고 강한 그 한 마디는 지구라는 세상에 존재하지 않는 이 낙원을 울렸다.

수리는 눈을 떴다. 향기로운 냄새가 났다. 풋것의 향기였다. 아직 다른 불순물이 전혀 섞이지 않은, 세상의 그 어떤 향기도 섞이지 않은 그런 향기였다. 수리는 향기가 나는 쪽으로 고개를 돌렸다.

"아니... 이게..."

수리는 아주 작은 소리로 중얼거렸다.

콘도르와키넬의 뒷모습이 눈앞에 펼쳐졌다. 엄청난 크기의 날개를 가진 콘도르와키넬의 뒤쪽에는 믿을 수 없을 만큼 아름다운 꽃들이 만개해 있었다. 수만 가지의 꽃마다 앙증맞은 벌새들이 달라붙어 꽃 속의 꿀을 먹고 있었다. 어디선가 따뜻한 바람이 불어왔다. 수리는 행복한 표정을 지었다. 사비와 마루도 차례로 눈을 떴다. 그리고 콘도르와키넬의 뒷날개를 보고 놀라운 표정을 감추지 못했다.

"저것 봐..."

사비가 속삭였다.

수만 가지의 꽃들이 마치 융단처럼 깔린 초원 끝자락에 마천루와도 같은 태양의 피라미드가 있었고 그 피라미드를 다섯 개의 희미한 태양과 이제 갓 태어난 여섯 번째의 태양이 비추고 있었다. 태양의 피라미드 꼭대기는 아직도 뿌연 안개의 소용돌이에 휩싸여 있었다. 감히 범접하기 힘든 비밀의 장소가 있는 것이 분명했다.

"콘도르와키넬이 우리를 구한 거야?"

사비는 콘도르와키넬의 눈치를 보고 있었다.

"그런 거 같아. 그런데 왜 우리를 구해주었을까? 콘도르와키넬은 원래 동물의 눈알을 좋아해. 식성이 독특하단 말이야. 우리 눈알부터 먹으려나 봐. 하하하."

마루는 엄살을 피우며 또 먹는 얘기였다.

"마루야. 먹는 건 좀 대충대충 하자."

수리는 짜증을 부렸다.

"... 맨날 대충대충. 그렇게 하다간 쫄딱 망한다니까. 굶어 죽기 십상."

마루는 수리를 놀렸다.

"마루야, 토끼와 거북이 몰라? 결국 거북이가 이겼잖아? 느리게 대충 가는 것처럼 보여도 실상은 아닐 수 있다는 걸 알아야지. 마지막에 이기는 자가 진짜 이기는 거라고."

수리가 가르치듯 말했다.

"내가 오메가고고학교도 탈출한 사람이야. 여기까지 와서 말도 안 되는 강의를 들어야겠어? 어유 지겨워."

마루는 불평을 했다.

세 아이들 눈앞에 믿을 수 없는 광경이 펼쳐졌다. 마치 케냐의 세렝게티 초원을 야생의 동물들이 뛰어다니고 있는 것 같았다. 동물들은 전혀 위험해 보이지 않았을 뿐 아니라 수리와 사비, 마루를 향해 웃고 있는 것처럼 보였다.

"수리, 넌 호랑이가 웃는 거 봤어?"

사비는 호랑이를 향해 손을 흔들었다.

"응, 봤어. 방금."

수리도 호랑이를 향해 손을 흔들었다.

세 아이들은 야생의 동물들을 향해 용감하게 달려갔다. 그리고 함께 껴안고 뒹굴었다. 그런데 사자를 만난 마루가 사자의 갈기를 잡아당기는 대형 사고를 치고 말았다. 사자는 천지를 뒤흔들만한 큰소리로 포효했다. 땅이 크게 흔들렸다.

"엄마야!"

마루는 줄행랑을 쳤다.

사자는 마루를 뒤쫓기 시작했다. 하지만 사자는 마루를 금방 따라잡았다. 마루를 넘어뜨리고 한 발로 마루의 몸통을 눌렀다.

"아아아!"

마루는 비명을 질렀다.

사자가 그 커다란 입을 쩌억 벌렸다. 마루도 입을 쩌억 벌렸다. 사비가 사자의 관심을 다른 곳으로 돌리기 위해 큰 돌을 하나 집어 들어 사자의 머리통을 향해 날렸다. 사비가 던진 돌은 사자의 머리통에 적중했다. 사자가 큰 머리를 들어 사비를 보았다. 사비는 부랴부랴 도망치기 시작했다. 사비는 죽을힘을 다해 달렸다.

다리가 덜덜 떨렸다. 사자는 날듯이 달렸다. 사비는 마침 텅 비어있는 통나무 속으로 들어갔다. 사자는 통나무를 박살 냈다. 사비는 이제 꼼짝달싹도 할 수 없었다. 사자가 또 그 커다란 입을 쩌억 벌렸다. 사비는 눈을 감았다.

"그만해. 레오."

어린아이의 목소리였다.

순간 사자는 동작을 멈추었다. 그리고 사비에게서 물러났다.

"안녕."

황금색의 금발 곱슬머리를 가진 흑인 아이였다.

일고여덟 살 정도로 보이는 귀여운 아이였다. 황금색 옷을 입고 위엄 있게 치장을 한 아이는 수리와 사비 그리고 마루를 향해 환한 웃음을 지었다. 벅찬 감동과 감격이 어우러진 웃음이었다. 아이가 세 아이들 쪽으로 다가왔다. 콘도르와 키넬이 아이의 뒤를 따랐다. 아이를 지켜주고 있었다.

"난 챤이라고 해."

챤이 먼저 수리를 껴안았다.

"난 수리야!"

수리는 어색한 웃음을 웃었다.

"난 사비!"

사비는 손을 살짝 흔들었다.

"난 마루!"

마루는 무뚝뚝한 표정이었다.

"... 이쪽은 콘도르와키넬."

챤은 자신의 뒤쪽에 서 있는 콘도르와키넬을 가리켰다. 수리와 사비, 마루가 어정쩡하게 콘도르와키넬에게 고개를 까딱했다. 콘도르와키넬도 세 아이들에게 고개를 까딱했다.

"내가 사는 이곳은 잊혀진 세상이라고 해."

챤의 눈에 눈물이 글썽였다.

"... 지금까지 난 아이들을 한 번도 본 적이 없어. 너희들이 내가 태어나서 처음 본 아이들이야. 너무 기뻐... 그래서 눈물이 나..."

챤은 눈물을 떨어트렸다.

"뭐라고?"

수리가 소리를 질렀다.

"믿기지 않겠지만 정말이야... 난 오늘을 영원히 잊을 수 없을 거야."

챤은 눈물을 훔치며 웃었다.

6. 신비한 소년, 챤

"이곳은 아이들이 태어나지 않은 지 오래됐거든. 태어나면 곧 죽게 되니까, 아무도 아기를 낳으려고 하지 않아. 간혹 태어나는 아기는..."

챤은 차마 더 이상 말하지 못했다.

"난 내가 어떻게 태어났는지 몰라. 엄마도 몰라. 아빠도 몰라. 그리고 아이들이 없으니 친구도 없어..."

챤은 눈물을 떨어트렸다.

"아이들이 태어나지 않는다는 건... 희망이 죽었다는 의미야. 그래서 잊힌 세상이라고 부르는구나..."

사비는 챤의 눈물이 가슴 아팠다.

마루가 챤의 가까이 다가갔다. 그리고 갑자기 챤의 머리카락을 잡아당겨 보았다.

"아야."

챤은 작은 소리를 냈다.

"하여간, 마루 넌 어딜 가든 사고유발자야. 사고유발자. 그만해. 마루야."

사비가 야단을 쳤다.

"늘 궁금했단 말이야. 흑인 아이의 머리카락을 만져보고 싶었어. 뽀글뽀글한 게 신기하잖아. 너흰 안 그래? 난 부러워서 그랬어. 내 머리는 뻣뻣한 직모잖아? 멋도 없고... 하하하... 그런데 이 머리는 너무 예쁘잖아? 게다가 황금색이라니. 너무 아름다워..."

마루는 감탄을 했다.

챤이 마루의 손을 가져가 자신의 머리카락을 만지게 했다. 마루는 챤의 머리카락을 마음껏 만졌다.

"너희들이 이곳에 와서 너무 기뻐. 도무지 믿기지 않아. 어른이 아닌 아이들을 만나다니... 너무 행복해... 너무 기뻐..."

챤은 환하게 웃었다.

"우리들을 구해준 게 바로 챤, 너야?"

수리가 물었다.

"응."

챤이 고개를 끄덕거렸다.

"난쟁이 마법사 치크가 왜 우리를 죽이려고 한 거야? 너는 혹시 그 이유를 알아?"

사비가 챤에게 물었다.

"치크는 아이들을 좋아하지 않아. 치크는 아이들을 보면 다 죽여. 치크는 희망을 죽이는 마녀의 아들이거든. 무서워. 난 무서워."

챤의 얼굴은 공포와 슬픔이 교차했다.

"마녀의 진짜 얼굴을 본 사람은 아무도 없어. 그래서 더 무서워."

챤은 진짜 무서운지 몸을 떨었다.

수리와 사비, 마루는 깜짝 놀랐다. 챤이 한없이 불쌍했다. 세 아이들은 엄마 아빠의 얼굴도 모를 뿐 아니라 한 번도 아이들과 놀아 본 적이 없는 챤과 놀아주기로 마음먹었다. 수리와 사비, 마루 그리고 챤은 뛰어놀기 시작했다. 서로 웃고 껴안고 뒹굴었다.

"챤, 너에게서 햇빛 냄새가 나."

수리는 챤에게 말했다.

챤에게선 만지면 바스러질 듯 야리야리한 햇빛 냄새가 났다.

"형에게도 햇빛 냄새가 나."

챤은 밝게 웃었다.

챤은 노는 걸 쉬려고 하지 않았다. 지쳐가는 건 오히려 수리와 사비, 마루였다. 모두, 몸에서 땀 냄새가 날 때까지 놀았다. 그때 수리가 꾀를 내었다. 집을 떠날 때 모리가 준 게임기를 챤에게 주었다. F1 어플이 깔린 게임기였다. 수리는 조작하는 방법을 친절하게 설명해주었다. 챤은 금방 적응했다. 챤은 게임기 모니터에 나타나는 실감 나는 캐릭터들과 레이싱 자동차들의 동작에 금방 빠져들었다. 챤에겐 전혀 경험해 보지 못한 또 다른 세상이자 우주였다. 수리는 집에 두고 온 동생 모리를 생각하며 챤의 머리를 쓰다듬었다.

난쟁이 마법사 치크는 수리와 사비, 마루를 찾아 헤매다가 드디어 챤의 궁전, 잊힌 세상에서 아이들을 찾았다. 챤은 치크가 계획하고 있는 새로운 마야의 시대에 자신의 뒤를 이을 새로운 마법사였다. 치크는 그동안 고대 마야를 지배하면서 원주민들을 맹종의 마법에 빠지게 했고 바보로 만들었다. 희망을 품지 못하도록 했다. 고대 마야인의 희망은 케찰코아틀이었지만 점차 망각 속으로 사라져갔다. 고대 마야인들은 오랜 기다림에도 불구하고 케찰코아틀이 나타나지 않자 어느덧 전설로만 생각하게 되었고 그저 하루하루를 치크의 명령대로 살아갔다. 치크는 반란이 생길 걸 두려워한 나머지 원주민들의 꿈까지 지배했다. 그들이 먹는 식수에 마법의 약을 풀었다. 치크의 밀실에서 재배한 황색 풀가루와 용혈 샘물, 요키요키 흑요석, 전사의 파란 양초 세 자루와 마법의 가루를 섞은 이 약을 마신 원주민들은 잠을 자면서도 꿈을 꾸지 못했고 잠을 자면서도 오로지 치크만을 생각했다.

치크는 사실 깊은 병이 있었다. 360년 전부터 키가 자라는 병이었다. 태어날 때 76센티미터에 불과했던 난쟁이 마법사에게 키가 자라는 것은 곧 마법의 힘이 사라지는 것을 뜻했다. 치크는 마법의 힘이 사라질까 봐 두려워했고 찬을 통해서 고대 마야를 영원히 지배하려는 치밀한 계획을 세웠다. 그래서 찬이 수리와 사비, 마루와 함께 지내는 것을 그냥 넘어갈 수 없었다. 세 아이들을 기필코 없애야만 했다. 아이들은 괜한 희망을 전염시키는 바이러스와도 같은 존재일 뿐이었다. 치크는 인간에게 희망이란 탐욕의 또 다른 이름일 뿐이며 결국 탐욕과 같다고 단정하고 있었다. 그런데 자신은 고대 마야를 영원히 지배하고 싶다는 탐욕을 포기하지 않았다.

치크는 먼저 마루를 유혹했다. 식탐이 많은 마루에게 옥수수 수염으로 만든 돼지를 내밀자 덥석 받아먹었다. 이 옥수수수염에는 역시나 황색 풀가루, 용혈 샘물, 요키요키 흑요석, 파란 양초 세 자루, 마법의 가루가 조합되어 있었다. 마루는 마법의 약으로 범벅된 돼지 한 마리를 다 먹고서야 맹종의 마법에 빠졌고 그 힘에 이끌려 태양의 피라미드 꼭대기를 올랐다.

"이렇게 쉬울 수가 있다니. 내가 이렇게 체력이 좋았나? 전혀 힘들지가 않아. 참 희한하네..."

마루는 자신의 체력에 감탄하면서 계단을 올랐다. 셀 수도 없는 계단을 거뜬히 오르며 태양의 피라미드 꼭대기를 쳐다보았다. 뿌연 안개가 소용돌이치고 있었다.

"지금 체력이면 문제없어. 빨리 가자. 영차 영차..."

마루는 달리듯 계단을 올랐다.

"어? 저거 저거... 수리가 꿈에서 봤다고 떠들던 그... 그거잖아?"

마루는 격자 문양의 아치문을 보았다.

그 문을 열었다. 문을 열자마자 전혀 다른 세상이 나타났다. 울창한 숲이었다. 작은 키 나무와 큰 키 나무들이 절묘하게 조화를 이루며 온통 초록의 바다를 이루고 있었다.

"와아아."

마루는 환호성을 질렀다.

좋아하는 포도나무 천지였다. 마루는 포도 덩굴 아래서 포도를 실컷 따먹었다. 아무리 먹어도 배가 부르지 않았다. 끝도 없이 먹었다.

"으으음…"

어디선가 신음소리가 들렸다.

마루는 얼굴에 포도 찌꺼기를 묻힌 채 소리가 나는 쪽으로 걸어갔다. 숲은 더욱 깊어졌고 어두워졌다.

마루는 나무 제단 아래 쓰러져 있는 챤을 보았다. 온몸은 안개의 소용돌이가 감싸고 있었다. 눈은 뜨고 있었지만 아픈 사람처럼 횡했다. 죽어있는 것처럼 보였다.

"챤, 챤!"

마루는 챤을 불러보았다.

챤은 대답이 없었다. 순간 자신을 뚫어져라 노려보는 서늘

한 살기를 느꼈다. 주변을 살펴보니 맞은편 수풀 속에서 무언가 꿈틀거렸다. 수풀 속에서는 안개가 뭉클뭉클 쏟아지고 있었다. 챤을 포박하고 있는 그 안개였다. 안개 소용돌이 뒤쪽에 두 개의 눈알이 데굴데굴 움직이고 있었다. 마루는 뒷걸음질 쳤다. 그러다 발에 가시나무가 걸려 넘어지고 말았다.

"아얏."

마루는 너무 따가워서 울 뻔했다.

넘어진 채 발목에 흐르는 피를 닦았다. 그제야 챤이 누워있는 나무 제단이 가시나무라는 것을 알아챘다. 하지만 마루는 맹종의 마법 때문에 큰 충격을 받지 않았다. 챤이 또 신음소리를 내며 몸을 움찔거렸다. 마루는 자신도 모르게 챤의 몸을 만졌다. 만지다가 가시나무에 새끼손가락을 찔리고 말았다. 순간 피가 흐르며 맹종의 마법이 풀려 제정신으로 돌아왔다.

"챤... 챤! 아아아! 챤! 일어나! 일어나란 말이야! 챤!"

마루는 챤의 참혹한 모습에 그만 비명을 질렀다.

그때 수리와 사비가 나타났다. 마루의 뒤를 몰래 따라왔던 수리와 사비는 셀 수도 없는 계단을 오르느라 숨을 헐떡였다. 수리와 사비도 챤의 참혹한 광경을 보고 경악했다.

"챤... 챤..."

사비는 발을 동동 굴렀다.

"콘도르와키넬은 어디 간 거야?"

수리는 하늘을 보며 콘도르와키넬을 찾았다.

챤을 일으키려 했다.

"멈춰라."

난쟁이 마법사 치크였다,

치크는 전보다 키가 커져 있었다. 눈치채지 못할 정도로 미세하게 자라던 키가 이제는 노골적으로 자라고 있었다. 치크의 전사들은 수리와 사비, 마루를 끈으로 단단히 묶었다.

"이곳은 파칼 왕의 눈알이 보관된 성지다. 아무나 들어올 수 없는 곳이다. 파칼 왕은 인간에 의해 14등분으로 잘려 강에 버려졌다. 이제 파칼 왕 시신의 나머지를 찾으면 부활할 것이다. 그러니까 경거망동하지 마라. 부정 탄다."

치크는 엄중하게 경고했다.

"그런 소리 듣고 싶지 않아. 챤에게 왜 이랬어? 챤을 풀어줘. 어서 풀어주란 말이야."

수리는 울음 섞인 목소리를 내질렀다.

난쟁이 마법사 치크가 전사들에게 손뼉을 여섯 번 쳤다. 그러자 전사들은 챤의 안개 포박을 풀었고 챤의 등짝을 아이들에게 보여주었다. 챤의 등에는 희미한 옥수수수염 문양이 있었다.

"저게 뭐야? 챤에게 무슨 짓을 한 거야?"

수리가 외쳤다.

"신성한 옥수수수염이다."

난쟁이 마법사 치크는 시치미를 떼고 말했다.

"뭐? 저따위 가짜 옥수수수염을 등짝에 만들려고 챤을 괴롭혀?"

마루도 화가 나서 견딜 수가 없었다.

"가시나무로 찔러서 만들었다는 거야? 어떻게 이럴 수가 있어? 어떻게?"

사비는 눈물을 흘렸다.

"고대 마야인들은 옥수수수염을 갖고 태어난 아이를 신으로 생각한다. 그리고 신의 문양을 가진 아이를 신의 대리인으로 떠받들지. 고대 마야인들은 챤을 새로운 신, 마법사로 믿고 따르게 될 거다. 난 챤을 위대한 마법사로 만들려는 사람이다. 그리고 난 그 마법사를 지배할 거다. 그리고 챤은 곧 부활하게 될 파칼 왕을 지배하게 될 거다. 흐흐흐..."

난쟁이 마법사 치크는 자비심이라고는 전혀 없었다.

"그럼 당신이 계속 마법사 노릇하면 되잖아? 왜 챤을 괴롭혀?

챤은 아직 어린애야."

수리가 치크에게 달려들었다.

전사들이 수리를 잡아서 내동댕이 쳤다. 수리는 엎어진 채 훌쩍거렸다.

"당신이 무엇을 지배하건 관심 없어요. 왜 챤을 이용하는 거죠? 감추고 있는 비밀이 뭐예요?"

사비는 앙칼지게 따졌다.

"아니야. 아니야. 뭔가 이상해. 파칼 왕의 눈알은 팔렝케의 무덤에서 도난당했다고 했었어. 그래. 맞아. 그렇다면... 치크, 당신과 무슨 관계가 있는 거죠? 맞죠?"

사비는 계속 따지고 들었다.

"파칼 왕은 죽지 않았어. 그는 반드시 돌아온다."

치크는 대답은 하지 않고 엉뚱한 얘기만 했다.

"죽은 사람이 어떻게 돌아와? 당신이 파칼 왕의 눈알을 훔친 거지? 그렇지? 지금 저 두 개의 눈알은 뭐야? 말해봐. 어서."

마루는 확신에 차서 말했다.

"난 파칼 왕을 살릴 수 있어. 부활시킬 수 있어. 세상은 그 왕, 케찰코아틀이 지배하고 그 케찰코아틀은 마법사 챤이 지배하고 그 마법사는 내가 지배한다. 자꾸 반복하게 하지 마. 참으로 쉬운 논리인데... 흐흐흐..."

치크는 징그럽게 웃었다.

전사들에게 또 손뼉을 쳤다. 그러자 전사들은 수리와 사비, 마루를 질질 끌다시피 데려갔다.

"너희들은 없어져야 해. 너희들이 살아있는 한 챤은 저렇게 고통을 겪게 될 거다. 너희들이 진정으로 챤을 아낀다면 순순히 이 땅을 떠나라. 아니면 너희들은 죽어야 한다!"

치크는 세 아이들의 뒷모습을 향해 소리 질렀다.

치크의 목에 감긴 머리 두 개 달린 뱀의 혀 색깔이 핏빛이었다.

태양의 피라미드 아래엔 원주민들 수천 명이 모여 있었다. 수리와 사비, 마루의 싱싱한 심장을 도려낼 의식의 제단은 이미 준비되어 있었다. 세 아이들은 꽁꽁 묶인 채 무릎을 꿇고 있었다. 원주민들은 수리와 사비, 마루의 죽음을 신이 원하지 않는다는 사실을 까맣게 잊었다. 세 아이들에게 화를 내며 황금을 마구 던졌다.

"아니... 황금을 던지다니... 황금을 돌처럼 사용하다니..."

수리는 아연실색했다.

원주민들은 황금을 의식에만 사용했다. 황금은 신과 관련된

물건으로 생각했고 인간의 몸과 마음을 정화시켜 준다고 굳게 믿었다. 그들에게 황금은 돈의 가치가 전혀 없었다. 황금을 바쳐야만 신이 노하지 않고 자신들의 몸과 마음도 정화돼서 불로불사한다고 믿었다.

고대 마야 원주민들이 맹종의 마법에 빠진 것을 안타까워하며 그들을 구하고자 하는 사람은 있었다. 죽음의 위기에 처한 세 아이들을 지켜보며 구하고자 하는 사람이 있었다. 바로 도베였다. 도베는 치크의 지배에 반기를 든 반란자들의 대장이었고 난쟁이 마법사를 없애려는 계획을 갖고 있었다. 갑자기 치크의 전사들이 부산하게 움직이기 시작했다. 난쟁이 마법사 치크에게 귓속말을 했다. 치크의 얼굴이 보기 싫게 일그러졌다.

"빨리 해."

치크가 전사들에게 명령을 내렸다.

전사들은 세 아이들의 몸을 묶고 있는 끈을 풀고 태양의 피라미드 옆의 깎아지른 듯한 절벽으로 끌고 갔다. 원주민들은 수리와 사비, 마루의 뒤를 따르며 주문을 외웠다.

세 아이들은 절벽 끝에 섰다. 아래는 천 길 낭떠러지였다. 그때 난쟁이 마법사 치크가 아직 눈도 뜨지 못한 갓난아기를 안고 나타났다. 원주민들의 얼굴에 놀란 표정과 두려운 표정이 동시에 나타났다. 모두 벌벌 떨었다.

"누군가 신의 명령을 어겼다. 또 아기가 태어났다! 이 아기를 먼저 제물로 바치겠다."

치크는 아무렇지 않게 얘기했다.

수리와 사비, 마루는 깜짝 놀랐다. 원주민들은 난쟁이 마법사 치크에게 감히 대들 생각도 못 했다. 잠시 후, 의식을 위해 특별히 차려입은 원주민 여자들이 황금을 가득 담은 바구니를 가져왔다. 황금바구니 안에 있던 황금을 강으로 거침없이 던졌다.

"앗."

수리는 눈앞에서 보고도 믿기 어려웠다.

치크는 갓난아기를 번쩍 들더니 강으로 휙 던져 버렸다. 순식간에 벌어진 일이었다.

"안 돼!"

수리는 소리를 질렀다. 전사의 손을 뿌리치고 갓난아기가 던져진 절벽으로 달려 나갔다. 그리고 한 치의 망설임 없이 갓난아기가 던져진 강으로 자신의 몸을 던졌다. 사비와 마루도 쏜살같이 달려나가 절벽 밑으로 거침없이 몸을 날렸다. 난쟁이 마법사 치크는 조금의 흔들림도 없이 서 있었다. 감정을 드러내려 하지 않았다. 원주민들이 거친 함성을 지르기 시작했다. 난쟁이 마법사 치크를 향해 보내는 맹목적인 찬사였다. 치크가 손을 들어 소란을 잠재웠다.

"이 땅은 탐욕이 없는 세상이다. 그래서 우리는 모두 평등하게 잘 살게 될 것이다. 영원히..."

치크는 예언자처럼 말했다.

그때 챤이 나타났다. 번쩍이는 황금색 옷으로 치장한 챤이 나타나자 원주민들은 흐느끼기 시작했다. 끝도 없이 절을 하며 경배를 보냈다. 챤은 아무런 표정이 없었다. 챤의 눈동자는 전혀 움직임 없이 허공만 응시했다. 치크는 챤에게 다가가 황금색 옷을 벗겼다. 그리고 챤을 뒤로 돌려세웠다. 챤의 등짝에 옥수수수염 문양이 뚜렷하게 드러나 있었다. 그 모습을 목도한 원주민들은 일시에 조용해졌고 바닥에 바짝 엎드렸다. 무시무시한 정적이었다. 어느 누구도 고개조차 들지 않았다. 숨소리도 들리지 않았다.

"안... 돼..."

챤은 들릴 듯 말 듯 입술을 달싹였다. 눈동자가 미세하게 흔들리더니 한줄기 눈물을 떨어트렸다. 아무도 보지 못했다.

　수리는 강물로 뛰어들자마자 갓난아기를 찾아서 품에 안았
다. 갓난아기는 엄마 배 속의 양수에서 그랬던 것처럼 작은 몸
짓으로 헤엄을 치고 있었다. 수리는 갓난아기를 안고 강의 반
대편에 도착했다. 기다리고 있던 도베와 일행이 수리를 반겼다.
곧이어 사비와 마루도 도착했다. 세 아이들 몸의 황금 칠은 강
물에 씻기고 없었다.

　"걱정하지 마. 아기는 비밀리에 태어나고 있어. 아직도 희망이
존재한다는 뜻이지. 그리고 난 도베야."

　도베는 수리에게 손을 내밀어 악수를 청했다.

　"전 수리예요"

　수리가 밝게 웃으며 손을 내밀었다.

　"그리고 여긴, 주먹 쥐고 불끈이야."

　도베는 자신의 일행들을 소개했다.

　"앗. 우리 팀 이름하고 같잖아? 저희도 주먹 쥐고 불끈이에요."

　수리는 감정이 벅차올랐다.

　"우리는 서로 꼭 만나야만 하는 운명 같구나!"

　도베도 감격했는지 수리의 손을 놓지 못했다.

"그런데 아이들이 태어나면 뭐 해요? 치크가 전부 다 죽이잖아요?"

사비는 울음 섞인 목소리로 말했다.

"... 오늘... 이 아기는 내 실수야. 들키지 않았어야 하는데 들키고 말았지. 자아, 이리 와봐라. 아기들이 태어나서 싱싱한 수풀처럼 자라고 있어."

도베는 먼저 앞장섰다.

세 아이들은 도베를 따라갔다. 키 큰 나무들의 숲을 지났다. 숲은 얼마나 크고 넓은지 어느새 어둠이 땅바닥까지 스며들고 있었다. 반딧불이들이 스스로 몸을 밝히며 길을 열어주었다. 숲은 화려하지 않고 소박하고 고요해서 외부인의 눈에 띄기 어려웠다. 어디선가 갓난아기의 가느다란 울음소리가 울렸다. 반딧불이들은 극성을 부리며 몸을 더 밝게 밝혔다. 그러자 넓은 초원이 드러났다. 하지만 초원은 푸른 초원이 아니라 갈색의 황무지였다.

고깔모자를 쓰고 해골 피리를 부는 한 소년이 나타났다.

"피리 부는 소년이야..."

수리는 신기했다.

소년이 부는 해골 피리 소리는 이상한 마력이 있었다. 수리와 사비, 마루는 홀린 듯 기분이 즐거워졌다. 곧이어 해골 피리를 부는 소년 뒤로 원주민 여인들이 품에 갓난아기를 안고 따라왔다. 십여 명도 넘었다.

"피리 부는 소년은 아기를 낳은 어머니들에게 신호를 주는 거야. 이 소리는 그 어머니들만 들을 수 있어."

도베는 설명해 주었다.

해골 피리를 부는 소년이 멈췄다. 또 다른 숲의 입구였다. 입구는 격자무늬 창처럼 만들어진 수풀이었다. 원주민 여인들이 갓난아기를 격자무늬 수풀 입구에 내려놓더니 도망치듯 가버렸다.

"여긴 죽음의 숲이야. 이곳에 들어가는 모든 어른은 스스로 죽음을 선택하고 말지."

도베는 믿기 어려운 말을 했다.

"그럼 비밀스럽게 태어난 아기들이 전부 이곳에 살아있단 말이에요?"

수리는 혼란스러웠다.

"그래... 이곳은 아직까지 난쟁이 마법사 치크의 손길이 미치지 않은 곳이야. 그래서 아기들이 안전한 거야."

도베는 수리를 안심시켰다.

그때 수리 또래의 아이들이 나타났다.

"저 봐! 아이들이라고! 아이들! 아이들!"

마루는 반가워서 펄쩍펄쩍 뛰었다.

아이들은 입구에 놓인 갓난아기들을 안고 숲속으로 사라졌다. 도베가 세 아이들에게 따라오라는 눈짓을 했다. 수리와 사비, 마루는 도베를 따라 죽음의 숲으로 들어갔다. 격자무늬 수풀 입구를 넘어서자 전혀 다른 세상이 나타났다. 싱싱한 아지랑이처럼 피어오르는 연둣빛이 온 숲을 살아서 돌아다니고 있었다. 수리는 그 연둣빛을 쫓으며 숨을 크게 들이켰다. 단 한 번도 고통스런 기억을 가진 적이 없을 것처럼 평화로운 냄새였다.

"저것 봐. 또 아이들이야, 아이들이 너무 많아!"

사비는 환하게 웃었다.

여자아이들은 갓난아기에게 다디단 포도즙을 먹이며 수다를 떠는 중이었다.

"죽음의 숲은 완벽한 요새야... 아이들이 이렇게 행복한 표정으로 살아있다는 게, 바로 그 증거야."

수리는 중얼거렸다.

"아기들이 모두 살아있다니 정말 다행이에요. 그런데 난쟁이 마법사 치크가 쳐들어오면 어떡해요?"

수리는 걱정스러웠다.

"이 숲에 치크가 들어오지 못하는 진짜 이유가 있어. 이리 와봐."

도베는 흐뭇하게 웃었다.

세 아이들은 커다란 거울을 마주했다. 격자무늬 거울이었다. 수리가 조심스럽게 거울 앞에 섰다. 그러자 격자무늬가 사라지면서 어린 시절부터 모습이 파노라마처럼 지나갔다. 엄마에게 눈을 부라리며 대들던 모습, 엄마의 지갑을 뒤져서 동전을 꺼내는 모습, 사비, 마루와 함께 골리 선생님 뒤에서 손가락 욕을 하는 모습, 모리와 함께 수영하던 모습, 연구실에서 아빠의 이야기를 듣는 모습 등이 지나갔다. 수리가 깜짝 놀라서 뒷걸음질 쳤다. 사비와 마루도 마찬가지였다. 몹시 충격을 받았다.

"진실의 거울이지. 난 아이들을 로즈버드라고 불러. 아이들은 일부러 순수하려고 노력하지 않아도 되지. 저절로 순수하거든. 그래서 거울로 볼 수 있는 게 고작 부모님 말씀을 잘 듣지 않는 모습, 친구들과 혹은 형제들과 싸우는 모습, 선생님을 놀리는 모습... 그 정도야."

도베는 온화한 표정이었다.

"그럼 어른들은 다르겠네요. 때가 묻고... 더럽고..."

마루는 입을 삐죽거렸다.

수리와 사비는 웃음을 터트렸다.

7. 예언이야? 신의 계시야?

"그렇지. 치크는 키가 아이들처럼 작다고 해도 그는 수천 살이나 먹은 어른... 아니 노인이야. 그의 몸뚱이에는 더럽고 때 묻은 온갖 마법이 달라붙어 있어. 난쟁이 마법사 치크가 이 거울 앞에 서면 그의 정체는 탄로 나고 말 거야. 그래서 치크는 이 죽음의 숲에 올 수 없어. 스스로 죽어야 하거든."

도베는 마루의 머리통을 쓰다듬으며 웃었다.

"치크를 이곳으로 끌고 오면 되잖아요? 이 거울을 보게 하면 되잖아요?"

사비는 정말 안타까웠다.

"그건 힘들어. 그는 수천 살이나 먹은 마법사야. 그리고 아직 때가 아니야. 그때가 반드시 올 거라고 믿고 있어. 그리고 나에겐 아직 할 일이 남았어."

도베는 주먹을 불끈 쥐었다.

"저희도 돕고 싶어요. 제발 돕게 해주세요."

수리는 사정하다시피 했다.

"... 내가 부탁할게. 수리야, 사비야, 마루야, 날 도와줘. 너희들이 아니면 우리는 이길 수 없어. 그래서 너희들이 여기까지 온 거야."

도베는 의미심장한 말을 했다.

"네? 그게 무슨 말이에요? 우리가 여기 온 게 이미 계획되어 있던 거예요?"

수리는 머릿속이 하얘지는 듯했다.

"그럼, 너희들이 이곳에 온 건 예언대로 되고 있다는 뜻이야. 아니면 신의 계시일까? 하하하. 아빠를 찾고 싶지 않아? 가자."

도베는 천연덕스럽게 말했다.

수리와 사비, 마루는 죽음의 숲 밖으로 나왔다. 도베의 말대로라면 세 아빠들은 난쟁이 마법사 치크가 만든 비밀연구소 테테오난에 있었다. 아이들은 먼저 그 위치를 알아낸 다음에 아빠들을 탈출시키는 계획을 세웠다. 물론 난쟁이 마법사 치크의 또 다른 흉계도 알아내야 했다. 그래야 태어나는 아기도 살릴 수 있고 챤도 구할 수 있었다.

　난쟁이 마법사 치크는 세 아이들을 찾으려고 혈안이 되어 있었다. 자신의 비밀연구소 테테오난 어딘가에 있는 지하벙커 원더로 갔다. 치크는 원더에서 그가 모시는 신이자 어머니인 희망을 죽이는 마녀 마리아에게 의식을 지내며 마법의 능력을 키워왔다. 하지만 키가 조금씩 자라면서 마법의 효력도 점점 떨어져가고 있었다. 멸망의 날이 오기 전에 챤이 자신을 대신해서 마법사 역할을 수행해야만 했다. 챤이 그렇게만 해준다면 모든 계획은 걱정할 게 없었다. 치크는 제단에 놓인 황금관의 뚜껑을 밀어서 열었다. 황금관에서 황금색 연기가 피어오르며 기이한 소리가 터져 나왔다.

　"내 두 눈이 나를 보고 있다. 내 두 눈이 나를 보고 있다."

　파칼 왕의 두 개의 눈알 목소리였다.

　황금관에 누워있는 미라는 얼굴에 에메랄드 가면을 쓰고 있었고 양손에는 큼직한 에메랄드를 쥐고 있었다. 입에는 에메랄드를 물고 있었고 두 개의 흑요석 눈알이 반짝거렸다.

　치크가 주문을 외우기 시작했다. 바닥이 흔들리며 갈라졌고 그 사이로 물이 솟구쳤다. 주문은 점점 고조되었다. 그러자 황금관 속에 누워있던 미라의 손이 조금씩 움직이기 시작했다. 치크의 주문은 점점 더 빨라졌다. 절정으로 치닫고 있었다. 미라가 몸을 움찔거렸다. 그러더니 몸을 반쯤 일으켰다. 그런데 미라의 몸뚱이는 짚으로 만든 가짜였다. 미라는 양손에 쥐고 있던 에메랄드를 떨어트렸고 입에 물고 있던 에메랄드도 떨어트렸다. 순간 난쟁이 마법사 치크가 주문을 멈추었다. 기력이 달리는지 비틀거렸다. 땀을 비 오듯 쏟으며 주저앉았다. 미라는 그대로 다시 누워버렸다. 파칼 왕은 결국 부활하지 못했다. 에메랄드 마스크 속 두 개의 흑요석 눈알은 자신의 몸을 찾지 못한 채 당황하고 있었다. 난쟁이 마법사 치크의 마법은 힘을 잃었고 가짜 미라를 진짜로 승화시키지 못했다. 치크의 머리카락이 백발로 변하고 있었다. 점점 그 범위가 넓어지고 있었다.

　수리와 사비, 마루는 하늘을 보고 깜짝 놀랐다. 이상한 비행체를 본 것 같았다. 그 비행체는 어린 시절부터 보고 들었던 UFO의 형태와 매우 닮았다.

　"너도 봤어?"

　마루가 수리를 보며 물었다.

"응. 뭔가 이상한 비행체가 휙 지나갔어. 그런데 낯설기도 하고 익숙하기도 해."

수리는 아리송한 말을 했다.

"비행체가 맞아. 우주선이거나. 분명해."

마루는 자신에 차서 말했다.

"말도 안 돼. 왜 이렇게 무식하니? 지금 여기는 고대 마야잖아. 무슨 비행체야? 게다가 우주선?... 지금 이곳은 고대 마야가 멸망하기 직전이야. 정신 차려."

사비는 양손을 허리에 올린 채 노려보았다.

그런데 좀 전에 보았던 그 이상한 비행체가 또다시 지나갔다. 이번엔 번쩍번쩍 발광하며 스쳐갔다.

"것 봐. 똑똑한 척하지 마. 세상엔 과학으로 설명이 안되는 게 얼마나 많은 줄 알아? 내가 무식하다고? 사비, 네가 무식하다. 메롱... 약 올라 죽겠지?"

마루가 혀를 내밀며 비아냥거렸다.

사비가 마루를 확 밀어버렸다. 마루는 뒤로 자빠졌다.

"저것 봐... 저거 저거... 없어졌어..."

수리는 손가락으로 가리켰다. 이상한 비행체가 화산이 폭발하고 있는 산 정상에서 거짓말처럼 사라졌다.

"우리 가보자."

사비가 수리와 마루를 보며 동의를 구했다.

"가다가 치크에게 잡힐지도 몰라, 이번엔 랍스터처럼 쪄서 먹을지도 모른다고, 무슨 애가 겁도 없나 봐... 난 싫어."

마루는 단호했다.

"그럼 넌 아빠 안 찾겠다는 거니?"

사비는 마루를 또 밀쳐버렸다.

마루는 또 자빠졌다.

"아니 그런 게 아니라, 아빠를 구하기도 전에 죽을까 봐 그런 거야. 무슨 계획을 세우고 가야지. 이건 완전 무계획이잖아. 애들 장난도 아니고 말야."

마루는 트집을 잡았다.

"언제 계획 세우니? 저렇게 잡아먹으려고 쫓아오는데?"

수리가 다급한 말투로 얘기했다.

마루와 사비가 뒤를 돌아보았다. 난쟁이 마법사 치크의 전사들이 세 아이들 쪽으로 전속력으로 달려오고 있었다.

"이번엔 우리를 꼬치에 끼워서 먹을 건가 봐. 쟤네들 창이 왜 저렇게 기다란 거야?"

수리는 일부러 농담을 했다.

세 아이들은 웃을 겨를도 없이 도망치기 시작했다. 하지만 아무리 도망을 쳐도 전사들의 추격을 당해낼 수는 없었다. 이제 수리와 사비, 마루 바로 뒤에 전사들이 바짝 다가와 있었다. 그들은 독화살을 쏘려고 준비하고 있었다. 세 아이들은 이제 모든 걸 포기하는 표정으로 서로를 보았다. 그때였다. 하늘을 가르는 웅장한 날갯짓 소리가 들렸다. 콘도르와키넬이 엄청난 속력으로 땅으로 하강하고 있었다. 수리와 사비, 마루의 얼굴에 웃음이 번졌다. 그리고 콘도르와키넬의 등에는 챤이 타고 있었다.

"챤이다."

세 아이들은 반가운 나머지 동시에 큰소리를 질렀다. 전사들은 당황했는지 우왕좌왕했다. 그사이, 콘도르와키넬은 커다란 날개로 수리와 사비, 마루를 한꺼번에 감싸 안았다. 세 아이들은 챤과 함께 콘도르와키넬의 등에 타고 날아올랐다. 콘도르와키넬의 등에 타자 수리와 사비, 마루의 눈이 고성능 카메라를 장착한 인공위성처럼 지상의 모든 지형이 마치 모니터를 보듯이 상세하게 들여다 보였다. 세 아이들은 콘도르와키넬의 등에서 챤과 함께 화산이 폭발하는 산, 움키밀로 떠났다.

하지만 수리와 사비, 마루를 쫓기 위해 난쟁이 마법사 치크가 보낸 반인반용 챨츄가 뱀처럼 소리 없이 따라가는 것은 눈치채지 못했다. 반인반용 챨츄는 절망을 퍼트리는 동물이었다. 누구도 그의 눈을 쳐다보기만 하면 절망의 나락으로 떨어졌다. 반인반용인 챨츄는 멀어져가는 세 아이들을 노려보았다. 무시무시한 시뻘건 눈으로... 그 눈은 활활 타오르는 지옥의 불구덩이였다.

산은 악마의 산이라고 불리는 움키밀이었다. 움키밀 산의 정상은 만년설로 덮여 있었고 뜨거운 용암을 토해내고 있었다. 그 누구의 접근도 거부하며 무서운 괴물이 되어버린 산이었다. 콘도르와키넬은 수리와 사비, 마루를 태우고 움키밀 산의 계곡 사이사이를 날아갔다. 불덩이를 실은 거대한 화물열차가 지나가는 것처럼 보이는 시뻘건 용암의 강을 지나자 만년설이 뒤덮인 거대한 분지가 나타났다. 콘도르와키넬이 만년설 분지에 착륙했다. 챤이 먼저 내리고 마지막으로 세 아이들이 내렸다.

"잘 봐."

챤은 수리와 사비, 마루에게 씨익 웃었다.

그리고 만년설로 덮인 분지 바닥을 내려다보았다. 수리와 사비, 마루도 챤을 따라 내려다보았다. 만년설 분지 바닥은 놀랍게도 카툰연구소의 파칼 왕 무덤에서 보았던 그림 돌판이 거대한 부조로 조각되어 있었다. 챤이 쾅 쾅 쾅 쾅 쾅 쾅 여섯 번 발을 굴렀다. 그러자 우르릉 하는 굉음과 함께 분지가 흔들리더니 아래로 아래로 내려가기 시작했다. 세 아이들과 챤을 태운 원형의 거대 분지는 점점 깊이 내려갔다.

수리와 사비, 마루가 도착한 곳은 엄청난 규모의 지하벙커였다. 대낮처럼 밝았고 그 시설 또한 최첨단처럼 보였다. SF영화에나 나올 법한 미래 도시였다.

"와우, 정말 상상 이상이네. 나에게 묻고 싶다. 내 인생의 장르는 무엇인지?"

수리는 혀를 내둘렀다.

"내가 대답해줄게. 수리 네 인생의 장르는 액션어드벤쳐판타지무비. 넌 어차피 여러 방향으로 삐딱하게 살아왔잖아? 하하하... 괜찮아. 멋져. 멋져."

마루는 수리의 어깨를 툭 툭 쳤다.

"빨리!"

챤이 수리의 손을 잡아끌었다.

세 아이들은 챤을 따라가며 끊임없이 이어지는 원형의 돌문을 지나쳤다. 그 돌문은 고대 마야인들이 당시에 이미 현대인들보다 정확하고 정교하게 만들었다는 달력 쫄킨의 다양한 확대판이었다. 쫄킨 달력은 2012년으로 끝이었다. 고대 마야인들은 이때 우주가 대격변을 겪게 되며 그로 인해 지구에 종말이 찾아온다고 믿었다. 많은 학자들은 쫄킨 달력의 예언대로 지구의 종말에 관한 수많은 상상과 가설을 만들기도 했다.

수리와 사비, 마루가 52개째 문을 지나자 원주민들이 보였다. 그리고 원주민들 옆으로 비행체가 모습을 드러냈다. 비문의 사원에서 보았던 그림 돌판과 똑같은 비행체였다.

"실제로 존재한다니... 전설이 아니었어."

수리는 입을 쩍 벌린 채 다물지를 못했다.

"수리야. 저... 저.. 저... 아... 아..."

사비는 말을 더듬었다.

"아... 아빠..."

수리는 아빠를 소리쳐 불렀다.

세 아이들은 세 아빠들을 향해서 빠르게 달려가더니 격렬하게 껴안았다. 누가 먼저랄 것도 없이 울음을 터트렸다. 그런데 이상하게도 세 아빠들은 세 아이들을 힘주어 밀어냈다.

"아빠... 아빠. 저, 수리예요... 저 모르시겠어요?"

수리는 아빠의 팔을 거칠게 흔들었다.

아빠는 수리를 멀뚱히 쳐다볼 뿐이었다. 사비와 마루의 아빠도 마찬가지였다. 사비와 마루를 낯선 사람 보듯 하였다.

"난쟁이 마법사 치크의 마법 때문이야. 고대 마야에 사는 사람들은 모두 똑같은 마법에 걸렸어. 바로 맹종의 마법이야. 자신들의 과거를 절대 기억하지 못해. 수천 년 동안 현재만 살고 있는 거야."

챤은 슬프게 말했다.

"왜 그런 지독한 마법을 건 거야?"

수리는 분노가 치밀었다.

"과거를 기억하면 안 되는 큰 이유가 있을 거야."

챤은 침울한 표정이었다.

"자기가 뭔데 그러는 거야? 어떻게 사람을 저 지경으로 만들 수 있지? 치크에게 그럴 권리는 없어. 내가 가만두고 보지 않을 거야."

사비는 이를 악물었다.

"그러지 마. 난 치크가 무서워. 치크는 왕을 지배하는 마법사거든. 난 치크의 마법을 벗어날 수 없어."

챤은 두려움에 몸을 떨었다.

"그는 마법사도 아니야. 사기꾼이야."

마루는 버럭 소리를 질렀다.

"나는 치크를 대신할 미래의 마법사야. 그리고 진짜 왕은 곧 돌아올 거야. 우리를 구원하러 올 거야. 그때 우리는 지구를 떠날 거야. 내가 알고 있는 건 이게 다야."

챤은 알아듣기 힘든 얘기를 했다.

"챤, 치크는 마법사일 뿐이야. 너를 속이고 고대 마야인들을 속이고 있어. 그리고 갓난아기들을 죽이려 한다고!"

수리는 챤을 돕고 싶었다.

"챤, 네가 살고 있는 고대 마야의 땅이 지구의 전부가 아니야. 극히 일부분이야. 챤, 지구는 굉장히 넓어. 네가 상상하기도 힘들 만큼 말이야. 다른 세상도 있다고. 그러니까 치크를 믿지 마. 그는 나쁜 악마야."

사비는 챤의 손을 굳게 잡았다.

"치크는 왕을 지배하려는 계획이야. 나도 알아. 그리고 갓난아기들은 죽이려 한다는 것도 알아. 하지만 그 누구도 치크를 없앨 수 없어. 그러니까 무섭다는 거야."

챤은 잔뜩 겁을 먹고 있었다.

"아니야. 그를 없앨 수 있는 사람이 있어. 바로 자기 자신이야. 그를 진실의 거울 앞에 데려가기만 하면 돼. 그는 스스로 죽음을 선택해야 해."

수리는 챤을 꺼안았다.

"불쌍한 챤. 치크가 널 꼭두각시로 만들었어. 넌 이용당하고 있는 거야."

사비는 눈물을 흘렸다.

"그리고... 세 아빠들의 마법을 풀 수 있는 약이 있긴 해."

챤은 주위를 살피며 낮게 속삭였다.

"뭐? 해독약이 있다고?"

수리는 놀라서 넘어질 뻔했다.

"바로 파칼 왕의 옥수수수염이야."

챤은 속삭이듯 말했다.

수리와 사비, 마루가 원래 살던 세상으로 돌아가려면 다시 웜홀을 찾아야 했다. 고대 마야의 땅 어디에 있는지 몰랐다. 고대 마야 땅은 어디를 가든 다시 원점으로 돌아올 수밖에 없는 미로의 땅이었다. 이곳은 시간도 공간도 모두 순환형이었다.

"그런데... 이 비행체를 왜 만드는 거야?"

수리가 챤에게 물었다.

"마야인들은 2012년 12월 21일 9시 21분에 지구에 종말이 온다는 예언을 믿어 왔어. 얼마 안 남았어. 치크는 지구에 종말이 오기 전에 이 비행체 키니친을 타고 다른 행성으로 탈출하려는 거야."

챤은 눈빛을 반짝이며 대답했다.

"이 비행체 안에 고대 마야인들이 모두 탈 수는 없잖아? 고대 마야인들은 어림잡아도 수천이야."

사비는 의문을 표시했다.

"물론 모두 탈 수 없어. 휴... 그게 문제야. 남는 자들이 훨씬 많다는 거..."

챤은 한숨을 쉬었다.

"144,000일을 주기로 운행하는 박툰의 마지막 13번째 주기에 선택된 52종의 동물 한 쌍 52종의 식물 그리고 건강한 신체와 정신을 가진 마야인 남자 52명 여자 52명만이 탈 수 있어. 치크가 결정한 거야."

챤은 비행체 키니친을 보며 말했다.

"나머지는 버림받는 거네... 다 죽는 거야..."

사비는 힘없이 말했다.

"치크는 희망을 죽이는 마녀의 아들이니까. 하지만... 그도 영원할 수 없어. 병이 들었거든. 그래서 내가 필요한 거야. 난 치크처럼 살고 싶지 않아."

챤은 전보다 더 핼쑥해져 있었다.

그때 치크의 전사들이 나타났다. 세 아이들은 세 아빠들과 잠시 이별하기로 하고 도망치기 시작했다. 치크의 비밀연구소 테테오난의 원더는 난공불락의 요새와도 같았다. 간신히 밖으로 나간다고 해도 도도하게 흐르는 용암의 불줄기를 만나야 했다.

"옥수수수염을 구해 올게요. 조금만 기다리세요."

수리는 뒤를 돌아보며 아빠에게 소리쳤다.

아빠는 그런 수리를 차갑게 외면했다.

수리와 사비, 마루는 끝도 없이 계속 이어지는 돌 달력 쫄킨을 지나며 키니친 공장을 보았다. 비행체 제작에 직접 참여하는 엔지니어들은 세 아이들이 익숙하게 보아왔던 외계인들이었다. 고대 마야인들은 그들을 부리고 있었다.

"외계인들이 왜 이곳에 있지? 왜 비행체를 제작하고 있지?"

수리는 의아하게 쳐다보았다.

그런데 외계인들의 눈빛이 묘했다. 세 아이들을 쳐다보는 눈빛이 가족을 상봉한 듯 애틋함이 묻어났다.

"이상해. 저 눈빛 낯설지가 않아. 왠지 타인 같지가 않아..."

수리는 가슴이 뛰었다.

"맞아. 가슴이 마구 뛰어. 전혀 타인 같지 않아. 왜 그럴까?"

사비도 수리와 비슷한 감정을 느꼈다.

"우리가 그동안 외계인에 관한 수많은 정보에 노출되어 있어서 그런 거 아닐까? 익숙해져 있어서 그럴 수도 있잖아. 그러니까 너무 심각해지지 말자. 흠흠..."

마루는 헛기침을 했다.

"그런데, 이럴 때가 아니야. 빨리 튀자."

수리가 먼저 뛰기 시작했다. 사비도 마루도 따라 뛰었다.

"아악."

사비가 자지러지는 비명을 질렀다.

바로 앞에 춤추는 해골이 있었다. 수리와 사비, 마루는 기겁하며 멈추어 섰다. 춤추는 해골은 담배를 피우고 있었고 목에는 사람의 눈알을 엮은 목걸이를 하고 있었다.

"시발바의 해골이야. 피해야 해. 어서."

챤이 소리쳤다.

세 아이들은 걸음아 나 살려라 달리기 시작했다.

"시발바의 해골이 피우는 담배 연기는 사람을 목 졸라 죽일 수 있어. 담배 연기를 피해. 어서."

챤은 다시 소리쳤다.

수리와 사비, 마루는 냅다 뛰기 시작했고 시발바의 춤추는 해골은 죽을힘을 다해 달아나는 아이들을 쫓아오며 연기를 뿜어댔다. 연기는 거대한 굴뚝에서 뿜어져 나오는 것처럼 진하고 굵었다.

"아얏!"

마루가 소리를 지르며 넘어졌다.

너무 겁을 먹은 나머지 다시 일어설 엄두도 내지 못했다. 시발바의 춤추는 해골을 멍하니 바라보기만 했다.

"... 난, 아직 죽기 싫어..."

마루는 기어들어가는 목소리로 주절거렸다.

시발바의 춤추는 해골이 뿜어낸 굵은 연기가 마루에게 곧 닿을 듯했다.

"일어나. 이 바보야, 죽기 싫으면 안 죽으면 되잖아!"

수리는 마루를 잡아 일으키며 야단을 쳤다.

세 아이들은 앞만 보고 달렸다. 달리다가 한줄기 햇빛을 보았다. 한줄기 빛을 향해 달렸다. 수리가 뒤를 돌아보았다. 춤추는 해골의 담배 연기가 뒤통수에 닿을락 말락 했다.

"빨리! 더 빨리!"

수리는 사비와 마루를 앞으로 밀면서 갔다.

사비와 마루는 수리가 미는 바람에 낭떠러지 끝에 서고 말았다. 아래를 내려다보니 까마득했다.

"어쩌지?"

마루가 사비를 보았다.

"어쩌긴 뭘 어째?"

수리가 또다시 사비와 마루를 밀었다. 사비와 마루는 낭떠러지 아래로 떨어졌다. 수리도 떨어졌다. 챤도 떨어졌다. 아이들의 비명소리가 메아리가 되어 울렸다.

"아, 콘도르..."

수리는 반가워서 눈물이 날 지경이었다.

콘도르와 키넬이 수리와 사비, 마루, 그리고 챤을 감싸 안았다. 순간 반인반용 챨츄가 나타나 콘도르와 키넬을 공격하기 시작했다.

"그런데 파칼 왕의 옥수수수염이 어디 있어?"

수리는 급박한 상황에도 해독약은 잊지 않았다.

"그건 아무도 몰라. 치크도 모를 거야."

챤은 미안했다.

"그래도 작은 단서라도 있지 않을까?"

사비는 초조했다.

빨리 해독약을 찾고 싶었다.

"죽음의 숲으로 들어가야 해. 거기에 살고 있는 아이들 로즈버드가 알고 있다는 전설이 있어."

챤은 로즈버드를 떠올렸다.

그때 반인반용 챨츄의 공격이 다시 시작되었다. 반인반용 챨츄의 눈알은 시뻘겠다. 쳐다보기만 해도 절망에 빠져 스스로 목숨을 끊는다는 무시무시한 눈이었다. 수리, 사비, 마루 그리고 챤은 반인반용 챨츄의 눈과 마주치지 않기 위해서 고개를 돌렸다. 하지만 반인반용 챨츄는 공간과 공간 사이에 자신의 몸을 감추는 비상한 능력이 있었다. 제아무리 뛰어난 GPS를 장착한 콘도르와키넬이라도 반인반용 챨츄의 위치를 파악하는 건 불가능했다. 순간 사라졌다가 스스로 발광하는 물체처럼 아름다운 빛을 내며 갑자기 나타났고 입에서는 치명적인 독을 내뿜었다. 독을 맞으면 즉시 온몸이 마비되었다. 반인반용 챨츄는 마비된 상태의 살아있는 심장을 도려내서 먹었다.

"아아... 어떡해!"

챤이 울음을 터트렸다.

반인반용 챨츄가 뿜어낸 독이 콘도르와키넬의 몸을 뚫고 말았다. 콘도르와키넬의 몸에서 연기가 났고 곧 마비되면서 정신을 잃었다. 콘도르와키넬은 추락하기 시작했다.

"아아악."

세 아이들과 챤은 콘도르와키넬의 품에서 떨어져 나와 추락하며 비명을 질렀다.

반인반용 챨츄는 추락하는 콘도르와키넬을 낚아채더니 유유히 사라져 버렸다. 아이들은 콘도르와키넬의 품에서 나와 무서운 속도로 땅으로 떨어졌다. 곧바로 정신을 잃었다.

8. 기억을 잃은 세 아빠

　수리와 사비, 마루는 정신이 들었다. 자신들의 몸을 자꾸 아래로 잡아당기는 알 수 없는 강한 힘 때문에 눈을 떴다. 세 아이들이 떨어진 곳은 마귀늪이었다. 마귀늪에 빠지면 절대 빠져나갈 수 없었고 그대로 화석이 돼야 했다. 몇만 년 뒤에 수리와 사비, 마루의 화석이 박물관에 전시될 수도 있었다.

　세 아이들과 챤은 허우적거렸다. 허우적거릴수록 몸은 더욱 굳어져 갔다. 마귀늪은 아이들을 빨아들이고 있었다.

　"지금까지 잘 버텨왔는데 왜 여기서 죽어야 해? 황금을 훔치러 온 것도 아니고, 또 피해를 주려고 온 것도 아니고, 단지 아빠를 찾아서 가족끼리 화목하게 지내는 게 소원이었을 뿐이야. 이런 소원도 이루어지지 않는다면 차라리 죽는 게 나을지도 몰라... 아빠... 아빠..."

사비는 아빠를 목놓아 불렀다.

"하늘이 무너져도 솟아날 구멍이 있다고 했잖아. 무슨 방법이 생길 거야. 사비야, 조금만 참아 봐."

수리는 몸이 굳어져 가면서도 사비를 챙겼다.

"야, 너무하는 거 아냐? 지금 이 마당에도 그런 희망이 솟아 나오니? 넌 마지막 그 순간까지 꿈이나 꾸다가 죽을 놈이야."

마루는 화가 나서 씩씩거렸다.

"헛된 꿈이 아냐! 난 그저... 결혼도 못해보고 죽는 게 억울해서... 참!"

수리는 농담을 멈추지 않았다.

사비와 마루는 웃음을 터트렸다. 챤은 무슨 말인지 몰라 눈만 멀뚱거렸다.

수리와 사비, 마루는 점점 가라앉아 얼굴만 겨우 내민 상태였다. 입이 벌어지지 않아 말하기도 힘들었다. 조금만 몸을 움직여도 아래로 빨려 들어갔다. 챤은 옷의 주머니에서 마술피리를 꺼내려고 애를 썼다. 간신히 손가락 한 마디만 한 마술피리를 꺼내더니 능숙하게 불었다. 잠시 후 어디선가 똑같은 음색의 피리 소리가 들려왔다. 세 아이들의 얼굴에 화색이 돌았다.

"우리를 구하러 올 거야. 이제 살았다."

수리는 기뻐서 어쩔 줄 몰랐다.

그런데 말 한마디에 몸은 쑤욱 가라앉았고 곧 머리통의 윗부분만 삐죽이 남았다. 눈코 입은 보이지 않았고 두 팔은 위로 번쩍 들었다.

사람들의 발소리가 들렸다. 군인들의 행렬에서나 느낄 수 있는 힘찬 발걸음 소리였다. 곧이어 도베와 주먹 쥐고 불끈들이 나타났다. 도베는 수리와 사비, 마루 그리고 챤에게 통통하고 기다란 비단구렁이를 던졌다. 비단구렁이는 독이 없었다. 세 아이들과 챤이 각자의 비단구렁이 몸통을 꽉 움켜잡았다. 비단구렁이는 몸통이 아픈지 온몸을 꼬며 아이들의 팔을 단단하게 휘감았다. 도베와 주먹 쥐고 불끈들이 비단구렁이의 꼬리를 잡아당기자 아이들은 서서히 마귀늪에서 빠져나올 수 있었다. 마귀늪에서 빠져나온 수리와 사비, 마루는 서로 얼싸안고 기뻐했다. 챤의 얼굴은 어두웠다.

"챤, 왜 그래?"

수리는 챤이 걱정스러웠다.

"반인반용 챨츄가 콘도르와키넬을 가만두지 않을 거야...

그래서 그래."

챤은 울 듯한 표정이었다,

"챤, 우리가 도와줄게. 알았지? 그다음에 우리가 아빠를 구할 때는 네가 도와줘. 알았지?"

수리가 챤을 위로하며 힘을 주었다.

"그런데 어떻게 구한다는 거야? 챨츄는 너무 위험해. 가까이 접근하기도 어려울 거야. 불가능해... 불가능해. 난 콘도르와키넬이 없으면 살 수 없어. 콘도르와키넬이 내 옆에 꼭 있어야 해."

챤은 고개를 가로저으며 말했다.

"챤, 시도하지 않고 후회하는 것보다 시도해 보고 후회하는 게 훨씬 낫지 않을까? 우리의 힘이 부족하지만 그래도 서로 믿어 보자. 그리고 해보자."

사비는 챤의 손을 힘주어 잡았다.

"얘들아. 벌써 알을 낳았을지도 몰라. 빨리 챨츄의 동굴로 가야 해. 가자."

도베가 서둘렀다.

반인반용 챨츄가 사는 동굴은 매일 1미터씩 자라며 담요처럼 구겨져 올라가는 키진산 정상에 있었다. 키진산에 있는 챨츄의 동굴은 딴딴한 빙하로 덮여 있었다. 에스키모들의 이글루와 흡사했다. 도베와 주먹 쥐고 불끈들은 근처에서 매복한 채 챨츄가 동굴을 나가기만 기다렸다. 어둠이 내리기 시작할 무렵, 반인반용 챨츄가 동굴을 나갔다. 도베와 주먹 쥐고 불끈은 동굴 안으로 빠르게 들어갔다. 앞이 하나도 보이지 않을 정도로 컴컴했다. 동굴을 덮은 빙하만이 창백한 푸르른 빛을 내고 있었다. 기분 나쁠 정도로 싸늘한 한기를 뚫고 한참 들어갔다. 멀리 엽록소 빛깔이 뿜어져 나오는 것을 발견했다.

"아직 살아있어. 그의 연둣빛 눈이 움직이고 있는 거야. 살아있다고."

챤이 부리나케 달려갔다.

콘도르와키넬은 이미 수십 장의 징그러운 허물 속에 갇혀 있는 상태였다. 눈동자만이 간신히 아주 희미한 연둣빛을 내고 있었다. 몸 안에는 이미 반인반용 챨츄가 아기 알을 까놓은 후였다. 그 알이 부화돼서 콘도르와키넬의 장기를 제외한 모든 체액을 빨아 먹을 때까지만 살아있어야 했다.

"콘도르. 내 친구... 일어나! 어서 일어나!"

챤은 그만 울어 버렸다.

"저 아기 알을 꺼내야겠어요."

수리가 말했다.

"하지만 아기 알을 꺼내자마자 반인반용 챨츄는 금방 알아차릴 테고 콘도르와키넬은 죽을 거야. 어미와 알은 본능적으로 연결되어 있어."

도베는 심각한 어조로 얘기했다.

"콘도르와키넬을 다른 장소로 옮기면 되잖아요? 이곳을 떠나면 아기 알이 스스로 죽을지도 몰라요. 그럼 콘도르와키넬도 목숨을 건질 수 있어요."

사비는 이 방법밖에 없다고 생각했다.

도베는 사비의 말에 동의했다. 즉시 콘도르와키넬을 옮기기 시작했다. 하지만 반인반용 챨츄가 다시 나타났다. 모두 꼼짝도 못 한 채 반인반용 챨츄를 마주했다. 시뻘건 눈은 쳐다보지 않았다.

반인반용 챨츄는 자신의 아기 알을 훔쳐서 달아나려는 수리 일행들에게 몹시 화가 난 나머지 이성을 잃고 말았다. 실수로 자신의 그 시뻘겋고 독한 눈으로 자신이 직접 낳은 아기 알을 쳐다보고 말았다. 아기 알은 빠르게 균열되더니 거무튀튀하게 변하며 돌처럼 굳어갔다. 순간 반인반용 챨츄는 동굴이 무너질 정도로 꺽꺽 비명을 질렀다. 수리는 얼른 아기 알을 자신의 배낭에 감췄다. 그리고 도망치기 시작했다. 사비와 마루, 챤 그리고 도베와 주먹 쥐고 불끈들도 도망치기 시작했다. 반인반용 챨츄는 자식을 잃은 슬픔에 그들의 도망을 눈치채지 못했다.

수리 일행이 동굴을 빠져나와 키진산 중턱을 내려가고 있을 때 갑자기 반인반용 챨츄가 다시 나타났다. 순간 순간 사라졌다가 나타나는 챨츄를 당할 수는 없었다. 챨츄는 아기 알이 죽었다고 생각하고 분노를 폭발시켰다. 수리 일행 모두를 죽일 생각으로 시뻘건 눈알을 정신없이 굴리며 독을 뿜으려고 했다. 그 순간, 놀랍게도 하늘에서 하얀 눈이 펑펑 내리기 시작했다. 키진산이 매일 1미터씩 담요처럼 구겨져 올라가는 시간이었다. 이 시간은 반인반용 챨츄가 힘을 쓸 수 없는 시간이었다. 챨츄는 하늘을 박차고 날아올랐다가 자신의 동굴 안으로 급하게 사라졌다.

수리와 사비, 마루는 죽음의 숲으로 돌아왔다. 이곳에서 세 아빠들의 해독약을 찾을 수 있는 단서를 알아내야 했다. 수리는 배낭에서 반인반용 챨츄의 아기 알을 꺼냈다. 죽음의 숲에서 자란 아이들, 로즈버드들이 몰려와서 쳐다보았다. 서너 살짜리 아이들부터 십 대의 아이들까지 반인반용 챨츄의 아기 알을 만져보았다. 아기 알은 거무튀튀한 색깔이 희미해져 있었다.

"아직 죽지 않았어요. 살릴 수 있을 거 같아요."

수리는 희망적인 생각이 들었다.

"이 반인반용의 알은 악마의 씨앗이야. 없애버려야 해."

도베는 꺼림칙했다.

로즈버드들은 입을 다물었고 아무런 대꾸도 하지 않았다. 무언의 반항이었다. 세 아이들은 도베와 로즈버드들 사이의 묘한 긴장감을 지켜볼 뿐이었다.

"안 돼... 안 돼... 안 돼..."

로즈버드들 사이에서 작은 소리가 터져 나왔다.

"죽이면 안 돼... 안 돼..."

로즈버드들의 조용한 함성은 계속되었다. 그리고 점점 커지더니 합창으로 변해갔다.

"너희들 마음을 모르는 것은 아니다. 하지만 이건 악마의 씨앗이야. 우리에게 어떤 위해를 가할지 모른다. 이걸 없애야겠다. 난 이미 결심했다."

로즈버드들은 감히 나서지는 못했다. 도베와 주먹 쥐고 불끈들은 아기 알을 태울 나뭇가지를 쌓기 시작했다. 악마의 씨앗을 없애는 의식을 할 참이었다.

아기 알은 얕은 숨을 쉬고 있었다. 갓난아기가 숨을 쉬는 모습 같았다. 로즈버드들은 아기 알이 부룩부룩 소리를 내며 작은 숨을 내쉴 때마다 감탄을 질렀다.

"너무 귀여워..."

사비는 안타까웠다.

주먹 쥐고 불끈들은 나뭇가지 제단을 만들었다. 그 제단 위에 아기 알을 놓았다. 아기 알은 빠르게 부룩부룩 거렸다. 자신의 죽음을 알아차렸는지 숨소리가 더 빨라지고 더 불안해졌다. 세 아이들과 챤 그리고 로즈버드들의 표정도 덩달아 초조해졌다. 그때 도베가 불붙은 홰를 가져왔다. 이제 나뭇가지에 불을 놓을 작정이었다. 도베가 막 불을 놓으려는 순간 로즈버드들은 흐느껴 울기 시작했다. 도베도 당황했는지 행동을 멈추었다.

"이 반인반용 챨츄의 아기 알은 우리가 키울게요. 제발 죽이지 마세요. 우리 모두가 힘을 합치면 잘 키울 수 있어요."

수리는 폭탄선언을 했다.

일순 흐느낌이 멈추며 조용해졌다. 그리고 잠시 후 로즈버드들은 기쁨의 함성을 지르며 박수를 쏟아냈다. 수리에게 보내는 갈채였다.

"태어날 때부터 악마는 없어요. 전 믿어요. 아니 우리 아이들은 모두 그렇게 믿어요. 이 반인반용 챨츄의 아기 알도 태어나면 로즈버드가 될 수 있을 거예요. 어떻게 알아요? 이 아기 알이 우리에게 어떤 희망을 줄 수 있을지도 모르잖아요?"

사비는 진심이었다.

도베는 깊은 생각에 빠지는 듯했다. 희망을 생각하고 있었다.

"좋다. 너희들 스스로 희망을 만들 수 있는 기회를 주겠다. 하지만 명심해라. 반인반용 챨츄는 절망을 퍼뜨리는 존재다. 이 아기 알이 어미를 닮아 시뻘건 절망의 눈동자를 가지고 태어난다면 가차 없이 죽일 것이다. 하지만 너희들을 믿겠다. 우리에게 어떤 희망을 줄 수 있을지 한 번 지켜보겠다."

도베는 웃으며 말했다.

로즈버드들은 한 마음이 되어 껴안고 뛰었고 춤을 추었다. 수리와 사비도 얼싸안고 춤을 추었고 마루와 챤도 껴안고 춤을 추었다. 완전히 축제 분위기였다. 죽음의 숲에 희망의 바람이 불기 시작했다.

세 아이들은 반인반용 챨츄의 아기 알을 파칼 왕의 영혼을 모시는 묘실에 데려다 놓았다. 그 묘실은 천장이 뻥 뚫려 있었고 하늘이 훤히 보였다. 로즈버드들은 차례로 번갈아 가며 알을 따뜻하게 품었다. 반인반용 챨츄의 아기 알은 하루 만에 부화한다는 전설이 있었다. 그래서 로즈버드들은 쉬지 않고 잠도 자지 않고 아기 알을 품었다. 서로 아기 알을 먼저 품겠다고 다투기까지 했다. 수리와 사비, 마루 그리고 챤도 알을 품었다. 아기 알은 끝없이 부룩부룩 거렸다.

그런데 챤의 얼굴이 어두웠다.

"챤. 어디 아픈 거야?"

사비는 누나 같은 말투로 물었다.

"... 난 이곳을 떠나고 싶지 않아. 이곳에 있는 많은 아이들과 함께 영원히 살고 싶어. 이런 행복이 달아날까 봐 두려워... 두려워... 온몸이 마비될 것 같아. 난 두려움을 느끼면 마비 증상이 오거든..."

챤은 두 손으로 팔과 다리를 주물렀다.

"챤. 걱정하지 마. 우리도 너와 함께 영원히 함께 살았으면 좋겠어. 그리고 절대로 널 혼자 두려움 속에 내버려 두지 않을 거야."

사비는 챤의 곱슬머리를 쓰다듬었다.

"그래, 그렇게 되지 않을 거야. 우리가 널 도울 거야. 챤, 염려
하지 마."

수리도 챤의 곱슬머리를 쓰다듬었다.

"난쟁이 마법사 치크가 날 찾아낼 거야. 그가 날 가만두지 않
을 거야."

챤은 두려움을 떨쳐내지 못했다.

"더 이상 겁먹지 마. 우리가 널 지켜줄게. 그리고 난쟁이 마법
사라 할지라도 그는 이 죽음의 숲에 들어올 수 없어. 치크는 이
곳을 가장 두려워한다고. 이곳은 성소 같은 곳이야."

마루는 챤을 향해 웃어 보였다.

"아냐, 그는 무슨 방법을 써서라도 날 데려갈 거야. 그는 내가
필요해. 내가 없으면 안 돼."

챤은 두 손으로 얼굴을 감싸며 울기 시작했다.

"챤, 우리는 가족이야. 네가 잡혀가게 내버려 두지 않을 거야.
맹세할게."

수리는 챤의 두 손을 잡아끌었다.

"수리 형. 그 말 진짜지? 내가 믿어도 되지?..."

챤의 얼굴이 밝아졌다.

"날 믿어."

수리는 챤과 새끼손가락을 걸고 맹세했다.

"그런데 세 아빠들을 구할 옥수수수염을 어디서 찾지?"

수리가 사비와 마루를 향해 말했다.

"그러게. 죽음의 숲에 살고 있는 아이들 로즈버드가 알고 있을 거라고 했는데..."

마루는 로즈버드가 알려주기를 바라고 있었다.

"내가 아까 로즈버드들에게 물어보았는데, 옥수수수염이 어디 있는지 전혀 몰라..."

사비는 말끝을 흐렸다.

"잘 생각해 보자. 분명히 이곳에 옥수수수염은 있을 거야. 로즈버드들은 자신들이 알고 있다는 걸 모를 수도 있잖아?"

수리는 긍정적으로 생각하려고 했다.

그때였다. 수리는 등에 가려움증을 느꼈다. 점점 심하게 가려워서 로즈버드들이 기거하는 막사로 들어가서 윗옷을 벗어 보았다. 하지만 거울이 없어서 자신의 등에서 무슨 일이 벌어지고 있는지 알 수가 없었다. 가려워서 등을 긁긴 했는데 느낌이 이상했다. 등의 아랫부분에 마치 어떤 문양이 불쑥 튀어나온 것 같았다. 수리는 걱정이 되었다. 얼굴이 어두워졌다. 수리의 등에는 태양의 문양이 점점 뚜렷해지고 있었다.

　드디어 밤이었다. 로즈버드들은 여전히 반인반용 찰츄의 아기 알을 번갈아 품는 중이었다. 이제 아기 알에서는 빛이 조금씩 뿜어지고 있었다. 말로 형언할 수 없는 아름다운 무지갯빛이었다. 아기 알을 품지 않는 아이들은 손을 모아 기도를 했다. 갑자기 천장으로 보이는 하늘이 움직이기 시작했다. 하늘이 빙빙 돌기 시작했다. 밤하늘을 빈자리도 없이 꼼꼼하게 채우고 있는 수천수만 개의 별들도 함께 빙빙 돌고 있었다.

　도베와 주먹 쥐고 불끈들도 나와 보았다. 모두 하늘을 쳐다보았다. 겁에 질렸다. 하늘의 수천수만 개의 별들은 스스로 자신을 뽐내기라도 하듯 자신의 몸을 폭죽 터트리듯 터트렸다. 하늘에 축포가 터진 듯했다. 모두 하늘을 쳐다보며 무릎을 꿇었다. 이제 축포를 터트리던 모든 별들은 하나로 뭉쳐 회오리처럼 빙빙 돌았다. 그리고 바로 그 순간 깊은 바닷속에서 빛을 내는 해파리 페라필라가 허공에 나타나 춤을 추었다. 수많은 촉수들이 저마다 다른 빛깔로 나부끼며 춤을 추었다. 전기장을 내뿜는 것처럼 순간순간 다른 빛깔의 빛을 뿜었다가 사라지기를 반복했다. 신기루를 보는 듯했다.

"아기 알에서 나왔어요. 반인반용이예요"

로즈버드들 중에서 가장 어린 세 살짜리 리네가 소리쳤다.

절망을 퍼뜨리는 악마의 씨앗이라고 믿었던 반인반용 챨츄의 아기 알에서 아름다운 생명체가 나온다는 것을 상상하지 못했던 도베는 할 말을 잃고 말았다. 저절로 무릎이 꿇어졌다.

"저것 보세요. 바로 옥수수수염이에요."

수리가 소리쳤다.

모두 놀란 눈으로 페라필라와도 같은 해파리를 쳐다보았다. 그건 해파리 페라필라가 아니었다. 바로 옥수수수염이었다. 옥수수수염은 고대 마야인들에게 신의 상징이었다. 정글에서 식량이라고는 화전을 해서 일군 옥수수밖에 없었다. 그들에게 옥수수는 자신의 생명을 지켜주는 신이었고 옥수수수염을 갖고 태어나는 사람은 그들에겐 신의 대리자였다.

악마의 씨앗이었던 반인반용 챨츄의 아기 알은 로즈버드들의 희망을 먹고 희망을 품고 옥수수수염으로 탄생했다. 이는 기적이었다. 로즈버드들은 눈물을 흘렸다. 엎드려 경배를 올렸다. 수리도 사비도 마루도 그리고 챤도 눈물을 흘렸고 경배를 올렸다.

"로즈버드들이 죽음의 숲에서 희망을 만들어냈어. 악을 선으로 바꾼 거야."

수리는 감격의 눈물을 흘렸다.

"이제 우리 아빠들을 구할 수 있게 됐어."

사비도 눈물을 흘렸다.

"이제 세 아빠들의 마법을 풀 수 있게 된 거야. 우리를 알아보실 거야. 우린 아빠와 함께 집으로 돌아가기만 하면 돼... 근데 왜 이렇게 배가 고프지?"

마루는 울면서도 엉뚱한 말을 잊지 않았다.

챤이 수리와 사비, 마루를 쳐다보았다. 눈빛이 사뭇 진지했다.

"나도 데려가 줄래?"

챤은 간청했다.

"챤. 이제 이곳은 아이들이 많아질 거야. 그리고 희망이 살아날 거야. 너도 이젠 난쟁이 마법사 치크의 후계자가 아니라 그냥 보통 아이가 될 거야. 마음껏 뛰어놀면서 살 수 있어."

수리는 챤을 보듬었다.

"싫어. 난 엄마도 아빠도 없어. 가족이 없어. 가족이 필요하단 말이야. 나한테 우린 가족이라고 했잖아? 가족은 헤어지면 안 된다고 했잖아. 날 데려가 달란 말이야."

챤은 울면서 주저앉았다.

난쟁이 마법사 치크는 수리와 사비, 마루를 찾아냈다. 그리고 죽음의 숲에서 희망이 살아나는 것을 분명히 목격했다. 그는 죽음의 숲으로 자신의 정예 군대를 보냈다. 바로 뱀파이로투티스 흡혈오징어들의 군대였다. 이 흡혈오징어들은 희망을 먹고 자란 아이들의 싱싱한 피를 빨아먹고 사는 괴물들이었다. 난쟁이마법사 치크는 전보다 키가 훌쩍 커 있었고 얼굴도 늙어 있었다.

그는 이 땅을 침입한 인간들을 증오했다. 전에도 인간들은 고대 마야로 쳐들어와서 땅을 빼앗고 금은보화를 빼앗고 살던 땅에서 쫓아내기까지 했다. 그리고 스스로 주인 행세를 했다. 난쟁이 마법사 치크는 고대 마야인들을 데리고 그 누구도 모르는 지금의 땅으로 와서 살게 되었다. 그런데 또 인간들이 나타난 것이다. 인간에게 독이 있었는데 바로 희망이었다. 탐욕으로 변질된 희망이었다.

"난, 고대 마야인들을 구원했어. 그래서 지배할 자격이 있는 거지."

치크는 자신을 합리화했다. 하지만 그렇다고 해서 그가 태어나는 아기들을 죽이는 이유가 되지는 못했다. 그에겐 어떤 비밀이 있는 게 확실했다.

"모조리 죽여라."

치크는 뱀파이로투티스들에게 명령을 내렸다.

뱀파이로투티스는 죽음의 숲으로 당당히 쳐들어갔다. 흡혈오징어들에게 죽음의 숲은 위험한 곳이 아니었다. 이 괴물들은 앞을 볼 수 없었다. 그래서 진실의 거울을 볼 수 없었다. 수리와 사비, 마루 그리고 도베와 주먹 쥐고 불끈들, 로즈버드들은 흡혈오징어 뱀파이로투티스들을 보고 공포에 질렸다. 이제 뱀파이로투티스의 삼각형 침이 살갗을 뚫고 피를 빨아먹을 순간이 다가왔다.

뱀파이로투티스들의 공격이 시작되었다. 뱀파이로투티스에게 피를 빨리면 금세 해골만 남게 되고 그 해골에 수많은 검은 점들이 박히고 그 검은 점들의 영역이 점점 넓어지다가 먼지처럼 사라졌다.

"빨리 도망쳐. 저것들은 너희들의 싱싱한 피를 빨아 먹어야만 자신이 살 수 있어. 살기 위해서 죽이는 거야. 빨리 도망쳐."

도베가 목이 터져라 외쳤다. 파칼 왕의 영혼을 모신 묘실로 도망가라고 외쳤다. 로즈버드들은 파칼 왕의 묘실로 도망쳤다.

수리와 사비, 마루는 꼼짝도 하지 않았다. 챤도 마찬가지였다.

"싫어요. 우리도 도울래요. 저 흡혈오징어들이 우리들의 희망을 다 빨아먹는다면 이 땅의 로즈버드들도 어차피 살 수 없을 테고... 챤도 언젠간 죽을 거예요. 또..."

수리는 의연했다.

"우리 아빠들도 살릴 수 없을 거예요. 저도 도울래요."

사비도 도망가고 싶지 않았다.

"아빠한테 자랑스러운 아들이 되고 싶어요. 아빠도 우리가 비겁하게 도망치는 걸 원하지 않을 거예요. 비록 엄마에게 연구에만 미쳤다고 무시당하고 살았지만... 아빠가 정말 자랑스러워요. 그래서 자랑스러운 아들이 되고 싶어요. 배가 안 고픈 건 아니지만 배가 고파서 하는 말이 아니에요."

마루는 장난스럽게 웃었다.

도베도 더 이상 말릴 수 없다는 것을 알았다. 하지만 어린 챤만큼은 절대 죽음의 위험을 감수하게 할 수는 없었다.

"좋아. 하지만 챤은 우리가 지켜야 한다. 꼭."

도베는 단단히 다짐을 해두었다.

"당연하죠. 챤은 피신시켜야 해요. 그리고 여자도..."

수리는 사비를 쳐다보았지만 부끄러운 표정이 역력했다.

"이건 명백한 차별이라구. 이런 여성 차별은 달갑지 않아."

사비는 화가 난 표정으로 수리를 노려보았다.

"사비야. 네가 챤을 지켜줘. 널 누나처럼 따르잖아. 너한테 무슨 일이 생기면 아마 챤은 살아갈 힘이 없을 거야. 제발 부탁해."

수리는 사정을 했다.

사비는 그제야 마음이 누그러지는 듯했다. 챤의 손을 잡았다.

"난 도망가지 않아."

챤의 반발이 컸다. 챤도 도망가기를 원하지 않았다.

"챤, 넌 살아남은 저 수많은 로즈버드들과 하나의 운명으로 연결되어 있어. 만약 너에게 무슨 일이 생긴다면 저 아이들도 죽게 될 거야. 넌 저 아이들의 희망이란 말이야. 챤, 내 말 알겠지?"

도베는 챤을 살려야 한다는 생각뿐이었다.

"챤, 꼭 살아줘... 제발!"

수리도 챤을 살려야 한다는 책임감이 있었다.

"챤, 너는 로즈버드들의 왕이야."

사비가 챤에게 다정하게 말했다.

챤은 비로소 고개를 끄덕였다.

"난 꼭 살 거야. 날 믿어줘."

챤은 수리의 소매를 잡고 매달렸다.

"그래, 넌 희망이야. 그러니까 반드시 살아야 해."

수리는 챤의 이마에 입을 맞추었다.

9. 태어날 때부터 악마는 없다

뱀파이로투티스가 마구 날아오르며 거칠게 달려들기 시작했다. 도베와 주먹 쥐고 불끈들은 아이들을 보호하기 위해 뱀파이로투티스와 싸움을 시작했다. 뱀파이로투티스들은 몸에 달라붙어 피를 쫙쫙 빨았다. 얼마나 강력하게 빠는지 순식간에 해골만 남았다. 수많은 다리에는 강력한 흡착판이 있었고 그 흡착판 안쪽으로는 수많은 이빨들이 삼각형으로 나 있었다. 한 번 물리면 도저히 떼어낼 수가 없었다. 도베와 주먹 쥐고 불끈들은 동료와 형제들의 시신이 살점 하나도 남기지 않고 사라지자 공포를 넘어서 분노와 복수로 치달았다.

"동지들 복수한다."

도베가 부르짖었다.

"로즈버드들을 살려야 합니다."

주먹 쥐고 불끈들이 부르짖었다.

도베와 주먹 쥐고 불끈들은 이 땅의 모든 아이들을 살려야 한다는 사명감에 휩싸였다. 죽기 살기로 싸웠다. 하지만 거대 메뚜기떼들처럼 하늘을 시뻘겋게 메울 정도의 숫자는 도베와 주먹 쥐고 불끈들이 당해내기에는 역부족이었다. 죽어나가는 숫자가 점점 많아졌다. 수많은 해골들이 널브러졌고 그 해골들조차 허공에서 먼지로 흩어졌다. 게다가 싱싱한 희망을 가진 사람들의 피를 빨아먹은 뱀파이로투티스들은 점점 그 덩치가 커져갔다. 몸통의 면적도 넓어졌고 다리도 길어졌다. 당연히 필요한 피의 양도 더 늘어났다. 그야말로 지옥에서 온 흡혈귀들이었다. 도베는 죽어나가는 주먹 쥐고 불끈들을 더 이상 눈 뜨고 볼수가 없었다. 대장으로서 중요한 결단을 내려야만 했다. 주먹쥐고 불끈들을 지켜야만 했다.

"후퇴하라."

도베는 지시를 내렸다.

주먹 쥐고 불끈들은 오합지졸이 아니었다. 일사불란하게 후퇴하기 시작했다. 도베와 주먹 쥐고 불끈들은 로즈버드들이 도피해 있는 파칼 왕의 묘실로 후퇴했다.

로즈버드들은 반인반용 챨츄의 아기 알에서 태어난 옥수수 수염을 둘러싸고 있었다. 마음을 하나로 합쳐 옥수수수염을 향해 기도를 올리고 있었다. 이 살육의 전투가 끝나기를 기도하고 있었다. 밖에서는 뱀파이로투티스가 달려드는 소리가 천지를 진동했다. 그 소리는 거대한 태풍이 몰려올 때의 소리와 똑같았다. 세상이 무너질 것 같은 소리였다. 드디어 뱀파이로투티스가 묘실 안으로 쳐들어오기 시작했다. 로즈버드들은 비명을 질렀고 묘실은 순식간에 아비규환이 되어버렸다. 모두들 혼비백산해서 우왕좌왕했다. 마침 도베와 주먹 쥐고 불끈들이 뱀파이로투티스들을 향해 불꽃이 이글거리는 홰를 들이밀었다. 홰 때문에 괴물들은 주춤했지만 그것도 잠시뿐이었다. 뱀파이로투티스들은 다시 쓰나미처럼 밀려왔다. 수천 미터의 사나운 해일과도 같았다. 로즈버드들은 묘실 밖으로 도망쳤다. 수리와 사비, 마루는 챤을 데리고 나가려고 했다.

　"난 옥수수수염을 지킬 거야. 이걸 잃으면 우리도 끝장이야."

　챤은 어른스러웠다.

　"챤, 우리에겐 옥수수수염도 중요하지만 네가 더 중요해. 그리고 지금은 도망가야 할 때야. 제발!"

　수리는 챤의 팔을 잡아끌었다.

"수리 형, 저들의 목적은 바로 옥수수수염이야. 만약 치크가 이 옥수수수염을 차지한다면 무슨 일이 생길지 몰라…"

챤은 움직이려 하지 않았다.

"그래, 그럼 우리가 저걸 가지고 도망가자."

사비가 제안을 했다.

"위험해, 저들의 목적이 옥수수수염이라면 저들은 우리만 쫓아올 거야."

수리는 동의할 수 없었다.

그때 챤이 옥수수수염을 자신의 품에 안았다. 다른 결정은 있을 수 없었다.

챤이 옥수수수염을 안고 묘실 밖으로 나오자 뱀파이로투티스들은 하늘을 시뻘겋게 메우고 있었다. 하늘은 달도 뜨지 않았고 별도 한 점 없는 흑암이었고 온통 핏빛으로 물들어 있었다. 하늘도 땅도 피바다였다. 수리와 사비, 마루 그리고 챤의 얼굴은 절망만이 가득했다. 피를 너무 많이 먹어서 뚝뚝 흘리고 있는 뱀파이로투티스들의 흉측한 모습들은 공포 그 자체였다. 멈춰있던 뱀파이로투티스들이 다시 움직이기 시작했다. 몸이 커진 만큼 움직임은 둔해져 있었다. 세 아이들도 챤도 로즈버드들도 눈을 꼭 감았다. 도베도 주먹 쥐고 불끈들도 눈을 꼭 감았다. 죽음만을 기다렸다. 슬픔이 복받쳐 올라왔다. 목이 메었다.

그 순간 갑자기 하늘에서 번개가 번쩍했다. 하늘이 대낮처럼 밝아지는 듯했다. 지옥에서 온 흡혈오징어들 뱀파이로투티스들은 꼼짝하지 못했다. 너무나 이상했다. 수리와 사비, 마루는 하나둘씩 눈을 뜨기 시작했다. 도베와 주먹 쥐고 불끈들도 눈을 뜨기 시작했다. 마지막으로 챤도 눈을 떴다.

"이것 봐, 이거..."

챤은 휘둥그레졌다.

가슴에 꼭 껴안고 있는 옥수수수염이 발광하고 있었다. 깊은 바닷속의 발광 해파리 페라필라처럼 깜빡이고 있었다.

"점점 빨라지고 있어. 내 심장도 빨리 뛰고 있어."

챤은 옥수수수염을 잡고 있는 두 손을 떨었다.

옥수수수염은 깜빡이는 횟수가 엄청나게 빨라지더니 어느 순간 챤의 품을 벗어났다. 허공으로 힘차게 떠올랐다.

"저... 저... 저..."

수리는 어떤 말도 할 수가 없었다.

난생처음 본 낯선 생명체에 정신이 팔렸다. 너무도 아름다운 녹색뱀이었다. 녹색뱀은 녹색의 눈동자에 녹색의 몸통에

녹색의 날개에 녹색의 발을 갖고 있었다. 머리에는 십자문양의
녹색 뿔이 자랑스럽게 솟아 있었다.

뱀파이로투티스들은 녹색 날개를 가진 녹색뱀을 보자마자
흐물흐물 녹아 버렸다. 괴물들이 녹아버리면서 남긴 것은 시뻘
건 피가 아니라 녹색의 연둣빛 물이었다. 녹색뱀은 괴물들의
나쁜 피마저 정화시켰다.

"토라위스카르반텍이다. 그는 금성의 신이야. 바로 부활의 신."

도베가 흥분해서 외쳤다.

"믿을 수가 없어... 도저히 믿을 수가 없어..."

수리는 저절로 두 손을 모으고 있었다.

뱀파이로투티스들이 토해 놓은 연둣빛 물은 다시 사람의 모
습으로 부활하기 시작했다. 피를 빨려 사라져버린 주먹 쥐고
불끈들도 다시 살아났다. 모두가 한마음이 되어 기쁨의 함성을
질렀다. 하늘엔 다시 희미한 다섯 개의 태양이 빛나고 있었고
금성도 동쪽 하늘에서 밝게 빛나고 있었다.

토라위스카르반텍이 한 걸음 한 걸음 땅을 디딜 때마다 고
통의 기운을 견뎌낸 향기의 꽃과 풀이 돋아났다. 죽었던 모든

것들이 다시 살아났다. 새로운 생명이 태어났다. 토라위스카르
반텍은 수리에게 다가왔다. 수리는 너무나 놀라서 온몸을 바들
바들 떨었다. 녹색뱀 토라위스카르반텍의 연둣빛 눈동자가 투
명하게 빛이 났다. 얼마나 투명한지 수리는 그 눈동자에게 고
해성사라도 하고 싶을 정도였다. 토라위스카르반텍이 수리에게
고개를 숙여 인사를 했다. 그리고 수리를 한참 동안 뚫어지게
쳐다보았다. 수리도 그의 눈을 같이 쳐다보았다. 둘 사이에 많
은 낙원의 이야기가 오고 갔다. 그때 공중에 떠 있던 발광의 옥
수수수염이 갑자기 토라위스카르반텍 쪽으로 날아들었다.

"앗."

수리는 짧은 비명을 질렀다.

발광하는 옥수수수염은 어느새 토라위스카르반텍의 목에
걸렸다. 꼭 맞았다. 너무나 잘 어울렸다. 토라위스카르반텍은
완벽한 부활의 신이 되었고 옥수수수염은 주인을 찾았다.

토라위스카르반텍은 하늘로 힘차게 날아올랐다. 녹색 날개를
퍼덕이자 그의 날개에서 녹색의 에메랄드가 후드득 떨어졌다.
날갯짓을 할 때마다 에메랄드가 계속 떨어졌다. 녹색의 에메랄
드가 떨어지는 곳은 금세 연둣빛 풀들이 자라났다. 투명해서

속이 다 들여다보이는 풀이었다. 토라위스카르반텍은 계속 에메랄드를 떨어트리며 저 멀리 사라졌다.

수리도 사비도 마루도 챤도 눈물을 흘렸다.

"난 이곳을 떠나야 해. 내가 여기에 있으면 치크가 계속 군대를 보낼 거야. 이곳의 아이들이 너무 위험해. 헤어지는 게 서운하지만 하는 수 없어."

챤은 로즈버드들을 지키고 싶었다.

"그렇지 않아. 챤. 어차피 치크는 도베와 주먹 쥐고 불끈들도 가만두지 않을 거야. 치크는 너만을 원하는 게 아니야."

수리는 챤을 지키고 싶었다.

"맞아. 그리고 죽은 줄 알았던 아이들, 로즈버드들이 살아있다는 것을 안 이상 절대 가만두지 않을 거야. 챤, 반드시 너 때문은 아니야."

사비도 챤을 붙잡으려고 했다.

"그래도 내가 여기에 있는 건 전혀 도움이 안 돼. 나 때문에 로즈버드들에게 나쁜 일이 생길까 봐 두려워."

챤의 결심은 확고했다.

"챤, 너를 절대 보내지 않을 거야. 나도 고집 세다..."

수리는 챤의 팔을 힘주어 잡았다.

절대 놓치지 않을 생각이었다.

"어차피 아빠를 구하려면 옥수수수염이 필요했는데 그마저도 없어졌으니 이제 어쩌지?"

사비는 풀이 죽었다.

"... 얘들아, 애쓸 필요 없어."

수리는 뚱딴지같은 소리를 했다.

"애쓸 필요 없다니? 도대체 무슨 말이야? 너 헛소리하면 가만안 둔다."

마루는 눈알을 부라렸다.

"아까 녹색뱀 토라위스카르반텍이 나한테 얘기해 주었어."

수리는 갈수록 태산이었다.

"뭐라고? 녹색뱀이 너와 얘기를 했다고? 너 진짜 장난하는거면 가만 안 둔다!"

사비가 으름장을 놓았다.

"장난 아니야. 진짜야. 녹색뱀이, 우리가 필요할 때 다시 오겠다고 했어."

수리는 진심을 다해 얘기했다.

"... 믿을 수가 없네... 녹색뱀이랑 얘기를 나누었단 말이야?

녹색뱀과 소통도 하는 거야? 진짜야?"

사비는 다그쳤다.

"그렇다니까. 사실이라니까. 제발 좀 믿어줘. 그리고 어떻게 얘기를 나누었냐고 묻는다면 딱히 할 말은 없어. 그냥 자연스럽게 그렇게 됐어."

수리는 난감한 표정이었다.

사비와 마루를 믿게 할 다른 방법이 없었다.

"난 믿어."

챤은 수리를 보며 웃었다.

그때 도베가 세 아이들에게 다가왔다.

"우리는 치크를 몰아낼 계획을 세웠어. 너희들은 이 땅을 탈출할 수 있는 그 웜홀, 비밀의 문이 어디 있는지 찾아봐 줘."

도베가 도움을 청했다.

"무작정... 어디서요?"

수리는 그야말로 황당했다.

"여기로부터 반나절 걸어가면 버려진 땅이 있어. 그리고 근처에는 바다가 있지. 그 땅의 이름은 후토톨린이야. 우리 모두 웜홀이 그 근처에 있을 거라고만 예상하고 있어."

도베는 후토톨린 이라는 이름을 말할 때 살짝 떨었다.

"후토톨린?"

수리가 물었다.

"전염병이 창궐하는 곳이야. 그래서 아무도 그곳을 가지 않아."

도베는 두려움을 내비쳤다.

"그런 곳을 우리가 어떻게 가요? 말이 돼요? 어른들은 진짜 더럽고..."

마루가 벌컥 화를 냈다.

"걱정 마. 내가 너희들을 그런 곳에 왜 보내겠니? 다 믿는 구석이 있으니 그렇지."

도베는 마루의 머리통을 쓰다듬었다.

"믿는 구석이라니요?"

마루는 얌전한 말투였다.

"너희들은 수리 때문에 절대 죽지 않아."

도베는 이상한 소리를 했다.

"네에? 그건 또 무슨 소리예요?"

사비는 도무지 믿기 힘들었다.

"아까 보았잖니? 녹색뱀 토라위스카르반텍이 수리에게 고개를 숙이는 것 말이야. 역시 내 짐작이 맞았어. 맞았다고!"

도베는 수리를 유심히 보며 말했다.

"짐작이요? 어떤 짐작이요?"

수리는 도베가 무슨 말을 하는지 알아들을 수 없었다.

"난, 수리 네가 '그'라고 생각한다."

도베는 갈수록 이상한 소리만 늘어놓았다.

"그라뇨?"

수리는 긴장한 채 물었다.

"우리를 구원할 케찰코아틀 말이야. 네가 케찰코아틀이야. 수리."

도베는 환하게 웃었다.

수리가 갑자기 깔깔거리며 웃기 시작했다. 데굴데굴 굴렀다. 사비도 마루도 배를 잡고 웃었다. 오히려 도베가 머쓱해졌다.

"말도 안 돼. 수리가 무슨 케찰코아틀이에요? 하하하, 정말 수리를 너무 모르신다!"

마루는 숨이 넘어갈 듯 웃었다.

"맞아요. 수리는 고대 마야인도 아니잖아요? 케찰코아틀은 진정한 고대 마야인 아닌가요?"

사비는 도베의 말이 허무맹랑하다고 생각했다.

"그래. 당장은 믿기 어렵겠지. 그 대답은 나중에 수리가 직접 보여줄 거야. 일단 후토톨린으로 가서 너희들이 살던 세상으로 통하는 웜홀, 비밀의 문을 찾아봐."

도베는 부탁을 했다.

수리와 사비, 마루는 챤과 함께 반나절은 걸은 것 같았다. 도베의 말대로 황무지 같은 땅이 나타났다. 바로 후토톨린이었다. 몸을 가눌 수 없을 정도로 강풍이 불었다. 수리와 사비, 마루 챤은 너무 추워서 덜덜 떨었다. 그렇게 척박한 땅을 지나자 이번엔 숲이 나타났다.

"이건 숲도 아니야! 나무들이 다 죽어 가는지, 이파리들이 하나도 없네. 얼마나 추울까?"

수리는 나무들이 불쌍했다.

앙상한 나무들이 계속 이어졌다.

"점점 더워지는데? 날씨가 오락가락이네."

수리는 땀을 흘렸다.

숲은 열대의 나무로 바뀌어 있었다. 새끼를 낳는 나무로 유명한 망그로브나무가 널려있었다. 망그로브나무 가까이 가자 갓난아기의 젖 냄새가 났다. 생명의 비밀을 감추고 있는 신비한 나무였다. 거대한 마귀 손가락 같은 나무도 지났다.

"커튼피그트리다. 와아."

수리가 커튼피그트리 아래 서보았다. 수백 명의 사람들이 폭우를 피할 수 있을 정도로 거대했다. 아이들은 신기한 풍경 속을 한참 동안 거닐었다. 그러다 푸야라이몬디 꽃을 만났다. 꽃이 피려면 100년이 걸리는 식물의 꽃이었다. 수천 송이의 노란 꽃들이 공중으로 10미터 정도까지 솟아 있었다. 가늘고 매우 뾰족한 잎사귀들이 방사상으로 뻗어 있었고 잎사귀 안에는 작은 새들의 잔해가 말라붙어 있었다. 푸야라이몬디는 식물이었지만 동물이기도 했다.

푸야라이몬디를 피해 도망치듯 빠르게 달아났다. 또 한참을 걸었다. 그러자 드디어 바다가 나타났다. 도베가 말한 그 바다였다. 바다 위로는 다섯 개의 태양이 빛나고 있었다. 그런데 이상하게도 하늘에 구름이 없었다. 하늘이 심심해 보일 정도였다. 너무도 고요하고 적막해서 사진 같았다.

"와아... 바다다!"

수리가 먼저 달려갔다.

사비와 마루, 챤은 서로 경쟁하듯 바다로 달려갔다. 바닷물은 너무도 따뜻했다. 미리 온도를 맞추어서 받아 놓은 목욕물 같았다.

"온천물 같아. 그치?"

사비는 따뜻한 물이 너무 좋았다.

"이 땅은 지각 중심부에 있기에 활발한 화산활동을 해서 온천물이 솟아나는 거야."

수리가 희한한 말을 했다.

"바닷물이 온천물이라고? 그건 좀 이상한데?"

마루는 의문을 표시했다.

"바다와 지하수가 섞여 있을 수도 있는 거지, 그렇다면 이곳은 호수처럼 육지 가운데 있을 거야."

수리가 추측해보았다.

"아, 이러나저러나 너무나 좋다! 그냥 좋다는 말밖에 다른 할 말이 없다."

마루는 물장구를 치며 놀았다.

"난, 바다가 처음이야. 처음 보고... 처음 느껴봐... 너무 부드러워... 너무 좋아!"

챤은 감동한 듯했다.

챤은 수리와 사비, 마루와 함께 진짜 아이가 되어 놀았다.

어디선가 뱃고동 소리가 들렸다. 모두 소리가 나는 쪽으로 고개를 돌렸다. 가까운 바다에 선박들이 떠 있었다. 선박들은 아주 오래된 옛날 중세의 선박들이었다. 수리, 사비, 마루가 책으로만 보았던 옛 선박들이었다. 부두에서 흔히 보았던 그런 선박들은 아니었다.

"저건 스페인 선박들이야. 선수와 선미에 왕가의 왕관과 동물들이 있잖아? 이곳에서 보게 되다니..."

사비는 놀라움을 금치 못했다.

"오오. 사비 대단한데?"

수리는 사비의 식견에 감탄을 했다.

"플루스 울트라."

사비는 주문을 외우듯 말했다.

"무슨 소리야? 그런데 말만 들어도 멋지다... 플루스 울트라... 플루스 울트라..."

수리는 따라 해보았다.

"보다 더 멀리 나아가라. 어때? 아주 멋진 뜻을 갖고 있지?"

사비는 눈을 찡긋했다.

"으응... 딱 내 스타일이야."

수리는 손뼉을 쳤다.

"그럼 좀 더 해볼까? 흠... 저쪽, 또 저쪽에 보이는 선박들 모두 중세 유럽의 선박들이야. 캐랙선, 캐라백선, 갈레온선... 뭐 이 정도?"

사비는 우쭐대며 말했다.

"가장 큰 선박 저건 바로 그 유명한 황금의 악마라는 선박이야."

사비는 점점 더 신이 났다.

"너... 너... 사비... 정말, 대단해... 난 죽었다 깨어나도 알 수 없는 것들만 말하는구나! 하하하!"

마루는 사비가 멋져 보였다.

"황금의 악마는 당시 가장 크고 멋진 선박이었지만 감쪽같이 사라졌어. 결국 이곳에 와있었다니! 흠, 그렇다면 여긴 버뮤다 트라이앵글이 확실해."

사비는 확신을 했다.

"그래 그건 확실해! 그뿐이 아니야, 저것 봐. 하늘을 보라고."

수리는 하늘을 올려다보았다.

다섯 개의 태양이 떠 있는 하늘엔 오륙 십 년 전에나 있었던 경비행기들과 이차 세계대전 당시의 전투기들이 있었다.

"안에 사람들이 있을까?"

수리는 몹시 궁금했다.

세 아이들과 챤은 먼저 선박을 조사해 보기로 했다. 천천히 수영을 했다.

"얘들아... 지금 너희들도 느끼고 있니? 우리가 물 위를 걷고 있어... 헤엄을 칠 필요가 없어."

수리는 온몸에 소름이 돋았다.

사비와 마루 그리고 챤도 기적 같은 일에 도취되었다.

"우리 신이 된 거야?"

마루는 눈을 둥그렇게 떴다.

그때 젊고 아름다운 여자가 나타났다. 금발의 긴 머리를 찰 랑이며 나타난 여자는 바다를 닮은 에메랄드 빛깔의 눈동자를 가진 흑인이었다.

"흑인이면서... 금발!"

수리는 묘한 데자뷔를 느꼈다.

"난 마리야"

마리는 다정하게 말했다.

"마리요?... 아니 그...그...럼 그때 무선으로 저희에게 구조를 요청했던 바로 바로... 그분이세요?"

수리는 말을 더듬기까지 했다.

마루는 마리를 가까이 가서 만져보았다. 진짜 사람인지 아닌지 알고 싶었다.

"난, 누군지 알 것 같아..."

챤의 표정은 심상치 않았다.

마리의 표정도 심상치 않았다. 챤과 마리는 서로를 뚫어지게 쳐다보았다.

"두 사람 모두 흑인이고, 에메랄드 빛깔 눈동자에, 금발이야... 뭔가 닮은 듯해!"

사비는 읊조렸다.

챤과 마리는 서로 자석에 이끌리듯 바짝 다가갔다. 수리와 사비, 마루는 극도로 긴장하며 챤과 마리를 번갈아 쳐다보았다. 챤과 마리는 누가 먼저랄 것도 없이 서로 껴안았다. 그리고 마리가 챤의 어깨를 살피기 시작했다. 챤의 어깨에는 작은 콘도르와키넬이 그려져 있었다. 마리는 챤을 안고 울었다.

"그래, 엄마 맞아. 내가 엄마야. 엄마라고!"

마리는 흐느꼈다.

챤은 잠시 어리둥절했지만 곧 활짝 웃었다. 그리고 마리의 볼에 자신의 볼을 비볐다.

"엄마... 엄마... 내 엄마!"

챤은 엄마를 부르며 울었다.

"너무 감동적이야!"

사비가 눈물을 흘렸다.

마리는 이집트 왕족의 후예였다. 그녀의 집안은 콘도르와키 넬을 가문의 문장으로 사용했다. 태양신 아툼을 숭상했던 파라오 아크나톤과 왕비 네페르티티의 후손이었다. 아크나톤과 네페르티티는 암살당하고 사라졌다. 그의 가문은 몰래 숨어서 혈통을 이어갔다. 그러기 위해선 그들만의 유전적인 비밀이 필요했고 그들의 후손들에게 콘도르와키넬이 새겨졌다. 마리는 버뮤다 트라이앵글을 비행하다가 강력한 기류에 의해 이곳에 불시착했다. 세상을 향해 수없이 많은 구조를 요청했지만 결국 구조받지 못했다. 사실 마리는 난쟁이 마법사 치크에게 납치되어서 이곳에 머물 수밖에 없었다. 치크는 이런 교묘한 방법으로 세상의 사람들을 납치했다. 고대 마야인들의 중요한 제사 의식이 있을 때마다 세상의 인간들을 납치했다. 그 이유는 그들을 산 제물로 바치기 위해서였다. 산 채로 심장을 도려냈다. 그래야만 태양이 계속 뜬다고 믿었다.

10. 외계인 스페니투스

다행히 마리는 임신 중이었기 때문에 제물로 바쳐지지는 않았다. 하지만 그녀는 자신이 낳은 아들 챤을 치크에게 빼앗겼다. 치크는 챤도 제물로 바치려 했지만 챤의 어깨에 콘도르와키넬 문양을 본 마법사는 챤을 내버려 두었다. 신탁 때문이었다. 난쟁이 마법사 치크의 어머니, 희망을 죽이는 마녀는 오래전 신탁을 내렸다. 치크가 키가 자라면서 마법을 잃어갈 때 콘도르와키넬 문양을 가진 아이가 난쟁이 마법사를 대신할 거라는 것이었다. 치크는 챤을 자신의 후계자로 키우기로 작정했다. 마리는 후토톨린 황무지에 그냥 버려졌다. 그런데 세 아이들은 아까부터 몹시 궁금한 게 있었다. 마리의 얼굴이 아직도 젊음 그 자체였다.

"몇십 년이 흘렀는데 외모가 그대로예요. 어떻게 된 거죠?"

수리는 진짜 궁금했다.

"이곳의 시간은 바깥세상과는 달라. 시간이 앞으로도 흐르고 뒤로도 흐르지. 결국 시간은 서로 하나의 원점에서 다시 만나. 시간도 공간도 순환하는 곳이야."

마리는 자신의 젊음의 배경을 설명했다.

"쉽게 이해가 되지 않아요. 그럼 이곳에선 늙지 않는단 말이에요?"

사비는 여간 궁금한 게 아니었다.

"다른 세상에서 이리로 건너 온 사람들은 더 이상 늙지 않아. 물론 고대 마야인들도 마찬가지고. 그래서 그들은 갓난아기들을 죽이는 거야. 그들에겐 탄생이 없어야 죽음도 없거든... 갓난아기들의 희생을 통해서 끝없는 젊음을 얻어. 불사의 젊음이지."

마리는 비교적 차분했다.

"자기들의 젊음을 유지하려고, 죽지 않으려고 갓난아기들을 죽였단 말이에요?"

사비는 순간 울음을 터트렸다.

"아니 아니, 고대 마야인들은 전혀 몰라. 모두가 난쟁이 마법사 치크의 농간이야. 하지만 그가 왜 그렇게 잔인하게 구는지 그 이유는 나도 몰라."

마리의 얼굴은 갑자기 어두워졌다.

수리와 사비, 마루는 챤과 마리가 다시 만났다는 사실만으로
도 너무나 행복했다. 이제 도베의 부탁처럼 이곳을 나갈 수 있
는 비밀의 문을 찾아야 했다.

"혹시 비밀의 문을 아세요?"

수리가 물었다.

"그런 비밀의 문은 나도 아직도 찾지 못했어. 내가 찾았다면
지금 이곳에 없겠지. 난 죽지 못하기 때문에 살아왔을 뿐이야.
살기 위해서 살아남은 것은 아니야. 하지만 이제는 달라. 챤을
찾았으니 살아야 해. 살 거야."

마리는 밝은 얼굴이 되었다.

수리와 사비, 마루는 탈진 상태에 빠졌다. 세 아빠들을 구할
수 없다는 사실을 받아들이기 어려웠다.

"아주 옛날 여기 처음 왔을 때, 들은 얘기가 있어. 그 얘기는
정확하지 않지만..."

마리가 말끝을 흐렸다.

"뭐든 말씀해 보세요. 당장은 정확한 이야기가 아니더라도

어떤 단서가 될지도 몰라요."

수리는 보챘다.

"안개문이 열린다고 했어. 그 안개문을 열 수 있는 사람은 파칼 왕의 그림 돌판에 나오는 사람이라고만 했어. 아주 오래전 얘기야."

마리는 자신 없어 했다.

"안개문? 그게 뭐야? 도대체 어디에 있다는 거야? 신기루도 아니고."

마루는 갑갑했다.

"그렇게 찾기 쉬우면 마리가 지금껏 이러고 있었겠어? 우리가 찾아보자."

수리는 사비와 마루를 설득했다.

"으휴, 저 넉살. 어떨 땐 저 넉살이 더 비관적으로 들린다니까."

마루는 툴툴거렸다.

"우리 저 선박들 쪽으로 다시 가보자. 그리고 저 선박을 타고 수평선까지 계속 가보자. 혹시 누가 알아? 끝까지 가보면 그 입구가 나타날지?"

사비가 설득했다.

"좋아."

수리가 대답했다,

"나도."

마루도 대답했다.

"챤과 마리가 남아서 우리를 지켜봐 주세요."

수리는 챤과 마리에게 손인사를 했다.

챤과 마리가 웃으며 고개를 끄덕였다. 세 아이들은 바닷가에 있던 작은 배에 올라탔다. 그리고 노를 저었다. 하지만 아무리 노를 저어도 배는 잘 나아가지 않았다. 바다에 파도가 전혀 없었다. 그래도 있는 힘껏 노를 저으며 조금씩 나아갔다. 챤과 마리는 세 아이들이 탄 배를 지켜보다가 깜짝 놀랐다. 수리와 사비, 마루가 탄 배가 멀리 사라져도 그 전체 모습이 완벽하게 보였다. 챤과 마리는 세 아이들을 향해 돌아오라는 손신호를 보냈다.

수리와 사비, 마루는 챤과 마리의 신호를 보지 못했다. 그리고 결국 바다의 끝에 도달했다.

"바다에 끝이 있어? 이건 이상해... 너무 이상해... 무서워."

사비는 몸을 움츠렸다.

세 아이들은 거대한 벽과 마주쳤다. 벽은 육안으로 쉽게 보이지 않는 크리스털 돔이었다. 수리와 사비, 마루가 탄 배는 더 이상

갈 수가 없었다. 크리스털 돔 저쪽으로 보이는 바다는 파도가 치고 있었고 폭풍이 불고 있었다. 그야말로 격랑의 바다였다. 하지만 세 아이들이 있는 바다는 전혀 움직임이 없었다. 비커에 담겨 있는 물과 똑같았다.

"일단 돌아가자."

수리는 작은 배를 돌렸다.

힘들게 노를 저어 다시 챤과 마리가 있는 곳으로 돌아왔다.

"이런 이유 때문에 이곳으로 들어온 선박과 비행기는 탈출할 수 없었던 거야."

수리는 버뮤다 트라이앵글의 비밀을 푼 것 같은 생각이 들었다.

그때였다. 사진 속 피사체처럼 서 있기만 하던 선박들 안에서 괴상하게 생긴 사람들이 뛰쳐나오기 시작했다. 중세 기사의 모습을 하고 있었다. 그들의 얼굴도 몸도 전부 황금옷과 황금가면으로 무장하고 있었다. 그들이 들고나온 무기도 중세의 군인들이 사용했던 칼과 방패들이었다. 생생한 현실이었다.

"난 칼에 맞아 죽는 건 싫어. 그냥 바다에 빠져 죽자."

마루는 겁에 질렸다.

"바다에 빠져 죽을 수도 없어. 물에도 운명이 있는데 이 바다는 사람이 빠져 죽을 수 없는 운명을 갖고 태어난 바다야."

마리는 외쳤다.

"그럼 어쩌란 거야? 칼에 죽으라는 거야?"

마루는 달달 떨었다.

"마루야. 정신만 똑바로 차리면 살 방법이 있어. 정신 차려. 이 상황만 끝나면 맛있는 음식이 널 기다린다는 생각을 하란 말이야."

수리는 마루의 뒤통수를 한 대 쳤다.

"알았어... 할 수 없지. 충성!"

마루는 받아쳤다.

사비는 나뭇가지를 집어 들었다.

그 순간 반인반용 챨츄가 챤을 채갔다. 너무 순식간에 일어난 일이라 아무도 챤을 지킬 수 없었다. 마리는 슬퍼할 틈도 없었다. 황금가면과 황금갑옷으로 무장한 중세 기사들이 공격해 왔다. 그들의 황금가면과 황금갑옷은 황금빛으로 번쩍였다. 그들은 싸울 것도 없이 손쉽게 세 아이들과 마리의 무릎을 꿇렸다. 그리고 한 명이 뚜벅뚜벅 가까이 다가왔다.

"저 뚜벅인 또 뭐야?"

수리는 이판사판이었다.

"나는 스페니투스다."

중세 기사는 황금가면을 벗으며 자신을 소개했다.

수리, 사비, 마루 그리고 마리와 챤은 스페니투스의 얼굴을 쳐다보기만 했다.

수리와 사비, 마루는 자신을 스페니투스라고 말하는 남자의 얼굴을 보고 경악했다. 난쟁이 마법사 치크의 비밀연구실 테테오난의 원더에서 보았던 그 외계인과 똑같은 모습이었다. 세 아이들이 어렸을 때부터 책과 영화를 통해서 무수히 보았던 바로 그 외계인 형상이었다.

"진짜였구나..."

수리는 중얼거렸다.

외계인은 상상의 생명체가 아니었다. 미국의 나사연구소에서 보관하고 있다는 외계인의 시체도 음모 이론이 아니었다. 수리와 사비, 마루는 외계인들의 광선검과도 같은 최첨단 과학적 무기를 떠올리곤 스페니투스의 몸을 위아래로 훑어보았다. 스페니투스의 옆구리에는 기다란 황금색 칼만이 있었다.

"뒤에 있는 동족들은 에이프들이다. 너희가 지구인이냐?"

스페니투스는 낮은 중저음으로 말했다.

"네? 지구인이요? 하... 하하."

수리는 헛웃음이 나왔다.

"고대 마야인은 지구인이 아니에요? 하하하."

수리는 좀 더 큰 소리로 웃었다.

"난, 이들을 처음 본 게 아니야. 그래서 전혀 놀랍지 않아."

마리는 청천벽력과도 같은 말을 했다.

마리는 고대 마야의 땅에 살았지만 바로 이 바닷가 근처에서
만 살았다. 고대 마야인의 땅으로 가려면 늪지대를 지나야 했
는데 그곳은 사람을 먹어 치우는 늪이었다. 그녀는 감히 그곳
을 통과해서 고대 마야인들의 터전으로 갈 엄두를 내지 못했
다. 마리는 자신이 낳은 아들을 만날 거라는 신념 하나로 견디
며 살았다. 그래서 가장 높은 나무 위에 집을 지어서 되도록 먼
곳을 보며 살았다. 그리고 그 높은 나무집에서 어디론가 이동
하거나 훈련하는 외계인들, 스페니투스들을 자주 보았다. 그들
과 우연히 눈을 마주친 적도 있지만 그들은 단 한 번도 마리를
헤치려 한 적은 없었다. 오히려 그들의 눈빛은 마리에 대한 따
뜻한 호감 같은 것이 있었다.

"혹시 화성에서 왔어요?"

마루는 장난처럼 물었다.

"우리는 지구에서 7천 광년 떨어진 M16 성운 외곽에 있는 12행성에서 왔다."

스페니투스는 자신의 고향을 알려주었다.

"그런 별은 처음 들어요. 어떤 별이에요?"

마루가 다시 물었다.

"아직도 M16 성운은 아기 성운이다. 대부분이 먼지와 가스로 이루어져 있지."

스페니투스는 꽤 친절했다.

"그리고, 넌 누구냐?"

스페니투스는 수리를 보며 물었다.

"난 수리라고 해요."

수리가 당당하게 대답했다.

에이프들이 갑자기 웅성거리기 시작했다. 스페니투스는 뒤에 도열해 있는 에이프들을 조용히 시켰다.

"... 수리라고?"

스페니투스는 믿을 수 없다는 표정이었다.

"그래요. 수리예요."

수리는 당당했다.

"수리야. 잠깐 있어봐."

사비가 끼어들었다.

"물어볼 게 있어요. 왜냐하면 아직 당신을 믿을 수가 없거든요."

사비는 의심스런 눈초리였다.

"M16 성운에 당신들 같은 생명체가 있다는 거예요? 지구를 제외한 어떤 행성에도 생명체가 존재하지 않는다고 말하는 학자들도 있어요. 그런데 M16에서, 7천 광년이나 날아서 왔다니... 당신의 정체를 도저히 믿을 수가 없어요."

사비는 당돌했다.

"우리의 고향 M16은 별들의 자궁이라고 불린다. 셀 수 없이 많은 행성들이 모여있지. 우리뿐 아니라 많은 행성들이 행성들의 자궁에서 탄생했다... 모든 별의 고향이지."

스페니투스는 친절하게 설명했다.

"별들의 자궁이요? 그렇다면 완전하고 완성된 형태의 행성이 아닌 거예요?"

사비는 다시 물었다.

"M16은 우주의 먼지로 만들어졌다. 우리의 몸은 우주의 먼지로 만들어져 있다. 너희들의 몸도 마찬가지로 우주의 먼지로 만들어져 있다."

스페니투스의 설명은 계속되었다.

"뭔 소리야? 알아먹을 수가 없네... 졸린다. 졸려."

마루는 하품을 했다.

"알았어요. 알았어요. 그런데 그 먼 곳에서 온 당신들은 왜 고대 마야의 땅에 있는 거죠?"

사비는 정곡을 찔렀다.

"우리는 이곳에 갇혔다. 그래서 세상으로 나가지 못했다. 우리는 실수로 세상에 나간 적이 있었지만 지구인들은 우리를 외계인이라고 부르며 실험실에 가두었다. 우리를 적으로 간주했다."

스페니투스는 아직도 화가 나는지 목소리가 거칠어졌다.

"하하하. 너무 우스워."

사비가 웃었다.

"사비야, 웃지 마!"

수리는 걱정이 되었다.

혹시라도 스페니투스와 에이프들이 화를 낼까 겁이 났다. 사비의 말 한마디에 수리와 마루의 목숨이 달려 있을 수도 있었다.

"외계인은 우리 지구인보다 월등한 문명을 갖고 있다고 알고 있는데요? 어떻게 고대 마야인의 땅에 갇혀 있다는 거죠? 당신 들 가짜 외계인 아니에요?"

사비는 겁도 없는지 할 말 다 했다.

스페니투스 뒤에서 도열해 있던 수많은 에이프들이 이상하 고도 기괴한 소리를 질러댔다. 불만을 표출하고 있었다.

"우린 너희들보다 훨씬 월등한 문명을 가졌었다. 이집트의 피 라미드, 이스터섬의 550개의 석상, 할리카르낫소스의 마우솔 레움, 로도스섬의 콜로서스, 알렉산드리아의 파로스등대... 마 야의 1,000개가 넘는 피라미드까지... 그 외에 너무나 많은 것 들을 우리가 만들었다."

스페니투스는 외운 것처럼 술술 말했다.

"농사짓는 법도 우리가 가르쳤고 문자도 우리가 만들었다. 하 지만 우리의 문명이 아무리 월등해도 광대한 우주를 모두 설명 해 주지는 못한다. 이 땅은 시간이 순환하고 있다. 그런데 공간 도 순환하고 있지. 우리는 이 땅에 갇히면서 진화하지 못하고 오히려 퇴화하고 말았다. 모든 생명체는 다른 생명체와 경쟁하 고 살아야만 진화할 수 있는 것이다."

스페니투스는 사비의 웃음에도 아랑곳하지 않았다.

"그렇다면 당신들은 이곳에서 어떤 일을 하고 있는 거예요?"

수리는 날카로운 질문을 했다.

"우리는 노예로 잡혀간 동족들을 위해서 또 우리의 동족들이 살고있는 세상으로 나가기 위해 백방으로 노력했지. 치크의 거센 방해도 있었지. 어쨌든, 아직도 우리는 안개문을 찾지 못했다. 아직도..."

스페니투스는 안타까웠다.

"어? 안개문이라면 우리도 찾고 있는데?"

수리는 안개문이라는 말에 흥분했다.

"... 안개문을 알고 있어요?"

마리가 용기를 내어 물었다.

"아직도 찾고 있다. 하지만 찾는다고 해도 그 문은 아무 때나 열리는 게 아니다. 그때가 언제인지 그것도 모른다."

스페니투스는 고개를 가로저었다.

"이 바다는 막다른 곳이야. 이상하긴 하지만 바다가 끝이 있다는 거지. 그렇지만 스페니투스의 이야기로 단서를 찾아낸다면 안개문은... 어쩌면 그 비행체 키니친과 관련이 있는 것 같아."

수리가 사비와 마루를 향해 말했다.

"... 안개문을 찾으면 뭐 하게? 아빠들이 우리를 알아보지도 못하잖아? 우리만 탈출할 수 없잖아? 함께 탈출할 수 없잖아? 어휴!"

마루는 한숨을 푹푹 쉬었다.

"녹색뱀 토라위스카르반텍이 수리에게 필요할 때 다시 온다고 했으니까 분명히 우리가 안개문을 찾는다면 녹색뱀은 다시 나타날 거야. 그땐 세 아빠들의 마법을 풀 수 있을 거야. 난 그렇게 믿고 싶어. 아니, 믿을래."

사비는 주먹을 힘껏 쥐었다.

"지금 난쟁이 마법사 치크는 점점 키가 자라고 있어. 언젠가 완전히 마법을 잃게 될 테고. 그러니까 우리는 세 아빠들뿐 아니라 챤도 반드시 구해야 해. 챤을 계속 불행하게 살게 할 수는 없어. 그 뒤는 도베와 의논해서 해결하자."

수리는 웃으면서 말했다.

"그래, 챤도 엄마를 찾았으니 함께 살아야 해. 그리고 이 땅의 모든 아이들, 로즈버드들이 가족과 함께 살도록 도베와 함께 힘을 합치자."

사비는 수리를 향해 승리의 V자를 그려 보였다.

"그런데 이상해. 스페니투스와 에이프들은 왜 지금까지 치크와

싸우지 않았을까? 저들의 능력은 치크보다 훨씬 강할 텐데... 그
렇지 않나?"

사비는 다시 의심이 발동했다.

"그래, 치크와 맞설 기회도 많았고 키니친을 탈취할 시간도
충분했었어. 물론 결과는 미지수이지만."

수리도 의심을 감출 수가 없었다.

"것봐. 내가 뭐라고 했어? 믿지 말라고 했지? 수상하다니깐?
무슨 비밀이 있어. 있다니까. 확실해. 내 코가 어떤 코인데. 쳇...
먹을 거라면 십 리 밖에서도 냄새를 맡는 개코라고!"

마루는 입에 침을 튀기며 떠들었다.

"난 생각이 달라. 스페니투스와 에이프들은 그동안 어떤 때
를 기다려 온 것 같아. 그리고 그때가 지금인 거야. 하지만 그때
가 왜 지금인지는 나도 몰라."

사비는 생각이 달랐다.

"지금까지 어떻게 살았어요? 안개문을 찾지 못했으니 탈출도
못하고 치크와 싸우지도 못하고..."

마루는 그새를 못 참고 또 질문을 했다.

"이 땅에 사는 고대 마야인들은 갓난아이들의 생명력을 빼
앗아 자신들의 죽음을 멈추어 왔다. 이 땅은 끔찍하다. 그래서

나가야 한다."

스페니투스는 오른팔을 번쩍 들어 결연한 의지를 밝혔다.

"그러니까 왜 지금이냐고 묻는 거예요. 말해줘요. 궁금해서 미치겠어요."

마루는 스페니투스의 팔을 잡고 흔들었다.

스페니투스가 잠시 생각을 하는 듯했다. 그러더니 뒤를 돌아 에이프들을 쳐다보며 특유의 손짓을 했다. 그러자 에이프들이 일제히 무릎을 꿇었다. 그리고 스페니투스가 수리 앞으로 다가왔다. 자신의 왕에게 인사하듯 고개를 깊이 숙이며 경의를 표했다. 수리는 놀란 표정으로 그를 보았다. 사비와 마루는 수리와 스페니투스를 긴장한 채 번갈아 쳐다보았다.

"우리가 기다리던 케찰코아틀이 바로 너, 수리다."

스페니투스는 수리에게 선언했다.

순간 정적이 감돌았다.

"우리는 우리를 구원해줄 구원자를 오랫동안 기다리고 있었다. '수리'라는 이름은 세상의 꼭대기라는 뜻이다. M16 성운의 또다른 이름도 수리 성운이다. 수리는 우리를 이끌 것이다. 또한 안개문도 열릴 것이다."

스페니투스가 정적을 깨고 말했다.

"수리 성운! 그... 그건 우연 아닐까요? 얘들아, 어떻게 좀 해봐. 내가 무슨 케찰코아틀이야? 이건 아니잖아. 좀 어떻게 해보라니까..."

수리는 얼굴이 굳어졌다.

"뭐 어때? 저들이 오해하는 건 분명하긴 한데 잠시 왕으로 대접받는 것도 괜찮잖아? 나중에 뭐라고 하면 몰랐다고 딱 잡아떼면 되고. 네 덕에 맛있는 거나 실컷 먹고, 통통한 배나 두드려보자고! 수리야! 난 왕의 측근이다. 신난다!"

마루는 어처구니없는 말을 했다.

"마루가 말한 유치한 이유에 동의할 순 없지만 지금 당장은 다른 방법이 없는 것 같아. 우리도 챤을 구하고 아빠들도 구해야 하니까. 우선은 스페니투스의 말을 따르자. 아니라고 해도 저들이 믿어줄 거 같지는 않은데? 시츄에이션 정말 이상하다. 봐봐. 저들 좀 봐. 너무 진지하잖아?"

사비는 마루의 말에 동의했다.

"좋아요. 함께 가요."

수리는 스페니투스를 향해 말했다.

"비행체 키니친이 필요하다."

스페니투스는 수리에게 명령하듯 말했다.

"뭐라구요? 내가 세상을 구할 케찰코아틀이라면서요? 그럼 왕이잖아요? 그런데 왕한테 도둑질을 시키는 거예요?"

수리는 화가 났다.

"도둑질이 아니다. 그 키니친은 원래 우리의 것이다. 우리가 찾아오자는 뜻이다. 명령은 아니다. 내 말투가 거슬렸다면 사과한다."

스페니투스는 사과했다.

"또 뭐라고 설레발치는 거야? 원래 자기들 거라니? 정말 미치겠네. 쟤네들 왜 이러니? 배고파..."

마루는 투덜거렸다.

"맞는 얘긴지도 몰라"

수리는 스페니투스의 편을 들었다.

"맞아. 고대 마야인들이 그 키니친을 자기들 힘으로 완성할 수 있었다면 왜 아빠들을 또 다른 시간의 저편에서 납치해 왔겠어? 무슨 사정과 비밀이 숨어 있는 게 분명해."

사비는 수리 의견에 동의했다.

"너하고 난 천생연분이야. 우리가 힘을 합하면 전 세계를 떠들썩하게 할 고고학자 부부가 탄생하는 건데... 하하하."

수리는 능청스럽게 웃었다.

사비는 수리를 아프게 꼬집었다.

수리는 아프다고 인상을 찌푸렸지만 그래도 기분이 좋은지 얼굴은 계속 웃고 있었다.

"어쨌든 세 아빠들과 함께 이 고대 마야의 땅을 탈출하려면 그 키니친이 필요해. 우리가 이곳에 웜홀을 통해 도착한 것처럼 웜홀을 통해서 나가야 해. 저들은 그 웜홀을 안개문이라고 부르는 것이고. 하지만 현재로는 발견할 가능성이 그다지 많지 않고... 그러니까 스페니투스의 제안을 받아들이자."

사비는 야무지게 말했다.

"우리가 바닷가 끝까지 갔을 때. 그 벽 말이야. 좀 이상해... 꼭 탄력 있는 풍선 같은 느낌이었거든... 만일 고대 마야 땅 전체가 그런 끝이 있다면, 키니친이 있다 해도 탈출할 수 있을지... 아냐 아냐... 정확하지 않아. 그냥 기우일 뿐이야... 긍정적인 생각만 하자. 하하하, 하하... 하하하."

수리는 걱정을 감추려고 과장되게 웃었다.

"그냥 뚫고 나가면 되잖아. 넌 왜 걱정을 사서 하니? 또 배고프네... 먹고 싶다. 먹고 싶어."

마루는 또 먹는 타령이었다.

"마루야. 넌 배고프면 매사에 짜증이잖아... 하하.., 그냥 믿자 믿어. 막다른 길에서는 믿어보는 게 최선이야. 충성."

수리가 마루에게 거수경례를 했다.

"충성!"

마루도 수리에게 거수경례를 했다.

"나도 충성!"

사비도 거수경례를 했다.

"추...충성!"

스페니투스도 얼떨결에 거수경례를 하고 말았다.

11. 그는 아군일까?

"내가 그 키니친을 조종할게. 그래도 되지? 난 전문 비행사야."

마리는 자신이 도울 일이 있다는 걸 다행스럽게 생각했다.

챤을 구해야만 한다면 무슨 일이든 하고 싶었다. 모두들 환호성을 질렀다. 모처럼 화기애애한 시간이었다. 스페니투스는 갑자기 손을 들어 두 주먹을 불끈 쥐었다. 그러자 수리와 사비, 마루는 깔깔대고 웃었다. 스페니투스는 자신의 행동 때문에 웃는 수리와 사비, 마루를 놀란 눈으로 쳐다보았다.

"똑같아, 똑같아, 신기해."

수리도 손을 들어 두 주먹을 불끈 쥐었다.

스페니투스의 두 주먹을 불끈 쥐는 행동은 세 아이들의 행동과 같았고 또 도베와 주먹 쥐고 불끈들의 행동과 똑같았다.

세 아이들은 스페니투스와 함께 치크의 비밀연구소 테테오난이 있는 움키밀 산으로 진격했다.

"말만 군대지 얘네들 오합지졸 아닐까?"

마루는 아까와 달리 슬슬 걱정이 되기 시작했다.

"왜 그런 생각을 하는 거야?"

사비가 물었다.

"오랫동안 이 땅에 갇혀서 퇴화됐다고 했잖아? 뭘 제대로 할 수 있겠어? 더구나 전쟁을 할 수 있겠어?"

마루가 머리를 긁적거렸다.

"걱정 마, 걱정 마. 닥치면 다 하는 거야. 다 하게 돼 있어. 자기가 안 죽으려면 하는 거지. 전쟁이 뭐 별거야?"

수리는 마루의 뒤통수를 툭툭 쳤다.

"아휴, 수리 또 시작이다. 또 시작이야. 저놈의 터무니없는 낙천주의. 그것 때문에 결국 여기까지 왔잖아? 쳇!"

마루는 불평을 했지만 사실은 수리를 믿고 있었다.

움키밀 산이 가까워지자 모든 숲들은 짙은 초록이었다. 스페니투스와 에이프들은 날쌘 원숭이들처럼 긴 나뭇가지를 잡고 이동했다. 태어날 때부터 그랬던 것처럼 자유자재로 움직였다. 그건 원시적인 고인류의 모습이었다. 그들이 이동하는 모습은 한편의 영화와도 같았다. 수리와 사비, 마루는 에이프의 품에 안겨 정글을 날아다녔다. 마리도 품에 안긴 채 날아다녔다. 열대 야자수가 반짝반짝 빛으로 깨어나고 있었다. 정글 속에 신비한 운무가 깃든 것 같았다. 세 아이들은 모든 걸 잊고 지금의 상황을 즐겼다. 놀이동산에서 바이킹을 타거나 자이로드롭을 타거나 롤러코스터를 타는 것보다 훨씬 재미있었고 짜릿했다.

"아아아~~"

수리와 사비, 마루의 함성이 울창한 정글을 날아다녔다.

시뻘건 용암을 토해내는 움키밀 산 근처였다. 스페니투스와 에이프들은 움키밀 산 시뻘건 용암의 강 앞에서 멈추었다. 지상의 모든 것을 녹여 버릴 듯이 부글부글 끓고 있었다. 용암의 강 가운데 있던 돌덩어리가 금세 녹아서 사라지고 있었다. 아직 용암의 강을 건너지 못하고 있었다. 이제는 챤도 없고 챤의 수호신인 콘도르와키넬도 없었다.

"용암의 강을 어떻게 건너지?"

수리는 발을 동동 굴렀다.

"내 친구들이 오고 있다."

스페니투스가 수리와 사비, 마루를 안심시켰다.

잠시 후 거대한 타란툴라들이 하늘에 나타났다. 온몸이 시커
먼 털로 뒤덮인 타란툴라들은 신기하게도 날개를 달고 있었고
열기구를 등에 이고 있었다. 열기구는 위대한 왕의 마차만큼이
나 화려했다. 타란툴라들은 땅에 착륙했다. 세 아이들은 겁이
나서 뒤로 물러났다. 마리도 무서운지 뒤로 물러났다.

스페니투스는 먼저 마리를 타란툴라의 열기구에 태웠다. 그
리고 수리와 사비, 마루를 차례로 태웠다. 마지막으로 스페니
투스와 에이프들이 타란툴라의 열기구에 탑승했다. 드디어 타
란툴라가 날기 시작했다. 타란툴라가 날개를 흔들 때마다 아이
들도 함께 흔들렸다. 날개가 아래로 내려가면 아이들도 따라서
아래로 내려갔고 날개가 위로 올라가면 아이들도 따라서 위로
올라갔다.

"이거 죽음의 비행이야! 떨어질 것 같단 말이야. 몰랐는데...
나 고소공포증이 있었어!"

마루는 공포에 질린 목소리로 말했다.

눈을 꼭 감고 있었고 이를 악물고 있었다.

"난 다람쥐통도 못 타. 토할 것 같아. 윽윽"

사비가 토할 것처럼 굴었다.

"이렇게 재미있는 놀이기구가 있으면 대박 날 텐데! 하하하! 하루 종일 타고 싶다. 너무 짜릿해!"

수리는 신이 났다.

"야, 수리! 너 지금 약 올리는 거야? 지금 다른 사람들은 다 죽어가잖아?"

사비가 소리를 꽥 질렀다.

"걱정 좀 하지 마세요. 사비 양. 이미 이렇게 됐는데 걱정한다고 뭐가 달라지겠어요? 그리고 떨어져 봤자 죽기밖에 더하겠어요? 하하하, 하하하!"

수리는 농담을 진담처럼 하며 계속 웃었다.

사비는 수리를 노려보았다.

수리를 노려보는 사람은 사비만이 아니었다. 저 멀리서 반인 반용 챨츄가 수리를 노려보고 있었다. 눈에서 시뻘건 불길이 타올랐다.

세 아이들과 마리 그리고 스페니투스와 에이프들은 무사히 용암의 강을 건넜다. 타란툴라들은 안전하게 내려주고 다시 하늘로 사라졌다. 만년설이 덮인 거대 평지가 나타났다. 드디어 움키밀 산, 목적지에 도착했다.

"마치 아마존을 지나서 남극에 도착한 거 같아. 다양한 기후대를 통과했네. 휴... 힘들다."

사비는 기온 차이로 오들오들 떨었다.

"그러게 말이야. 사비야. 우리 손 잡고 가자. 우린 정말 잘 어울리는 것 같아. 그치?"

수리가 사비에게 윙크를 보내며 손을 잡았다.

스페니투스는 항상 수리의 뒤에서 수리를 보호하면서 걸었다. 수리는 진짜 왕이나 된 듯이 으쓱대며 걸었다. 모두 그림 돌판이 조각되어 있는 거대 분지의 중심부에 도착했다. 정확하게 그림 돌판 위에 발을 디뎠다. 수리는 예전에 챤이 그랬듯이 발로 여섯 번 쿵 쿵 쿵 쿵 쿵 쿵 굴렀다. 그러자 땅이 흔들리며 조금씩 움직이기 시작했다. 만년설로 뒤덮인 그림 돌판은 원형으로 갈라지더니 아래로 아래로 가라앉기 시작했다. 마리도 긴장했고 스페니투스도 에이프들도 몹시 긴장했다. 한참을 아래로 내려갔다. 드디어 비밀연구소 테테오난에 도착했다.

아무도 보이지 않았다.

"다들 어디로 갔지?"

수리는 중얼거렸다.

수리와 사비, 마루는 돌 달력 문 쫄킨을 계속 지났다. 52개째 돌 달력 문 쫄킨을 지났을 때도 아무도 만날 수 없었다. 모두 초긴장 상태였다. 아무도 없다는 것이 큰 두려움으로 다가왔다.

수많은 돌 달력 쫄킨을 지나 테테오난의 센터에 도착했다. 수리와 사비, 마루가 그토록 보고 싶어 하던 세 아빠들이 있는 곳이었다. 하지만 아직 완성되지 않은 비행체만 덩그러니 남아있을 뿐 세 아빠들의 모습도 보이지 않았다.

"벌써..."

사비가 울음을 터트렸다.

"아빠... 아빠!"

마루도 눈물이 그렁그렁했다.

"챤, 챤..."

마리도 챤을 부르며 울었다.

에이프들은 테테오난의 연구실을 이리저리 살피고 다녔다. 그런데 뭔가 이상했다. 그전과 많이 달랐다.

"앗! 저거, 에메랄드 쫄킨이야."

수리는 쫄킨 쪽으로 달려갔다.

에이프들은 에메랄드 쫄킨을 열려고 했다. 그런데 열리지 않았다. 모두들 우왕좌왕했다.

"제가 할게요."

수리가 에이프들을 제지했다.

"에메랄드 비가 내리고
 꽃들이 태어나네...
 그대여 독수리처럼 자유로우리...
 대홍수가 땅을 휩쓸고 나면
 하짓날 방패가 태양을 가리키리라."

수리의 노래가 끝나자 에메랄드 돌 달력 문 쫄킨은 스르르 열렸다. 원더로 들어가는 입구였다.

내부는 캄캄했다. 한 치 앞도 보이지 않았다. 극도로 조심하며 한 발 한 발 내디뎠다. 마루가 실수로 스위치를 건드렸다. 갑자기 수많은 작은 불빛들이 미친 듯이 춤을 추기 시작했다. 얼마나 그 불빛이 강렬한지 오로지 빛의 폭포가 쏟아지는 것처럼 느껴졌다. 그리고 점점 앞이 보이기 시작했다.

"랜턴피쉬야."

사비가 소리쳤다.

수천 개의 랜턴피쉬들은 어느새 하나로 뭉쳐서 커다란 횃불
이 되었다. 이제 내부는 그야말로 대낮처럼 밝았다. 황금빛 돌
로 만들어진 벽면엔 황금빛 옥수수나무가 물결치고 있었다. 황
금빛 옥수수나무가 그려진 벽면을 따라 걸으니 점점 좁아지면
서 긴 통로를 만들고 있었다. 그 통로를 어렵게 지나자 커다란
방패가 그려진 문을 만났다. 그 문은 이미 열려 있었다. 그 방패
문 안으로 들어가자 아름다운 묘실이 나왔다. 그 묘실의 전면엔
거대한 그림 돌판이 웅장하게 조각되어 있었고 중앙에는 석관
이 모셔져 있었다. 매우 종교적인 냄새가 나는 방이었다.

스페니투스는 관을 향해 걸어갔다. 관의 뚜껑엔 고대 마야의
상형문자가 상감되어 직사각형으로 빙 둘러싸고 있었고 거기에
는 십자가 형태의 생명의 나무, 우주나무가 있었다. 그리고 신성
한 새로 알려진 케트살과 날개가 달린 아름다운 녹색뱀 한 마
리가 그려져 있었다. 그림의 가운데는 한 남자가 제단에 앉아있
었다. 그는 신의 특징인 옥수수염을 달고 있었다. 검은 머리에
까무잡잡한 피부를 가진 매우 젊은 남자였다.

"파칼 왕의 관이에요"

뒤따라온 수리가 흥분해서 외쳤다.

"그런데 이상하잖아? 우리는 파칼 왕의 관을 멕시코의 팔렝케 유적에서 보았는데 왜 여기에 또 있는 거지?"

마루가 의문을 던졌다.

"그때 멕시코에서 세 아빠들이 파칼 왕의 눈알과 황금가면을 훔쳤다고 했잖아? 그때 없어진 파칼 왕의 눈알은 분명 치크가 훔쳐 온 거야. 그리고 이건... 그렇다면 가짜 미라야. 가짜 미라가 맞아."

사비도 의구심이 들긴 마찬가지였다.

"치크는 세상 밖으로 나간 적이 없어. 그가 멕시코에 다녀왔단 말이야? 그는 일반인이 사는 세상에 존재할 수 없는 사람이야."

수리는 지금의 상황을 이해할 수 없었다.

스페니투스가 조심스럽게 파칼 왕 관의 뚜껑을 열었다. 관 속에는 역시 가짜 미라가 있었다. 가짜 미라의 얼굴에는 황금가면이 덮여 있었고 미라 옆에는 에메랄드로 만든 보석 장신구들과 의식용 제기들이 어지러이 흩어져 있었다. 수리가 황금가면을 벗겨 보았다. 그러자 여지없이 눈알이 텅 빈, 짚으로 만든 미라의 얼굴이 드러났다. 수리는 순간 뒤로 물러났다.

"것봐. 파칼 왕은 절대 살아나지 않아. 난쟁이 마법사 치크는 고대 마야인들을 속이고 있는 게 확실해. 그는 사기꾼이야. 아주 나쁜 사기꾼."

수리가 분노를 터트렸다.

"좀 이상한 얘기지만, 난 치크의 마음을 알 거 같아. 치크는 아이들을 증오하고 있어. 그런데, 그런 증오는 스스로 만든 것 같지는 않아. 누가 치크를 그렇게 만든 것 같아. 조종하고 있다고. 왜 그런 말 있잖아? 가스라이팅? 하여간, 그런 거. 과연 누구일까?"

사비는 조심스런 추측을 내놓았다.

"사비, 넌 그런 사기꾼 편을 드는 거야?"

수리가 화를 냈다.

"편드는 게 아니야. 치크의 마음이 이해가 되고 그래서 측은하다는 생각이 든다는 거야."

사비는 부연 설명을 했다.

"사비, 나도 불편해. 갓난아기를 강물에 집어 던지는 걸 보고도 그런 소리를 하는 거야?"

마루도 화를 냈다.

"모르겠어... 난 이곳에 와서 과학이 무너지는 걸 느껴. 이곳은 정체되어 있는 것 같아. 모든 게 멈추어 있다고. 그런데 어쩌면 다시 살릴 수 있다는 희망이 생기기도 해."

사비는 혼란스러웠다.

"쳇... 말이나 못하면..."

마루는 입을 삐죽거렸다.

그때 밖에서 소란스러운 함성이 들렸다. 그 함성은 묘실을 흔들었고 묘실 벽면의 황금빛 돌을 두두두 떨어트렸다. 세 아이들과 마리 그리고 스페니투스와 에이프들은 자리를 뜨기 위해 빠르게 움직였다.

"밖에서 무슨 일이 벌어지고 있는 거야?"

수리는 밖을 주시하며 이동했다.

수리와 사비, 마루는 테테오난 원더에서 힘들게 나왔다. 만년설이 뒤덮인 거대 분지에 발을 디뎠을 때 하늘에서 희한한 소리가 흘러나왔다. 하늘이 웃는 듯하기도 했고 우는 듯하기도 했다. 하늘이 노래하고 있었다.

"... 이상해... 하늘이 소리를 낼 순 없잖아? 그치..."

수리는 혼잣말을 중얼거렸다.

노랫소리의 장본인은 벌새들이었다. 하늘을 새카맣게 메운 수만의 벌새들이 회오리를 일으키며 내는 소리였다.

"태양이 다시 나타났어... 다섯 개의 태양이야!"

사비가 하늘을 올려다보았다.

희미한 다섯 개의 태양은 점점 뜨거워졌고 지상의 열기도 함께 뜨거워졌다.

"쉿! 조용히 해봐. 또 다른 소리가 들려. 이번엔 울음소리 같아."

수리는 귀를 세웠다.

그리고 그 소리의 진원지가 태양의 피라미드 부근이라는 것을 직감했다. 모두가 서둘러 그곳으로 향했다.

태양의 피라미드에서는 난쟁이 마법사 치크가 대단한 의식을 열고 있었다. 고대 마야 원주민들은 제단을 향해 두 팔을 높이 치켜들고 알아들을 수 없는 주문을 외치고 있었다. 아예 울부짖고 있었다. 그야말로 야단법석이었다. 사이비 종교의 광신도 집단에서나 볼 수 있는 장면이었다.

"챤이야. 챤!"

마리가 소리 질렀다.

어린 챤이 멍한 눈으로 제단에 앉아있었다. 황금옷을 멋지게 입고 있었다. 챤의 뒤로는 한 남자가 서 있었다. 머리엔 케트살을 얹었고 목엔 날개 달린 녹색뱀을 감고 있었고 턱엔 옥수수 수염을 걸치고 있었다.

"파칼 왕이야."

수리가 비명을 지르듯 외쳤다.

"말도 안 돼, 그의 시신은 완전하지 않아. 우리가 똑똑히 봤잖아? 절대 부활했을 리 없어."

사비도 외쳤다.

"저, 사기꾼. 미치겠네! 고대 마야인들을 저렇게 이용하다니... 나쁜!"

마루는 화를 삭이지 못했다.

"... 잠깐 잠깐... 세상 저편에서 납치되어 온 사람일 수도 있어. 누구일까?"

수리는 파칼 왕 행세를 하고 있는 남자를 뚫어지게 보았다.

가짜 파칼 왕으로 보이는 사람 옆에서 난쟁이 마법사 치크가 열심히 떠들고 있었다. 그는 실로 비장해 보였다. 치크의 키는 지난번 보다 훨씬 더 커 있었고 얼굴의 주름은 더욱 쭈글쭈글했고 흰머리도 늘어있었다. 그의 병세는 누가 봐도 완연하게 깊어 보였다.

"저건 가짜야. 파칼 왕이 아니야. 치크가 속이고 있어. 고대 마야인들을 우롱하고 있다고. 그의 목적이 과연 무엇일까?"

마루는 화가 나서 안절부절 했다.

"이런 음모를 꾸미는 이유가 뭘까? 그는 신통력이 있는 마법사야. 왜 파칼 왕이 필요한 거지? 왜? 도대체 왜?"

사비는 아는 것이 많지 않아서 답답했다.

"지구의 종말이 다가왔다는 거지."

수리는 의미심장한 말을 던졌다.

"저런 사기꾼은 콩밥을 먹여야 하는데. 그런데 지구가 정말 멸망할까? 너희들 진짜라고 생각하니?"

마루는 살짝 걱정이 되었다.

"난쟁이 마법사 치크도 케찰코아틀이 절대적으로 필요하다. 그가 12행성으로 떠나려면 케찰코아틀의 노래가 필요하지. 그게 없는 크리스털 돔은 열리지 않아. 고대 마야인들에게 케찰코아틀은 파칼 왕이니까. 그는 부활을 통해 완벽한 신이 되는 것이다. 이제 고대 마야인들은 지구를 떠나기 전에 52쌍을 고를 것이다. 큰일이군."

스페니투스는 한숨을 내쉬었다.

"수리야. 네가 나가서 얘기해라. 네가 진짜 케찰코아틀이라
고! 하하하."

마루가 수리를 놀렸다.

"아니... 저... 저... 스페니투스!"

사비가 스페니투스를 보며 말을 더듬었다.

제단에 스페니투스와 같은 모습의 에이프들이 붙잡혀왔다.
세 아이들도 놀랐지만 더 놀란 건 스페니투스와 에이프들이었
다. 그들은 에이프의 동족이었다.

치크는 세 명의 에이프를 제단에 묶도록 명령했다. 에이프들
을 단단히 묶고 계속 의식을 진행했다. 난쟁이 마법사 치크는
빨간색 약병을 꺼내 들었다. 그리고 약병의 뚜껑을 천천히 열었
다. 시뻘건 안개가 뿜어져 나오기 시작했다. 모두를 몽롱하게
만들었다. 졸린 눈이 되었고 실실 웃기까지 했다. 치크는 자신
이 갖고 있던 황금칼로 에이프의 가슴을 단번에 갈랐다. 김이
나는 뜨거운 심장을 꺼냈다. 치크는 시뻘건 피가 뚝뚝 흐르는
심장을 가짜 파칼 왕에게 건넸다. 가짜 파칼 왕이 시뻘건 피가

238

뚝뚝 흐르는 심장을 높이 쳐들었다.

　"인간들처럼 시뻘건 피야... 외계인들은 피의 색깔이 녹색 아니야? 이상해."

　수리는 시뻘건 피를 보자 묘한 동질감을 느꼈다.

　어느새 반인반용 챨츄가 시뻘건 눈빛을 부라리며 나타났다. 챨츄는 입맛을 다시더니 순식간에 심장을 채갔다. 그 순간 스페니투스의 전설의 화살 룻이 하늘을 가르며 반인반용 챨츄의 한쪽 눈을 맞추고 가짜 파칼 왕의 수염과 케트살과 녹색뱀을 동시에 맞추었다. 반인반용 챨츄는 찢을 듯한 비명을 지르며 고통스러워했다. 그 소리가 얼마나 끔찍했던지 하늘이 부들부들 떨었다. 그리고 가짜 파칼 왕의 진짜 얼굴이 드러났다. 머리는 금발이었고 피부색은 허여멀건 했다. 고대 마야인들은 경악의 표정을 지었다. 그때 어디선가 외침이 들렸다.

　"파칼 왕이 아니다. 저건 가짜다."

　고대 마야 원주민 하나가 소리쳤다. 아비규환이 되었다.

　"슐레이만 삼촌이야."

　수리는 휘청거렸다.

고대 마야인들의 의식은 그야말로 아수라장이 되어버렸다. 고대 마야인들이 오랫동안 기다려왔던 검은 머리에 까무잡잡한 피부색을 가진 파칼 왕이 아니었다. 고대 마야인들은 큰 충격에 빠졌다. 자신들의 눈앞에 나타난 파칼 왕의 현신이 자신들을 구원하고 12행성으로 데려다줄 케찰코아틀이 아니라는 것을 믿을 수 없었다. 고대 마야인들은 부모를 잃은 어린아이처럼 굴었다.

이런 혼란을 틈타 스페니투스는 칼을 빼 들고 난쟁이 마법사 치크가 있는 곳으로 다가가고 있었다. 난쟁이 마법사 치크는 이미 도망치고 있었다. 스페니투스가 빠르게 쫓았지만 연기처럼 사라져버리고 없었다.

"음... 곧 잡을 수 있겠어... 마법이 사라지고 있는 게 분명하니까."

스페니투스는 그나마 다행이라고 생각했다.

치크는 지난번보다 키가 훌쩍 커졌을 뿐 아니라 누구도 부인하지 못할 노인의 얼굴을 하고 있었다. 이제는 난쟁이 마법사라고 부르기도 어려울 정도였다. 마리도 스페니투스 뒤를 따라 챤을 찾았다. 하지만 챤도 어디론가 사라지고 없었다. 마리는 두 손으로 얼굴을 감싸고 울기 시작했다.

스페니투스는 갑자기 이상한 기운을 느꼈다. 빛이 물러서고 있었다. 세상이 급작스레 어두워지고 있었다. 그는 하늘을 쳐다보았다. 하늘을 지키고 있던 희미한 다섯 개의 태양은 그 희미한 빛마저 잃어가고 있었다. 태양은 녹아버리려는지 그 테두리가 흐물흐물 무너지고 있었다. 다섯 개의 태양은 형체가 찌그러지면서 윤곽만 남았다. 조짐이 안 좋았다.

세 아빠들은 태양의 피라미드 내부에서 이 모든 광경을 지켜보고 있었다. 눈물을 흘리며 구토를 하고 있었다. 그들은 비행체 키니친의 완성을 목전에 두고 있었고 마지막 한 가지 작업만 남겨 놓은 상태였다. 하지만 그 마지막 단계에는 도저히 풀 수 없는 비밀이 하나 있었다. 그래서 키니친을 완성하지 못하고 있었다. 난쟁이 마법사 치크는 비행체 키니친을 완성하지 못하면 세 아빠를 의식의 제물로 바치겠다고 협박을 하며 산 채로 제물로 바치는 장면을 목격시켰다. 세 아빠들은 그 마지막 단서가 그림 돌판에 있다는 건 알아냈지만 그림 돌판의 숨은 암호를 해독할 수는 없었다.

명색이 고고학자, 천문학자, 물리학자인 세 아빠들이 해독하지 못하는 암호였다. 난쟁이 마법사 치크는 오늘의 의식을 통해 암호 해독에 관한 단서를 찾으려고 했지만 의식은 난장판이 되고 말았다. 세 아빠들은 이러지도 저러지도 못하며 쩔쩔매고 있을 때 치크의 전사들이 어디론가 끌고 가버렸다.

그때 수리와 사비, 마루는 세 아빠들을 얼핏 보았다. 세 아이들은 누가 먼저랄 것도 없이 다다다 뛰어갔다. 아빠들의 마지막 모습이 보인 곳으로 달려갔지만 이미 흔적도 찾을 수 없었다. 수리, 사비, 마루의 눈에 눈물이 맺혔다.

"아빠? 아빠! 아빠…"

사비는 목놓아 울었다.

"치크가 설마 죽이진 않겠지? 그치? 그럴 거야. 맞아… 죽이진 않을 거야."

마루는 털썩 주저앉았다.

"걱정 마. 아빠들은 절대 아무 일 없을 거야. 내가 약속할게."

수리는 자신의 슬픈 감정을 추스르고 사비와 마루를 위로했다.

사비는 수리를 보았다. 수리도 사비를 보았다. 마루도 보았다. 서로 쳐다보는 수밖에 없었다. 아무런 방법이 없었다.

12. 술레이만 삼촌의 최후

스페니투스가 태양의 피라미드 안으로 들어왔다.

"우리 동족들을 마구 학살하고 있어. 치크를 찾아내서 죽여 버리겠다."

스페니투스는 몹시 흥분해 있었다.

"안 돼요."

사비가 소리쳤다.

"죽이는 건 안 돼요. 치크가 사람들을 많이 죽였다고 해서 우리도 똑같이 죽일 수는 없어요. 그건 정말 나쁜 거예요."

사비는 사색이 된 채 말했다.

스페니투스는 멈칫했다. 잠시 주춤하더니 대꾸 없이 그냥 나가버렸다. 사비의 얼굴은 눈물로 범벅이었다.

어느새 슐레이만 삼촌이 세 아이들에게 다가와 있었다.

"너희들 때문에 난 완전히 망했어. 망했다고. 망했어. 망했어... 으흐흐..."

슐레이만 삼촌은 실성한 사람 같았다.

"삼촌도 아니야. 정말 한 대 치고 싶다."

마루는 주먹을 쥐고 부르르 떨었다.

"그깟 주먹 따위 흔들지 마. 마루... 흠... 난 치크와 계약을 했지... 가짜 파칼 왕이 되어주는 대신 고대 마야 땅에서 황금을 자유롭게 가져갈 수 있도록 말이야. 으흐흐..."

슐레이만 삼촌은 비열하게 웃었다.

"우리 아빠를 팔아먹은 나쁜 놈. 어려서부터 아빠 연구실에서 심부름이나 하던 사람을 삼촌이라고 부르며 가족처럼 대해줬더니 이렇게 배신을 해? 우리는 진짜 가족으로 생각했어. 그런데 가족을 배신해? 등에 칼을 꽂아?"

마루는 얼굴이 벌게져서 씩씩거렸다.

"당신... 아빠가 이렇게 된 것도 전부 당신 때문이야... 당신의 탐욕 때문이야. 그 더러운 탐욕... 내가... 내가... 갚아주겠어. 나도 가족이라고 생각하고 믿었단 말이야!"

수리는 어찌할 바 모르고 부르르 떨었다.

"가족? 난 가족이 없는데? 날 진짜 가족이라고 여겼다면 아마 진작에 날 연구원으로 승진시켰겠지. 안 그래? 너희들 아빠는 날 심부름꾼 취급이나 했단 말이야. 나도 실력이 있었어. 그것도 아주 뛰어난 실력... 으흐흐..."

슐레이만 삼촌은 치사한 변명만 늘어놓았다.

"연구원을 꿈꾸는 사람이 아빠들이 가져온 유물들을 몰래 팔아넘겼어. 어떻게 그런 사람을 연구원으로 승진시켜? 경찰에 넘기지 않고 연구소에서 쫓아내지 않은 것만도 다행으로 알아야지. 난 그래도, 끝까지 믿었어. 무슨 사정이 있을 거라고 생각했거든! 그래서 당신이 우리를 팔렝케로 불렀을 때도 흔쾌히 왔던 거야!"

수리는 이를 갈았다.

"난 너희들 때문에 치크에게 약속받은 황금을 하나도 챙기지 못했어. 너희들 때문에 그 많은 황금을 놓쳤어... 으흐흐흐... 너희들은 신의 벌을 받을 거다... 저주를 받을 거야... 내가 그렇게 기도할 거야... 으흐흐흐..."

슐레이만 삼촌은 눈알이 시뻘겋다.

세 아이들은 슐레이만 삼촌을 직접 벌 줄 필요가 없었다. 화가 난 고대 마야인들이 슐레이만 삼촌을 쫓아왔다. 슐레이만 삼촌은 고대 마야인들을 피해 피라미드 내부로 깊이 도망치기 시작했다. 자꾸 깊이 들어갔다. 고대 마야인들은 슐레이만 삼촌을 계속 쫓아갔다. 슐레이만 삼촌은 얼마 안 가 길을 잃었다는 것을 알아챘다. 사방을 둘러봐도 복잡한 미로처럼 얽힌 통로밖에 보이지 않았다. 모든 길이 구불구불 양의 창자 같았다. 어디가 어딘지 알 수가 없었다.

"... 이거 이거... 어쩌지?... 하긴 피라미드는 지구의 축소판이라 했으니까... 그래도 나갈 수 있을 거야."

무작정 달아나던 슐레이만 삼촌은 어느 방 안에서 흘러나오는 찬란한 황금빛 빛줄기에 홀려 버렸다.

"황금이군... 으흐흐."

슐레이만 삼촌은 그 빛줄기를 따라 방으로 들어갔다. 놀랍게도 그 방엔 온갖 황금들이 산처럼 쌓여 있었다. 슐레이만 삼촌은 너무 기쁜 나머지 무릎을 꿇고 황금에 입을 맞추었다. 눈물을 줄줄 흘렸다. 방의 바닥에도 빈틈없이 황금이 깔려있었다. 도대체 황금이 없는 곳을 찾을 수 없었다. 벽도 황금이었다. 슐레이만 삼촌은 황금을 카펫 삼아 벌렁 누웠다. 그리고 온몸을 몸부림치며 비벼댔다. 그사이 고대 마야인들은 슐레이만 삼촌이

들어간 방문을 밖에서 완전히 잠갔다. 술레이만 삼촌은 아무것도 눈치채지 못했다.

"황금은 탐욕이 아니야! 희망이야! 희망이라고! 희망!"

술레이만 삼촌은 자신이 그곳에 영원히 갇힐 거라는 건 상상도 하지 못했다.

수리와 사비, 마루 그리고 마리는 챤을 찾기에 바빴다. 챤은 의식이 엉망이 되었을 때 다시 납치된 것이 분명했다. 세 아이들은 태양의 피라미드 내부에 있는 모든 방을 뒤지고 다녔다. 챤이 살아있기를 간절히 바랐다. 마리는 사비가 거의 끌고 가다시피 하고 있었다. 그녀는 챤이 무슨 일을 당했을까 봐 너무 걱정한 나머지 이미 온몸의 기력을 잃어버렸다.

스페니투스와 에이프들은 이미 고대 마야인들을 제압해 놓고 있었다. 고대 마야인들은 스페니투스와 에이프들을 이상하게 쳐다보았다. 모습이 달라도 너무 달랐다. 하지만 스페니투스와 에이프들은 고대 마야인을 위협하거나 공격하지는 않았다. 그들은 진정한 평화를 원했다. 스페니투스는 도베와 주먹 쥐고 불끈들에게 칼을 내려놓으라고 명령했다. 그러자 칼을 바닥에 내려놓았다. 고대 마야인들의 얼굴에 안심하는 표정이 떠올랐다. 스페니투스는 옥수수를 꺼내 들었다. 그리고 높이 쳐들었다. 그러자 고대 마야인들은 탄성을 내질렀다. 옥수수를 중심으로 모두가 하나로 통했다. 이렇게 모두가 하나가 되어 하나의 평화를 만들고 있을 때 난쟁이 마법사 치크가 나타났다. 그는 전보다 더 늙어 있었다.

"이들은 황금을 훔치러 우리 땅으로 쳐들어왔다. 이들은 예전에도 우리를 내쫓았었다. 보아라. 이들의 몸은 황금으로 이루어져 있다. 이들은 황금이 없으면 단 하루도 살 수 없는 자들이다. 우리를 모두 죽이고 황금을 가져갈 것이다. 이들은 탐욕의 덩어리들이다. 내 말을 들어라. 우리는 이들을 죽여야 한다. 우리 땅을 찾아야 한다. 그래야 영원히 잘 살 것이다."

난쟁이 마법사 치크는 고대 마야인들을 선동했다.

갑자기 고대 마야인들은 치크의 말에 홀린 듯이 행동했다. 아무런 무기도 없이 그냥 떼거리로 스페니투스와 에이프들에게 돌진했다.

스페니투스와 에이프들 그리고 고대 마야인들은 졸지에 서로 싸우기 시작했다. 순식간에 벌어진 일이었다. 하지만 진정으로 평화를 지향하는 스페니투스와 에이프들은 차마 고대 마야인들을 제대로 공격하지 못했다. 시간이 지날수록 에이프들의 시체는 쌓여갔고 그들의 시체 위로 어린 반인반용들이 몰려들었다. 그들의 싱싱한 심장을 먹기 위해서였다. 에이프들은 고대 마야인들을 죽이지 않고 스스로 죽는 길을 택했다. 죽지 않고 살아남은 에이프들은 도망치기 시작했다. 그들은 태양의 피라미드 내부로 들어갔다. 피라미드 내부는 신성한 곳이었다. 이곳은 누구도 싸움을 하지 않는 성소였다. 스페니투스와 나머지 에이프들은 수리와 사비, 마루 그리고 마리를 찾았다. 다행히 수리는 스페니투스에게 작은 단서를 남기며 길을 걸었는지 바닥에는 작은 에메랄드들이 하나씩 발견됐다. 스페니투스는 에메랄드를 하나씩 주웠고 수리의 뒤를 쫓았다. 얼마 안 가지하로 내려가는 기다란 계단을 만났다. 계단은 가파르고 좁았다. 조금만 실수해도 낭떠러지로 떨어질 것이 뻔했다. 에이프들은 조심스럽게 계단으로 이동했고 아래로 내려가자 에메랄드빛 호수가 나타났다. 에메랄드빛 호수에서는 물안개가 피어오르고 있었다. 연둣빛 물안개는 호수를 이불처럼 포근하게 덮어 주고 있었다. 여기에서 수리의 에메랄드는 더 이상 보이지 않았다.

스페니투스는 호수 안에 해저 동굴이 있을 거라고 짐작했다. 수억 년을 살아왔을 호수를 쳐다보며 머리에 있던 작은 스위치를 눌렀다. 램프를 작동했다. 불빛이 들어왔다. 호수로 천천히 들어갔다. 깊이 잠수해 내려갔다. 해저 동굴은 너무도 넓었고 그 끝을 알 수 없었다. 게다가 흑암이었다. 스페니투스와 에이프들 머리의 밝혀진 램프만이 길을 열어주고 있었다. 한참 후 해저 동굴이 끝나면서 뭍이 나타났다. 스페니투스와 에이프들은 뭍으로 올라갔다. 올라가자 곧 강줄기가 나타났다. 하지만 이 강줄기는 방해석 수정의 물줄기였고 실제 강은 아니었다. 해저 동굴의 연결일 뿐이었다. 강의 바닥에 스스로 발광하는 방해석 수정이 빛을 뿜고 있었다. 방해석 수정의 빛 때문에 빛의 그림자가 어른거렸고 벽이 움직이는 것 같았다. 커다란 지네가 꿈틀거리는 것처럼 보였다. 스페니투스는 벽을 만져보려고 다가갔다가 깜짝 놀랐다. 벽은 불개미들이 빈틈없이 가득 붙어있었고 끊임없이 움직이고 있었다. 꿈틀거렸던 이유는 불개미들 때문이었다. 불개미들은 벽을 먹고 있었다. 스페니투스가 에이프들에게 주의를 주기도 전에 여러 명의 에이프들이 불개미들에게 당했다. 불개미들은 자신들을 건드리는 에이프들을 먹어 치웠다.

세 아이들의 말소리가 들렸다. 스페니투스는 빠르게 달려갔다. 도착한 곳은 작은 감옥이었다. 그 감옥은 철창이 아니라 불개미들이 감옥의 형태와 틀을 만들고 있었다. 불개미들이 커튼을 만들어 챤을 가두고 있었다. 그 안에 챤이 혼자 있었다. 그리고 수리와 사비, 마루, 마리가 밖에서 챤을 보고만 있었다. 챤은 꼿꼿이 앉아있었지만 살아있다는 생각이 들지 않을 정도로 안색이 백짓장처럼 창백했고 행색은 초췌했다.

"챤, 말을 해봐! 나야, 나! 수리형이라고!"

수리가 애타게 챤을 불렀다.

"챤, 엄마야! 나 엄마야! 대답해 봐! 우리 아가! 흑흑..."

마리는 흐느끼면서 불렀다.

챤은 대답이 없었다. 챤은 알맹이가 남김없이 빠지고 껍데기만 남은 꽈리 같았다. 챤의 옆에서 희미하게 빛을 뿜고 있는 횃불만이 챤의 얼굴을 무심히 비추어 주고 있었다.

수리는 챤을 구해야 했다. 수리는 바닥을 거의 기다시피 불개미들이 만든 문을 통과해서 감옥 안으로 들어갔다. 등짝에 불개미 몇 마리가 붙어서 괴롭혔지만 상관하지 않았다. 수리는 챤을 힘들게 일으켰다. 챤을 품에 안은 채 다시 바닥을 기었다.

또다시 등짝에 불개미 몇 마리가 붙어서 괴롭혔다. 수리는 이를 악물며 고통을 참았다. 수리가 챤을 안고 겨우 빠져나오자 스페니투스는 챤을 넘겨받아서 안았다. 챤은 종잇장처럼 가벼웠다. 모두들 끔찍한 불개미 동굴을 벗어나기 위해 급하게 움직였다.

하지만 문제가 생겼다. 불개미들에게 탈출을 들켰다. 벽에 달라붙은 채 벽을 먹고 살던 불개미들이 공격하기 시작했다. 불개미들은 이제 허공을 날아다녔다. 날개가 있는 것은 아니었지만 수천수만 개의 불개미들이 함께 손과 발을 연결했고 너울을 만들어서 날아다녔다. 이보다 더 끔찍하고 징그러울 수가 없었다. 하나의 군대 대형처럼 일사불란하게 움직였다.

"도저히 뚫고 나갈 수 없어."

사비는 절망했다.

그때 수리가 챤이 갇혀 있던 감옥에서 횃불을 들고 나왔다. 수리는 횃불을 불개미들을 향해 던졌다. 불개미들은 잠시 흩어지는 듯했다. 다시 너울을 만들어 공세를 취했다. 에이프들은 수천수만 마리 불개미들의 공격에 뼈 한 점 남기지 못하고 자꾸 사라져 갔다. 모두들 극한의 공포에 질린 상태였다. 한 발도 움직일 수 없었다.

그때 강바닥의 방해석 수정이 꿈틀꿈틀 살아 움직이기 시작했다. 방해석 수정의 빛줄기는 여러 개의 띠를 드러냈다.

"조심해... 강 속에 무언가 있는 것 같아."

수리가 주의를 주었다.

모두 강의 바닥을 조심스럽게 걸었다. 그런데 마루가 실수로 강바닥의 방해석 수정을 깨트리고 말았다. 그러자 그곳에서 컨빅트피쉬가 솟구쳐 나왔다. 평생 치크가 만들어 놓은 강바닥의 감옥에 갇혀 살아왔던 죄수 물고기였다. 컨빅트피쉬는 불개미들을 공격하기 시작했고 그들을 게걸스럽게 먹어 치웠다. 평생 갇혀 있으면서 굶었던 그들의 식욕은 광포할 정도로 무서웠다.

스페니투스는 다시 움직이기 시작했다. 모두 빠르게 도망치기 시작했다. 이번엔 컨빅트피쉬한테 자기들이 먹힐지 모른다는 불안감 때문이었다.

드디어 컨빅트피쉬와 불개미 떼를 벗어났다. 하지만 해저 동굴이 남아있었다.

"챤은 해저 동굴을 건널 수 없어요."

수리가 걱정했다.

스페니투스도 고개를 끄덕였다. 마리는 미동도 하지 않는 챤을 계속 쓰다듬고 있었다.

"저것 봐! 역시... 어쩌지?"

마루는 겁을 먹었다.

걱정했던 대로 컨빅트피쉬가 쫓아오고 있었다. 그때였다. 해저 동굴 속에서 콘도르와키넬이 나타났다. 챤의 수호천사 콘도르와키넬이었다. 수리와 사비, 마루는 뛸 듯이 기뻐했다. 콘도르와키넬은 챤을 자신의 가슴에 소중하게 품었다. 넓은 날개로 챤을 꼭 감싸 안았다. 콘도르와키넬과 나머지 사람들은 다시 해저 동굴 속으로 잠수해 들어갔다. 하지만 스스로 물고기라는 걸 이미 깨우친 컨빅트피쉬는 무서운 속도로 뒤따라왔다. 불개미로 포식한 컨빅트피쉬는 힘이 넘쳤고 매우 빨랐다. 그들은 몇만 년 동안의 굶주림을 모조리 채우려는 듯 미친 듯이 에이프들을 먹어 치웠다. 비린내가 소름 끼쳤다.

해저 동굴이 끝났다. 수면 위로 올라왔다. 콘도르와키넬이 챤을 안고 수면 위로 떠오르자 호수의 물이 급하게 빠지기 시작했다. 수면이 빠른 속도로 낮아졌다. 아이들과 마리, 그리고 스페니투스와 에이프들이 모두 올라오자 호수의 물은 한 방울도 남지 않은 채 사라지며 바닥을 드러냈다. 숨을 쉴 수 없었던 컨빅트피쉬들은 모두 그 자리에서 죽었다. 처참하게 죽어버린 컨빅트피쉬들을 망연히 보고 있자니 어느새 호수의 물은 다시 차올랐다. 이번엔 에메랄드빛 물이 차올랐다. 연둣빛 물은 죽어서 바닥에 가라앉은 컨빅트피쉬들이 고스란히 들여다 보일 정도로 맑았다.

태양의 피라미드 앞에는 치크가 그의 전사들과 함께 수리 일행을 기다리고 있었다. 반인반용 챨츄가 시뻘건 눈을 부라리고 있었다. 그 누구도 반인반용 챨츄의 눈을 쳐다보려 하지 않았고 눈길을 피하려고 고개를 돌리거나 숙였다. 반인반용 챨츄는 챤을 목표로 하고 있었다. 콘도르와키넬은 이미 챨츄의 속내를 간파하고 있었다.

반인반용 챨츄와 콘도르와키넬의 싸움이 시작되었다. 콘도르와키넬은 챤을 마리의 품에 돌려주고 반인반용 챨츄와 죽음을 각오로 싸우기 시작했다. 반인반용 챨츄는 콘도르와키넬의 심장을 노렸다. 그 심장을 파먹으려 했다. 챨츄의 시뻘건 눈에서 콘도르와키넬의 심장 부근을 녹이려는 뜨거운 불길이 치솟았다. 콘도르와키넬의 심장 부근이 조금씩 녹기 시작했다. 콘도르와키넬은 챤을 안전하게 구하기 위해 반인반용 챨츄를 멀리

유인하기 시작했다. 챨츄를 만년설 지하에 영원히 가두기 위해서였다. 콘도르와키넬의 심장 부근이 점점 타들어가듯 녹아버리자 챤은 심장의 고통을 호소하기 시작했다. 가슴을 움켜잡으며 쓰러졌다. 콘도르와키넬과 챤은 심장을 나누어 가진 것이었다.

이때를 기다렸다는 듯이 난쟁이 마법사 치크가 주문을 외우기 시작했다. 챤은 점점 더 고통스러워했다. 자신의 심장을 쥐어뜯었다. 마리는 챤의 고통을 보며 챤을 끌어안고 그저 울기만 했다. 그래도 챤의 고통이 멈추지 않자 마리가 벌떡 일어나더니 난쟁이 마법사 치크에게 달려갔다. 치크의 주문을 방해하려고 했지만 오히려 주문에 말려들고 말았다. 마리는 치크와 함께 주문을 외웠다. 챤은 엄마 마리를 보고 사색이 되었다. 하지만 움직일 수 없었다. 눈물 한 방울을 뚝 떨어트렸다.

스페니투스가 화살을 쏘아 치크를 죽이려 했지만 소용없었다. 갑자기 암흑이 몰려왔다. 희미하게 빛을 내던 다섯 개의 태양이 사라졌다. 스페니투스는 아무것도 보이지 않았지만 그렇다고 가만히 있을 수도 없었다. 그는 암흑 속에서 치크를 향해 전설의 화살 룻을 날렸다. 쿵 하며 쓰러지는 소리가 났다.

잠시 후 다섯 개의 태양이 다시 희미하게 빛을 비추었다. 치크는 더욱 키가 커져 있었고 얼굴은 이제 늙은 호박처럼 쭈글쭈글했다. 챤은 공중에 붕 떠 있었다. 그 순간 챤의 몸에서 한 줄기 긴 연기가 나오더니 치크의 몸속으로 들어갔다. 챤의 영혼이 치크의 몸속으로 들어갔다. 챤은 기진맥진하더니 그대로 정신을 잃고 바닥으로 툭 떨어졌다. 수리가 달려가서 챤을 안았다. 챤은 정신을 잃으면서도 수리에게 귓속말을 했다.

"챤이 아이들, 로즈버드들이 있는 곳으로 가고 싶어 해요."

수리는 모두에게 챤의 말을 전했다.

"다 없애라."

치크가 명령을 내렸다.

치크의 전사들이 공격을 시작했다.

"우리를 왜 죽이려는 거야? 우리가 뭘 잘못했지?"

수리가 고래고래 소리를 질렀다.

"인간은 절대 함께 잘 살 수 없다. 만약 함께 잘 살 수 있다고 생각했다면 그 먼 옛날에 우리를 추방하지는 않았겠지. 우리는 지구에 종말이 오기 전에 이곳을 떠나야 한다. 지구가 너희들에게 복수하기 시작했으니까... 너희들의 탐욕에 대한 벌이다.

하지만 그 전에 나도, 아니 우리도 너희들을 응징할 것이다. 결코 가만두지 않겠다."

치크는 웅변조로 얘기했다.

그때 반인반용 챨츄가 다시 나타났다. 시뻘건 눈은 활화산이 되어 있었다. 불길이 훨훨 타올랐다.

"다 태워라."

난쟁이 마법사 치크는 반인반용 챨츄에게 명령을 내렸다.

반인반용 챨츄는 엄청난 속도로 땅으로 추락하는 듯하더니 활화산처럼 타오르는 눈으로 불을 질렀다. 훨훨 타오르는 눈과 마주친 사람은 온몸이 불길에 타며 죽었다. 시뻘건 눈을 견딜 수 있는 사람은 아무도 없었다. 겨우 살아남는다 해도 희망을 빼앗기고 절망만이 남아 결국 스스로 죽음을 택해야 했다.

"왜 저들과 싸우지 않는 거예요? 이대로 죽을 거예요?"

사비가 스페니투스에게 외쳤다

"치크의 말이 맞기 때문이다. 우리는 저들을 죽였고 저들을 내쫓았다."

스페니투스는 청천벽력과도 같은 소리를 했다.

"지금 무슨 말을 하는 거예요? 당신들은 인간이 아니잖아요? 고대 마야를 침략한 사람들은 스페인 사람들이었어요. 치크가 벌을 받아야 한다고 말한 사람들은 스페인 사람들이라고요."

수리는 답답해서 미칠 지경이었다.

태양의 피라미드가 무너지기 시작했다. 피라미드가 무너지면서 엄청난 무게의 돌덩어리들이 쏟아졌다. 모두 혼비백산하며 흩어졌다. 난쟁이 마법사 치크도 충격을 받았다. 예상하지 못한 상황이었다. 치크는 반인반용 챨츄의 날개에 올라탔다. 그리고 사라져 버렸다.

수리는 챤을 안고 있었다. 스페니투스가 다가오더니 챤을 등에 업었다. 사비는 마리를 부축했다. 그들은 태양의 피라미드가 무너지는 곳을 피해 달아났다.

"세 아빠들이 위험할 텐데! 어쩌지?"

마루가 소리 질렀다.

"마루야. 편하게 생각하자. 치크는 비행체 키니친이 완성되기 전까지 절대 아빠들을 없애지 못할 거야. 오히려 가장 안전한 곳에 있을 거야."

수리가 마루를 안심시켰다.

"처음으로 너의 낙천주의가 고맙게 느껴지네. 이렇게 위안이 되다니... 수리야! 고마워!"

마루가 눈을 찡긋했다.

"나도."

사비도 고마움을 표시했다.

"너희는 벌을 받을 것이다. 이 지구상에 살고 있는 모든 인간들은 죽을 것이고 지구는 25년간 우주를 떠돌다가 스스로 폭발할 것이다... 하하하..."

치크의 목소리가 메아리로 울려 퍼졌다.

하늘이 울렁거렸다. 수리가 치크의 목소리가 나오는 곳을 찾아보았다. 그 어디에도 없었다.

세 아이들은 죽음의 숲으로 향했다. 난쟁이 마법사 치크의 목소리는 계속 좇아왔다. 챤의 영혼을 흡수한 난쟁이 마법사 치크는 더 막강해졌다. 두려울 것이 없었다. 치크는 제왕나비들을 불러 모았다. 제왕나비는 죽은 자의 영혼을 불러오는 특이한 나비들이었다. 어느덧 하늘에 수많은 제왕나비 떼들이 가득 찼다. 제왕나비들은 시발바 골짜기에서 죽음의 영혼들을 불러냈다. 다시 살아난 죽음의 영혼들이 공격하기 시작했다. 영혼을 빨아먹는 좀비들이었다. 많은 영혼을 빨아먹을수록 부활할 가능성은 높았다. 영혼을 빨린 자는 금세 미라가 되었다. 다시 부활할 수 없는 새까만 미라가 되었다.

"수리, 네가 우리를 구할 수 있어."

스페니투스가 다급하게 수리에게 말했다.

"내가 어떻게요? 난 아무것도 몰라요. 아니 케찰코아틀이 아니에요. 제발 이상한 말 하지 마세요."

수리가 항변을 했다.

스페니투스의 목소리와 눈빛은 너무도 절실했다. 수리는 입을 다물었다. 케찰코아틀이고 뭐고 빠져나갈 방법을 궁리해야 했다.

"녹색뱀 토라위스카르반텍이 있잖아? 도움을 청해봐."

마루가 수리에게 외쳤다.

"내가 어떻게 도움을 청해? 난 방법을 몰라. 전혀 몰라."

수리는 정말 답답했다.

"필요하면 다시 올 거라고 했다면서? 그런데 지금이 정말 필요한 때 아니야? 수리야, 제발!"

사비는 수리를 다그쳤다.

"사비야, 그렇게 세로토닌이 풍부하게 돌아가는 너의 두뇌로 한 번 방법을 짜내봐."

수리는 장난치듯 말했다.

그런데 수리는 자꾸 등이 가려웠다. 상황은 급박한데 등이 미친 듯이 가려웠다. 수리가 등을 자꾸 긁자 사비가 다가와 수리의 옷을 들추고 보았다. 벌레라도 들어갔다고 생각했다. 사비의 얼굴은 놀라서 하얘졌다.

"태양이 있어! 수리야! 마루야, 이것 좀 봐봐. 수리 등에 태양이 있어."

사비는 흥분해서 떠들었다.

마루가 달려와서 수리의 등을 보았다. 수리의 등에는 뚜렷한 모양의 태양이 그려져 있었고 그 태양은 마치 살아서 움직이는 태양처럼 이글거리고 있었다.

"내가 맞았어. 네가 바로 '그'야."

스페니투스가 말했다.

그때였다. 녹색뱀 토라위스카르반텍이 나타났다. 녹색뱀은 생명의 상징이자 부활의 상징이었다. 녹색뱀의 목에는 아름다운 옥수수수염이 빛을 내고 있었다. 녹색뱀이 입에서 연둣빛 안개를 토해내자 시발바에서 다시 살아난 죽음의 영혼들은 연둣빛 이슬로 사라졌다. 그들이 남긴 연둣빛 이슬은 땅에 떨어졌고 그 땅을 지나가는 녹색뱀의 뒤를 따라 녹색의 풀과 꽃들이 피어나기 시작했다. 녹색뱀 토라위스카르반텍은 수리 앞에 와서 고개를 숙였다. 수리도 고개를 숙였다. 스페니투스가 녹색뱀 앞에 무릎을 꿇었다. 그가 챤을 녹색뱀 토라위스카르반텍 앞에 내려놓았다. 녹색뱀이 챤을 쳐다보았다. 혀로 얼굴을 핥았다. 그리고 입에서 연둣빛 안개를 뿜었다. 챤은 천천히 눈을 떴다. 마리가 눈물을 흘리며 챤을 껴안았다. 모두 감동의 눈물을 흘렸다. 가슴이 벅차올랐다. 챤은 살아났지만 말을 잃었다. 잃어버린 말을 찾아야 했다.

"챤, 챤! 내가 찾아줄게! 챤!"
수리는 챤의 얼굴을 하염없이 쓰다듬었다.
챤은 눈물을 흘렸다. 그리고 희미하게 웃었다.

13. 영혼을 잃은 챤

그때 치크가 반인반용 챨츄에게 조용히 명령을 내렸다. 그러자 챨츄는 죽음의 숲을 향해 시뻘건 활화산을 토해냈다. 죽음의 숲이 불타오르기 시작했다. 녹색뱀 토라위스카르반텍은 싱긋이 웃더니 죽음의 숲을 향해 연둣빛 안개를 내뿜었다. 그러자 하늘에서 에메랄드 비가 내리기 시작했다. 죽음의 숲을 태우던 불길은 어느새 말끔히 사라졌다. 다시 연둣빛 숲이 되었다.

반인반용 챨츄는 난쟁이 마법사 치크를 보았다. 또 다른 명령을 내려달라는 신호였다. 하지만 치크는 말이 없었다. 얼굴은 더 늙어 있었다. 피곤해 보였다. 아파 보였다.

"더 이상 공격하고 싶지 않다."

난쟁이 마법사 치크는 조용히 말했다.

그리고 반인반용 찰츄와 함께 사라졌다. 난쟁이 마법사 치크는 돌아가는 길에 어머니의 목소리를 들었다.

"희망을 죽여 버려. 어서... 내 말을 들어라. 아가야."

치크는 대답하지 않았다.

머리 색깔은 완전한 백발로 바뀌어 있었다.

수리와 사비, 마루는 죽음의 숲에 도착했다. 도베와 주먹 쥐고 불끈들이 반갑게 맞아주었다. 도베는 스페니투스와 에이프들에게는 적대감을 드러냈다.

"우리는 곧 치크를 공격할 것이다. 그는 얼마 후 큰 의식을 치르고 지구를 떠날 예정이거든. 그러기 위해선 제물로 바칠 더 많은 심장이 필요하겠지."

도베는 수리에게 말했다.

"더 많은 심장이라면? 세 아빠들을 말하는 거예요?"

수리는 깜짝 놀랐다.

도베가 고개를 끄덕였다.

"그건 절대 안 돼요!"

수리, 사비, 마루가 동시에 외쳤다.

"그래. 절대 안 되지. 문제는 그 비행체 키니친의 완성이 거의 눈앞에 있다는 거야."

도베는 염려하는 표정이었다.

"치크가 비행체를 완성하든 말든, 우리는 아빠들을 구해서 이 땅을 떠날 거예요. 치크처럼 지구를 탈출한다는 이상한 말은 하지 않을게요."

수리는 아빠를 구하겠다는 마음뿐이었다.

"문제는 그게 아니야. 지구는 곧 종말을 맞이할 거다. 그전에 우리는 비행기를 탈취해서 지구를 떠나야 해. 이 아이들, 로즈 버드들을 모두 살려야 한다고."

도베는 수리의 팔을 잡아 흔들었다.

"아저씨도 그 말을 믿으세요? 지구에 종말이 온다는 말을요? 치크가 속이고 있는 거예요. 치크는 아주 질이 나쁜 사기꾼이에요."

수리가 어이없다는 듯이 말했다.

"그런데 이상한 게 있어요. 고대 마야의 사방이 크리스털 돔으로 막혀 있다고 했잖아요? 그런데 어떻게 떠날 수가 있어요? 어떻게 나갈 수 있죠?"

사비가 물었다.

"수리가 있잖아. 수리가 바로 '그'니까."

도베는 수리를 보며 말했다.

"그래요. 그렇다고 해요. 탈출할 수 있다고 믿을게요. 그럼 도대체 어디로 간단 말이에요? 우주 어디로 간단 말이에요? 갈곳이 있기나 해요?"

사비는 짜증이 났다.

"M16 성운 외곽에 있는 12행성이다."

도베는 선언하듯 말했다.

수리와 사비, 마루만 놀란 건 아니었다. 스페니투스는 더 많이 놀랐다. 12행성은 스페니투스와 에이프들의 고향이었다.

"12행성이라고?"

스페니투스는 도베에게 물었다.

"그렇다."

도베는 대답과 동시에 모두를 보며 말했다.

"치크는 이 아이들, 로즈버드들을 버릴 거야... 치크는 희망을 죽이는 마녀의 아들이거든."

도베는 눈을 부라렸다.

"그런데 또 물을게요. 왜 우리들만 살아야 하죠? 지구에 종말이 온다면 다른 사람들은 모두 죽어야 해요?"

사비는 도무지 이해가 되지 않았다.

"응, 지구는 모든 인간들을 죽인 뒤 스스로 우주를 떠돌다가 폭발할 거야."

도베는 점점 더 이상한 말만 했다.

"아저씬 치크랑 똑같아."

마루는 벌컥 화를 냈다.

"맞아..."

사비는 서글펐다.

챤은 로즈버드들과 함께 있었다. 아이들의 웃음소리가 주변을 맴돌았다. 그때 숲 저편에서 아지랑이처럼 빛이 움직이는 것을 보았다. 그 빛은 순간 나타났다가 순간 사라지고 있었다. 챤은 끌리는 대로 빛을 따라갔다. 챤은 자꾸 숲으로 들어갔다. 정말 아름다운 숲이었다. 챤이 발걸음을 옮길수록 숲속의 빛은 한 걸음씩 물러나며 챤을 이끌었다. 숲속에 있던 동물들은 챤에게 미소를 보냈다. 챤은 빛을 내뿜는 곳에 당도했다. 그것은 진실의 거울이었다. 챤은 어린아이다운 당당함과 용기로 진실의 거울을 들여다보았다. 하지만 진실의 거울 속에 비친 모습은 챤이 아니었다. 그것은 이미 백발의 노인이 되어 버린 마법사 치크였다. 챤은 놀라서 뒤로 나자빠졌다. 챤은 비명을 질렀다.
챤의 비명은 숲을 강하게 울리며 수리에게로 빠르게 향했다.
수리와 사비, 마루는 챤을 향해 달려왔다. 챤은 쓰러져 있었다.
챤은 깨어날 기미가 없었다. 아무리 흔들어 보아도 소용이 없었
고 인공호흡을 해도 소용이 없었다.

챤이 진실의 거울로 보았던 치크는 더욱 큰 위험에 빠져 있었
다. 치크 대신 챤이 진실의 거울을 보는 바람에 치크는 자신의
과거를 보았고 희망을 죽이는 마녀, 어머니 마리아를 보았다.
희망을 죽이는 마녀는 매우 잔인했다. 그는 자신의 아들 치
크가 추한 외모로 태어나자 절망했다. 몸서리치도록 미워했고
증오했다. 희망을 죽이는 마녀는 치크를 한 번도 사랑하지 않았
다. 치크를 가두어 놓고 매질했다. 치크는 어머니의 젖을 먹지
못하고 자랐다. 어머니의 사랑을 받지 못하고 자랐다. 결국 그
충격으로 성장이 멈추었고 어머니의 운명처럼 마법사의 길을
걷게 되었다. 치크는 어머니의 사랑을 받는 모든 아이들을 증오
했고 저주했다. 어머니들의 희망인 아이들을 살려두고 싶지 않
았다. 그때부터 치크는 아이들을 죽이기 시작했다. 하지만 이
런 나쁜 마음조차 자신의 어머니인 희망을 죽이는 마녀의 조종

과 세뇌인 줄은 몰랐다. 치크는 추악하고 더럽고 비열한 자신의 모습을 보자 결국 죽음을 생각하게 되었다. 그는 바닥을 데굴 데굴 구르며 괴로워했다. 당장 숨이 넘어갈 것처럼 헐떡거렸다. 치크는 테이블에 놓여있는 마법의 약물을 집어 들었다. 그리고 단숨에 마셨다. 치크는 눈을 감았다.

아직 치크의 변화에 대해 알지 못하는 세 아이들은 챤을 파 칼 왕의 영혼을 모신 묘실로 데려갔다. 수리는 자신의 능력을 믿기로 했다. 자신의 몸에 태양이 이글거린다면, 살아서 움직인 다면 분명히 무슨 능력이 있을 거라는 믿음이 있었다. 수리는 챤의 몸에 손을 놓은 채 기도에 집중했다. 수리가 기도에 빠질 수록 그의 등에 있는 태양이 점점 커졌고 점점 뜨거워졌다. 수 리는 타오르는 듯한 엄청난 뜨거운 열기에도 전혀 괴로워하지 않았다. 순간 수리의 온몸이 하나의 불꽃으로 타오르기 시작했 다. 수리 자체가 하나의 불덩이가 되었다.

그 순간 챤이 눈을 떴다. 그의 눈이 반짝였다.

"난 챤이야."

챤은 잃어버린 말을 찾았다.

수리는 기도를 멈추었고 챤을 보았다. 챤은 잃어버린 말을 찾았지만 아직 영혼은 완전하게 돌아오지 않았다. 치크가 챤의 영혼을 아직도 잡고 있었다.

"치크의 비행체 키니친을 탈취하러 가야겠어."

스페니투스가 말했다.

"아직 안개문도 찾지 못했잖아요? 크리스털 돔은 절대 깨지지 않아요. 크리스털 돔은 바깥세상 사람들이 이 땅을 발견할수 없도록 투명망토를 입은 거나 다름없어요. 우리는 안개문으로 나가야 해요."

수리는 절박했다.

"치크가 비행체를 가지고 떠나기 전에 우리가 먼저 찾아야 해. 그가 떠나 버리면 우리는 이곳에서 최후를 맞이하게 될 거야."

도베는 무기를 들었다.

"내가 살고 싶어서 그러는 게 아니야. 로즈버드, 아이들 때문이야."

도베는 다시 한번 강조했다.

로즈버드들은 수리를 보고 있었다. 아이들의 반짝거리는 눈동자가 수리의 마음을 아프게 찔렀다.

"좋아요. 비행체를 가지러 가요. 하지만 약속해 주세요. 아빠들을 꼭 구하겠다고 약속해 주세요."

수리는 다짐을 해두었다.

"당연하지. 약속할게. 하지만 난 스페니투스와 에이프들에게
도 똑같은 약속은 할 수가 없어."

도베는 정색을 했다.

"왜요? 우리는 함께 살아야 해요."

수리는 절실했다.

"수리, 저들을 봐라. 저들이 정말 외계인이라고 생각하니?"

도베는 수리에게 물었다.

"저들은 바로 우리 인간들의 원래 모습이야. 저들은 외계인
이 아니야. 인간이라고..."

수리는 얼굴이 시뻘게졌다.

"도대체 뭐라는 거예요?"

수리는 황당했다.

사비와 마루도 너무 놀라서 입을 다물지 못했다. 수리는 스페
니투스와 자신을 번갈아 쳐다보았다.

"그럴 리가 없어요. 인간이라니... 말도 안 돼요!"

수리가 단언했다.

수리와 사비, 마루는 스페니투스를 뚫어지게 바라보았다. 무슨 변명이라도 하기를 바랐다.

"... 고대 마야인이 지구의 원주민이에요? 진짜예요?"

수리가 겨우 입을 뗐다.

"그럼... 우리가 외계인이라는 거예요?"

사비는 말도 안 된다고 생각했다.

"많은 사람들이 외계인의 존재를 부정해 왔어. 실제로 이상한 일이 일어나기도 했지만 정부는 쉬쉬하기만 했지. 하지만 나는 외계인이 어딘가 있을 거라고 상상했었고 그렇게 믿었어. 그런데 그 외계인이 바로 우리라니... 우리라니... 우리가 외계인이라니..."

수리는 계속 중얼거렸다.

"우리가 태어난 행성은 12행성이다. 그 행성은 완전하게 진화하지 못한 아기행성이다. 우리는 12행성에서 생명체의 징후를 갖고 태어났지만 12행성에서 계속 살 수 없었다. 우리는 마땅한 행성을 찾기 시작했다. 그곳이 바로 지구였다. 우주에서 가장 아름다운 에메랄드 행성이었다. 나와 뒤에 있는 에이프들은 52번째 이주자들이었다. 하지만 지구에는 우리보다 먼저 도착한 원주민들이 이미 살고 있었다. 우리가 만난 원주민은 바로 고대 마야인이었다. 고대 마야인은 지구에서 살아온 지 매우 오래된 종족이었다. 그전에 도착한 우리 동족들은 지구 곳곳으로 퍼져 나갔다. 지구 원주민의 모습으로 진화되어 갔다. 하지만 유일하게 우리만 이 땅에 갇히면서 지구 원주민의 모습으로 진화하지 못했다. 우리는 지구의 블랙홀에 빠진 것이고 그 블랙홀은 삶과 죽음의 인터체인지 역할을 한다. 우리는 동족들과 살고 싶고 그들과 사랑을 나누고 싶다. 더 이상 살육을 원하지 않는다. 세상으로 나가고 싶다. 웜홀, 안개문을 찾고 싶다."

스페니투스는 차분했다.

세 아이들의 눈빛은 반짝반짝거렸다.

"챤과 나도 데려가 줘요. 제발 부탁드려요."

마리였다.

"당연하죠. 챤은 제게는 동생과도 같아요."

수리는 마리에게 걱정 말라는 눈빛을 주었다.

"아저씨는 스페니투스의 존재를 어떻게 알았죠?"

수리가 도베에게 물었다.

"아주 오래전에 스피릿이라는 에이프가 우리가 살고 있는 죽음의 숲으로 잘못 들어온 적이 있었다. 우리는 그를 간호했고 그는 회복해서도 이 죽음의 숲을 떠나려 하지 않았다. 그리고 세월이 흐르면서 그의 모습은 바뀌어 갔다. 바로 지구에 살고 있는 인간의 모습으로 말이지. 난 그때 알았어. 저들이 최초의 인간이라는 것을... 물론 처음엔 인정하고 싶지 않았지... 하지만 결국 우리 모두가 다 우주에서 왔을 테고 우주의 먼지로 만들어져 있을 텐데... 우리가 서로 싸울 필요가 없다는 생각을 했지..."

도베는 진심이었다.

"그런데 왜 스페니투스와 에이프들에게 적대적이셨죠? 그들도 우리와 같은 인간이라면 아저씨의 태도는 뭐죠?"

사비는 촌철살인 같은 한 마디로 도베를 몰아붙였다.

"무슨 사정이 있었겠지. 과거를 따져서 뭐 하니? 지금 좋으면 그만인 거야, 하하하..."

수리는 도베를 도와주고 싶었다.

"수리, 넌 똥오줌도 못 가리니? 지금은 따져야 할 때야. 이 바보..."

사비는 겨우 화를 삭였다.

"그게 다가 아닌 거 같아요. 좀 더 정확하게 얘기해 주세요. 우린 들을 권리가 있어요."

사비는 질문을 멈추지 않았다.

"저들은 우리와 같은 공간대에 살고 있지만 또한 우리와 같은 시간대에 존재하지 않는다."

도베는 사비의 질문을 피할 방법이 없었다. 고개를 절레절레 흔들었다.

"같은 공간대에 살고 있지만 같은 시간대에 존재하지 않는 다? 도대체 이건 또 뭔 소리예요?"

마루는 울화통이 터졌다.

"마루야. 그만. 난 그 말은 알아들을 수 있어. 그러니까 잠깐 빠져있어."

사비는 마루의 말을 막았다.

"그래... 잘난 네가 계속 소통해봐..."

마루는 풀이 죽었다.

"계속해보세요."

사비는 추궁을 계속했다.

"... 그리고 난 저들과 싸우고 싶지 않다... 난..."

도베는 머뭇거렸다.

"그런 이유 말고 진짜 이유를 말하세요? 왜 진실을 감추는 거 죠? 진실을 말해 주세요. 제발 부탁드릴게요."

사비가 사정을 했다.

"그래. 난... 아니 우리는 세상으로 나가고 싶지 않아. 또 나간다

해도 어차피 지구는 멸망할 테니까. 그래서 그래. 이게 진짜 이유야."

도베는 한참을 눈을 깜빡이다가 입을 열었다.

"지구는 절대 멸망하지 않아요."

마루는 기운이 살아났다.

"그래 멸망하지 않아. 하지만 멸망하지 않는다 해도 우리는 이곳을 떠나 세상으로 나가면 바로 죽는다. 우리가 이 땅으로 들어오게 된 것도 바로 스페니투스와 에이프들, 즉 너희 인간들 때문이었거든."

도베는 눈물을 글썽였다.

세 아이들은 충격을 받았다.

"이 땅은 시간이 이상하게 흐르지. 너희들이 살던 곳과는 많이 다르다."

스페니투스가 말했다.

"앞으로도 흐르고 뒤로도 흐르지... 시간이 순환하고 있어."

스페니투스는 계속 말했다.

"그래, 맞아. 우리는 시간이 제대로 흐르는 세상으로 나가면 죽는다. 죽음을 피할 수 없어."

도베는 눈물을 닦았다.

"그럼 저 많은 로즈버드, 아이들은 어떻게 되는 거예요?"

사비는 심장이 두근거렸다.

"그래서 난 치크의 비행체 키니친이 필요해. 치크는 아이들, 로즈버드들을 버릴 거야. 그리고 우리들도 버릴 거야. 우리는 다른 행성이 필요하다. 로즈버드들을 구해야 해. 그래서 스페니투스와 에이프들과 싸울 시간이 없다..."

도베는 심각했다.

"그래요. 케찰코아틀이 있잖아요? 그가 우리를 구원할 거라고 했다면서요? 그럼 그가 나타나기만 하면 되는 거 아니에요?"

수리는 활짝 웃는 얼굴이었다.

"수리. 몇 번을 말해야 하니? 케찰코아틀은 바로 너야. 난 지금도 그렇게 믿고 있어. 네가 우리를 12행성으로 이끌어 줄 지도자다. 제발 너 자신을 믿어. 믿으라고!"

도베는 간절한 눈빛이었다.

"수리는 우리를 세상으로 데려갈 지도자다. 수리는 12행성으로 가지 않는다. 우리를 이끌 것이다."

스페니투스는 도베와 다른 주장을 했다.

"너희를 비롯해서 우리 같은 분자구조를 가진 사람들은 절대로 세상에서 살아남지 못해. 그 시간대로 나가면 우리 몸은 잘게 분해될 거야. 그냥 원자 상태로 돌아가는 거라고. 알아들었어? 우리는 우리의 운명이 문제가 아니라 이 아이들, 로즈버드들을 살려야 한다는 거야... 로즈버드들을 죽인다는 것은 희망을 죽이는 것과 같아. 희망이 죽는다면 과연 살아남을 가치가 있는 걸까?"

도베는 온 힘을 다해서 말했다.

"지구는 절대 우리를 버리지 않아. 왜냐하면 우리가 지구를 버리지 않을 거니까..."

수리가 천천히 말했다.

그건 마치 진짜 위대한 왕의 모습이었다.

"어쨌든 우리는 아이들을 살려야 해. 그리고 세 아빠들도 구해야 하고 우리도 다시 집으로 돌아가야 해. 그러니까 우리는 안개문을 찾아야 해. 그리고 그 안개문을 열 수 있는 사람은 바로 너, 수리밖에 없어. 로즈버드들을 데리고 바깥세상으로 나가자. 수리야."

사비는 수리를 설득했다.

"그래, 로즈버드들은 죽지 않아. 지구는 아이들을 죽이지 않아.

받아주고 품어 줄 거야."

수리는 고개를 끄덕였다.

도베는 뭔가 결심하는 듯 주먹을 불끈 쥐었다. 스페니투스도 주먹을 불끈 쥐었다.

"난 수리를 따르겠다. 우리의 생명을 버리더라도 아이들을 지키겠다. 로즈버드들이 죽을지도 모른다는 위험이 있지만 수천 년간 내려온 예언대로 케찰코아틀이 우리를 구원할 거라는 말을 믿겠다. 수리를 믿겠다."

도베는 수리의 손을 잡았다.

수리는 비로소 웃었다. 사비도 마루도 웃었다. 수리가 다시 도베를 보았다. 도베는 고개를 끄덕였다. 수리가 스페니투스를 보았다. 스페니투스도 고개를 끄덕였다.

"이제 세 아빠들을 구하러 가야죠?"

수리가 모두를 향해 말했다.

"난 치크를 없애고 싶지 않아. 그에겐 분명 사정이 있을 거야. 우리가 치크도 구원해야 한다고 생각해."

사비는 또 치크 얘기를 꺼냈다.

"야, 사비. 그는 살인자야. 사기꾼이고... 직접 봤잖아?"

마루는 손가락질까지 했다.

"마루야. 피치 못할 사정이라는 것도 있는 거야. 어쩌면 이상한 마법에 걸렸을 수도 있잖아. 치크도 구원받았으면 좋겠어."

사비는 생각을 바꾸고 싶지 않았다.

수리와 사비, 마루는 도베와 주먹 쥐고 불끈들 그리고 스페니투스와 에이프들과 함께 치크의 테테오난으로 향했다. 테테오난으로 가는 길은 예전보다 더욱더 험난해져 있었다. 치크는 마치 전쟁 직전의 장수처럼 테테오난을 삼엄하게 무장하고 있었다. 숲이 우거진 정글은 이제 거대한 가시덤불이 되어 있었다. 푸른 숲은 그 빛깔을 잃었고 황무지 빛깔이었다. 가시덤불을 뚫고 가기는 몹시 어려웠다. 온몸이 가시에 찔리고 긁혀서 피가 흘렀다. 겨우 벗어났더니 파충류들이 득실거리는 늪지대가 나타났다. 다행스럽게도 에이프들이 늪지대에 살면서 사용하던 팬보트를 타고 통과했다. 하지만 가시덤불로 인해 숲속의 동물들이 갇히자 먹이사슬이 끊어져 버린 늪지대의 파충류들이 기지개를 켜기 시작했다. 식인 악어 떼를 비롯해서 식인 아나콘다가 징그러운 머리통을 드러냈다. 식인 악어 떼나 식인 아나콘다의 크기만 봐도 일단 꼼짝달싹 못할 정도로 무서웠다. 머리통에는 날카로운 뿔까지 달려있었다. 그 뿔은 물속에서 잠망경 역할을 하는 것으로 식인 악어와 식인 아나콘다는 이 뿔 때문에 피 냄새를 맡지 않고도 먹이를 찾을 수 있었다. 식인 악어 떼와 식인 아나콘다가 팬보트를 향해 충돌했다. 에이프들이 탄 팬보트들이 하나씩 뒤집어졌다. 식인 악어 떼와 식인 아나콘다는 물속에 빠진 에이프들을 그냥 꿀떡 삼켜 버렸다. 아무런 형체도 남기지 않고 통째로 삼켰다. 얼마나 완벽하게 삼켰는지, 피 한방울 남지 않았다.

에이프들이 점점 사라져 갔다. 수리와 사비 마루는 겁에 질려 아예 팬보트를 운전할 생각도 하지 못하고 있었다. 그때 스페니투스와 도베 그리고 나머지 일행들이 식인 악어 떼와 식인 아나콘다를 공격하기 시작했다. 스페니투스는 뛰어난 활 솜씨를 자랑하며 전설의 화살 룻을 당겼지만 그 수가 너무 많았다. 나머지 에이프들이 필사적으로 화살을 쏟아부었지만 그 수가 줄어들지 않았다. 더구나 피부층이 너무 두꺼워서 화살이 오히려 튕겨 나와 나뒹굴었다. 모두 포기의 심정으로 넋을 놓고 있을 때 갑자기 식인 악어 떼와 식인 아나콘다가 미친 듯이 먹어 치우던 행동을 잠시 멈추었다. 무서운 정적이 흘렀다.

"피라냐다."

수리가 비명을 질렀다.

모두 물속을 들여다보았다. 엄청난 물고기 떼였다. 은빛 바탕에 작은 갈색 점무늬가 있는 아주 조그맣고 깜찍하게 생긴 물고기 피라냐였다. 작다고 무시할 순 없었다. 피라냐의 입은 억셌다. 억센 입에는 면도날보다 더 날카로운 삼각형 이빨들이 왕관처럼 촘촘하게 박혀 있었고 이 이빨이 얼마나 단단한지 고대 마야 원주민들이 활촉으로 사용할 정도였다. 치명적인 이빨로 무장한 피라냐는 상대의 종류나 몸집의 크기에 상관없이 무자비하게 덤벼들었다. 보통 수백 마리나 수천 마리가 떼로 덤벼들기 때문에 공격에 살아남을 수 있는 동물은 거의 없다시피 했다. 더 이상 먹을 것이 없으면 동족들까지 먹어 치울 정도로 잔인했다. 하지만 이 피라냐는 더 독특했다. 피부가 철갑처럼 단단한 식인 악어 떼와 식인 아나콘다를 찰나에 몽땅 먹어 치웠다. 거대한 몸집의 식인 악어 떼와 식인 아나콘다가 작고 앙증맞은 피라냐 떼의 공격으로 뼈만 남긴 채 사라지는 모습은 비극적인 공포감을 몰고 왔다. 수리와 사비, 마루는 온몸을 덜덜 떨었다. 스페니투스와 에이프들도 식인 악어 떼와 식인 아나콘다가 순식간에 사라지는 장면을 쳐다보기만 했다.

14. 마지막 암호

도베가 마술피리를 꺼내들었다. 타란툴라를 부르기 위해서였다. 타란툴라는 마술피리 노래를 좋아했다. 그러나 낮에만 나타나는 타란툴라를 해가 지고 있는 저녁 시간에 불러낸다는 것은 아주 위험했다. 하지만 달리 방법이 없었다.

타란툴라를 기다리는 사이, 피라냐들은 팬보트까지 먹어 치웠다. 피라냐들은 순식간에 팬보트를 먹어 치우고 그 속에 타고 있던 에이프들도 남김없이 해치웠다. 이제 막다른 길이었다. 모두들 지금의 상황이 꿈이기를 바라고 있었다.

"수리야. 이젠 너도 더 이상 낙천적인 말 따윈 못하겠지."

마루는 자포자기한 목소리였다

"난 인간이 가장 잔인한 종인 줄 알았어. 근데 인간이랑 비슷한 종이 또 있었네..."

수리도 거의 포기 상태였다.

"인간과 똑같아. 모든 걸 먹어 치워. 그리고 서로를 먹어 치우기까지 하지. 동물들은 서로를 먹어 치우진 않으니까. 피라냐가 잔인해서 무서운 게 아니라 우리의 모습을 보는 거 같아서 무서워."

사비는 하얗게 질린 얼굴이었다.

해가 지고 있었다. 이제 어둠이 완연했다. 멀리서 타란툴라들이 나타나기 시작했다. 타란툴라들은 열기구를 등에 이고서 날아왔다. 모두들 희망이 살아난 얼굴이었지만 일분일초가 급박한 상황이었다. 피라냐들이 팬보트를 갉아먹는 속도가 점점 빨라졌다. 수리가 탄 팬보트 중앙에 구멍이 뻥 뚫렸다. 그 뚫린 구멍으로 작고 앙증맞은 피라냐들이 억센 입을 벌렸고 그 벌린 입 사이사이엔 삼각형의 이빨들이 못처럼 튀어나와 있었다. 삼각형의 이빨은 한번 물면 결코 먹이를 놓는 법이 없었다.

수리가 탄 팬보트는 이제 뚫린 구멍으로 물까지 차오르고 있었다. 팬보트는 점점 가라앉고 있었다. 세 아이들은 비명을 질렀다.

그때 마루가 피라냐에게 손을 물렸다. 마루는 죽을 듯이 비명을 지르며 날뛰었고 팬보트는 한쪽으로 크게 기울어지며 기우뚱했다. 이제 팬보트가 완전히 물속에 잠기고 있었다.

"아악..."

모두 비명을 지르며 눈을 감았다.

그 순간 타란툴라가 수리와 사비, 마루를 간신히 건져냈다. 세 아이들과 스페니투스와 도베, 나머지 주먹 쥐고 불끈들, 나머지 에이프들은 하늘로 하늘로 높이 올라갔다. 하지만 마루의 손을 물고 있는 피라냐는 마루의 손을 놓지 않고 하늘까지 따라왔다. 마루가 아무리 털어내려 해도 털어지지 않았다. 수리와 아이들을 태운 타란툴라가 자신의 긴 다리 하나를 피라냐 입에 갖다 댔다. 그러자 피라냐는 마루의 손을 놓았고 대신 타란툴라의 긴 다리를 물었다. 하지만 피라냐는 타란툴라를 물 수 없었다. 타란툴라의 시커먼 털 속에 갇히고 말았다. 털 속에 갇히면 다시 살아나올 수 없었다. 타란툴라의 털은 마치 본드와 같아서 한 번 붙으면 떨어지지 않았다. 피라냐는 꼼짝없이 갇힌 채 숨통이 끊어졌다.

늪지대에 있던 팬보트들은 남아있는 형체가 하나도 없었다. 먹을 것이 없어진 피라냐들은 서로 물어뜯기 시작했고 서로 먹어 치우기 시작했다. 얼마나 피 튀기게 먹어 치우는지 커다란 물보라를 일으켰다. 그리고 잠시 후 물보라가 잠잠해지고 늪은 평화를 찾았다. 아무런 일도 없었다는 듯이 고요해졌다. 그렇게 늪지대에 있던 생명체들이 모두 사라져 버렸다. 하늘에서 내려다본 늪은 수억 년의 신비를 간직한 곳일 뿐이었다. 모두 지옥의 강을 건넌 기분이 들었다.

"우리가 살았던 바깥세상도 이런 지옥이었을까?"

사비는 힘없이 말했다.

"지옥이 있다면 천국도 있는 거잖아? 내가 지옥에 살고 있다고 생각하면 지옥일 테고 내가 천국에 살고 있다고 생각하면 그게 천국 아닐까? 난 천국에 산다고 생각하고 싶어."

수리는 선문답 같은 말만 했다.

"난 먹을 게 많은 곳이 천국이다. 먹을 때가 제일 행복해... 하하하..."

마루는 다시 배가 고팠다.

모두 무사히 건넜다고 생각했지만 그건 착각이었다. 타란툴라는 밤이 되면 몸집이 급격히 작아지기 때문이다. 더 이상 자신의 몸집보다 큰 열기구를 이고 날아다닐 수가 없었다. 타란툴라는 점점 아래로 아래로 추락하기 시작했다. 비행기가 무서운 속도로 하강하는 것과 마찬가지였다. 하지만 타란툴라는 자신들의 열기구에 태운 일행들을 놓치지 않았다. 무사히 땅에 착륙했다. 세 아이들은 겨우 살아났다. 타란툴라들은 이제 날 수가 없었다. 그들은 기어서 자신들의 집으로 돌아갔다. 가까이에 동굴 7개가 보였다.

"7자매 동굴이야. 나도 듣기만 했지 보는 건 처음이야. 전설인 줄로만 알았어. 7자매 동굴이라니! 이걸 진짜 보게 되다니..."

도베는 믿을 수 없는지 계속 같은 말만 반복했다.

"7자매 동굴이라뇨?"

수리가 물었다.

"악마의 동굴이라고 하지. 시발바가 지배하는 곳이야. 자 봐. 동굴이 숨을 쉬잖아. 보이지?"

도베는 동굴을 가리켰다.

수리가 동굴을 자세히 살펴보니 진짜 숨을 쉬고 있었다. 그리고 숨을 쉬면서 뿌연 안개를 토해내고 있었다. 마치 살아있는 동물의 입이 움직이면서 기침을 하는 것처럼 보였다.

"유레카. 유레카, 바로 안개문이에요."

수리가 펄쩍펄쩍 뛰었다.

모두의 얼굴에 환한 미소가 번졌다. 눈물을 흘리며 기뻐하기도 했다. 7자매의 동굴 중 가운데 있는 동굴은 마치 격자 문양의 아치 형태의 문이었다. 그것은 수리가 늘 꿈에서 보던 것과 똑같았다. 수리는 너무나 감격스러웠다.

"그래, 그건 꿈이 아니었어. 꿈이 아니었어. 골리 선생님. 전 잠을 잔 게 아니에요. 우리 괜히 학교에서 나왔나 봐."

수리는 감격의 눈물을 흘렸다.

하지만 기쁨도 잠시 난쟁이 마법사 치크의 전사들이 그들을 둘러쌌다. 치크의 군대가 수리와 사비 그리고 마루 외에도 스페니투스와 에이프들, 도베와 주먹 쥐고 불끈들을 모두 꽁꽁 묶었다.

"이곳은 나만이 알고 있는 장소였다. 그리고 앞으로 아무도 모를 것이다. 아니 이제 비밀의 장소가 아니겠군. 곧 지구는 사라질 테니까."

난쟁이 마법사 치크가 조용히 입을 열었다.

침착하고도 무거운 목소리였다.

"지구는 멸망하지 않아. 당신은 사기꾼 정치인들과 똑같아. 마치 당장이라도 세상이 멸망할 것처럼 말하면서 사람들을 현혹

하지... 맹종의 마법이야. 그렇지? 지구가 멸망한다는 건 새빨간 거짓말이야."

수리는 전혀 기죽지 않았다.

하지만 치크는 함부로 흥분하지 않았다. 그의 큰 키와 하얀 백발은 함부로 무시할 수 없는 위엄이 서려 있었다.

"글쎄 늙는다는 것이 무엇인지 모르는 너희 어린 것들이 지구의 종말이 어떤 건지 알 수 있을까? 그런데 말이야. 늙는다는 것이 꼭 나쁘지만은 않아. 지혜가 생기더라니까. 후후후..."

치크는 아주 침착했다.

"당신은 고대 마야인들의 희망을 죽여 왔잖아요? 갓난아기들과 어린아이들을 죽여 왔잖아요? 바로 그게 지구의 종말을 불러온다는 거 모르세요? 아이들이 사라지는 건 희망이 사라지는 거예요. 그게 바로 멸망이죠."

사비의 확신에 찬 말투였다.

치크는 사비의 말에 내심 큰 충격을 받았지만 표정을 드러내지 않으려고 애를 썼다.

치크는 수리와 사비, 마루 그리고 모두를 테테오난으로 끌고 갔다. 테테오난을 뒤덮고 있는 광활한 만년설 땅엔 그동안 치크가 준비해 온 비행체 키니친이 즐비했다. 모두 52대였다. 그 비행체 키니친의 모습에 모두 정신이 팔려있었다. 그건 감동적인 순간이었다. 뭔가 가슴이 뭉클했다.

"앗. 아빠다."

수리가 반가움에 소리를 질렀다.

사비와 마루도 아빠를 발견했다. 비행체 키니친 옆에 세 아빠들이 서 있었다. 세 아이들은 세 아빠들에게 손을 흔들었다. 하지만 아직도 아빠들은 아이들을 알아보지는 못했다. 세 아이들은 아빠가 살아있다는 것만으로도 행복했다.

"아직 마지막 암호를 풀지 못했다. 그걸 오늘 너희들이 풀지 않으면 저기 있는 너희 아빠들은 살아남지 못할 것이다. 만약 암호를 푼다면 내가 너희를 세 아빠들과 함께 바깥세상으로 보내 주겠다. 약속한다."

치크가 무거운 목소리로 말했다.

세 아이들은 서로 쳐다보았다.

아무도 암호를 알지 못했다.

"수리, 네가 암호를 풀 수 있어. 너 자신을 믿어!"

도베가 수리에게 힘을 주었다.

"수리, 케찰코아틀... 네가 바로 그 암호다."

스페니투스도 수리를 북돋웠다.

수리는 정말 답답했다. 암호를 알지도 못했고 풀 자신도 없었다.

그때 먼 하늘에서 녹색의 점 하나가 가물가물 보였다. 점점 커지면서 가까이 다가왔다. 바로 녹색뱀 토라위스카르반텍이었다. 녹색뱀은 날개를 한껏 퍼덕이며 수리 쪽으로 날아왔다. 세 아이들을 비롯해서 도베와 스페니투스 모두 기쁨의 함성을 질렀다. 녹색뱀 토라위스카르반텍의 목에 걸린 옥수수수염은 더 길어져 있었다. 녹색뱀이 수리 앞에 와서 멈추더니 정중하게 고개를 숙였다. 수리도 역시 고개를 숙였다. 갑자기 수리의 등이 미친 듯이 가렵기 시작했다. 그러더니 잠시 후 몸이 찢어지는 통증이 시작되었다. 견딜 수 없는 아픔이었다. 참을 수 없을 정도였고 수리는 얼굴이 일그러지며 소리를 질러댔다. 순간 수리의 옷이 찢어지며 등에서 찬란한 빛줄기가 힘차게 터져 나왔다. 너무도 눈이 부셔서 모두 손으로 눈을 가렸다. 그 빛줄기는 사방으로 퍼져나갔다. 놀란 건 사비와 마루뿐만이 아니었다. 스페니투스도 도베도 주먹 쥐고 불끈들도 에이프들도 놀랐다. 치크는 믿을 수 없다는 듯이 눈을 크게 뜬 채 멍한 표정이 되었다.

"아니야... 아니야... 그럴 리 없어..."

치크는 계속 주절거렸다.

수리의 몸이 붕 뜨기 시작했다. 공중부양과 흡사했다. 수리의
등은 하나의 태양을 만들었다. 그때 하늘에서 다섯 개의 태양
이 나타났다. 다섯 개의 태양은 예전처럼 희미하지 않았다. 그
어느 때보다 강렬했고 빛줄기도 찬란했다. 모두 탱탱하게 살아
서 춤을 추듯이 이글거렸다. 다섯 개의 태양이 일렬로 섰다. 그
리고 마지막으로 수리의 등에서 강한 빛줄기가 뻗치더니 다섯
번째 태양 다음 자리에, 여섯 번째 태양 자리를 비추었다. 그러
자 무너진 태양의 지하에서 눈을 감고 있던 파칼 왕의 두 개의
눈알이 깨어났다. 두 개의 눈알은 발광하며 기다란 빛줄기를 쏘
았다. 그 빛줄기가 태양의 여섯 번째 자리를 정확히 가리켰다.
완벽하게 여섯 개의 태양이 되었다. 누가 시킨 것도 아닌데 모
두 무릎을 꿇었다. 사비와 마루도 무릎을 꿇었다. 그건 일식이
었다. 여섯 개의 태양이 일직선에 놓이는 것은 에메랄드빛 지구
의 운명으로는 단 한 번뿐이었다. 이건 기적이었다.

녹색뱀 토라위스카르반텍의 목에 걸려 있던 옥수수수염이
다시 페라필라가 발광하는 것처럼 반짝거리며 전기뱀장어처럼

빛을 내기 시작했다. 그 영롱한 빛이 모든 사람 위에 차분히 내렸다. 모든 사람을 포근히 덮었다. 치크는 그 빛을 받으며 울고 있었다.

"그럴 리 없어. 그럴 리 없어. 수리는 케찰코아틀이 아니야..."

치크는 계속 울었다.

인정하고 싶지 않았다.

그때였다. 52개의 비행체 키니친에 그려져 있던 그림 돌판의 그림에서 종잡을 수 없는 빛이 보이기 시작했다. 그리고 그림 돌판 중앙에 있던 한 남자가 몸을 구부리며 비행체를 운전하는 희미한 모습이 점점 뚜렷해지고 있었다. 그 남자의 모습은 바로 수리였다. 바로 수리가 마지막 암호였다. 비행체 키니친의 문이 드디어 열리기 시작했다. 그리고 저절로 시동이 걸리기 시작했다. 그때 하늘에서 콘도르와 키넬이 내려앉았다. 콘도르에서 챤이 내렸다. 얼굴은 이미 행복으로 가득 차 있었다.

"콘도르가 땅에 내려앉았어... 정말 케찰코아틀, 구원자가 오신 거야. 수리가 구원자야. 수리가... 수리가..."

사비의 두 뺨에 눈물이 주르르 흘렀다.

"그럼 그게 전설이 아니었어? 예언이었던 거야? 아니지... 이건 단순한 예언이 아니야. 신의 계시야."

마루는 수리를 다시 쳐다보았다.

"내 친구, 대단해!"

마루는 엄지손가락을 치켜세웠다.

"독수리가 자유로워지리라... 콘도르는 단 한 번도 땅에 내리지 못하고 불편하게 날기만 했어. 케찰코아틀이 나타날 때까지... 케찰코아틀이 나타나면 비로소 땅에 내려앉는다고 했지... 나도 전설인 줄 알았어... 근데 아니야... 예언인 줄 알았어... 근데 아니야. 역시... 그건 신의 계시였어. 모든 걸 과학으로는 설명할 수 없어."

사비는 계시에 압도되어 있었다.

콘도르와키넬의 발바닥에 붙어있던 씨앗 하나가 땅을 파고들었다. 땅에서 연둣빛 새싹이 자라고 풀이되고 나무가 되었다. 그리고 열매가 주렁주렁 달리기 시작했다. 그건 전설의 포도나무였다.

그때 어디선가 노랫소리가 들려왔다. 그러나 혼자서 부르는 노래가 아닌 아름다운 합창이었다.

"에메랄드 비가 내리고

꽃들이 태어나네...

그대여 독수리처럼 자유로우리

대홍수가 땅을 휩쓸고 나면

하짓날 방패가 태양을 가리키리라..."

하늘에서 에메랄드 비가 내리기 시작했다. 그리고 꽃들이 태어나기 시작했다. 순식간에 땅은 수천수만 개의 꽃들로 가득 차 버렸다. 만년설은 다 녹아 버렸다. 그리고 죽음의 숲에 살던 로즈버드, 아이들이 나타났다. 처음으로 죽음의 숲을 나온 아이들, 로즈버드들의 모습은 해맑았고 천진난만했다. 행복 그 자체였다. 천국의 모습이었다. 다시 살아서 돌아온 자들의 존엄이 있었다.

"수리! 넌 가짜야! 저 비행체의 남자는 진짜 파칼 왕이다. 그리고 그 파칼 왕이 저 비행체를 만들다가 외계인들에게 죽음을 당하셨다... 이건 너희 같은 인간이 만든 게 아니야. 위대한 파칼 왕이 만드신 거야. 넌 가짜야. 가짜라고..."

치크는 절규했다.

그때 수리가 땅으로 내려왔다. 수리의 등에 있던 태양은 이제 하늘에 걸려 있었다. 수리는 치크 앞으로 걸어왔다. 수리가 걸을 때마다 땅에선 꽃과 풀이 새로운 연둣빛으로 돋아났다.

"파칼 왕이 바로 당신이 알고 있는 스페니투스와 에이프 종족이었어요. 그가 당신들에게 글을 가르치고 농사짓는 법을 가르치고 달력을 만들게 하고 피라미드를 만들었어요. 바깥세상에 사는 사람들은 이 모든 걸 외계인이 만들었다고 추측했지요. 하지만 그건 자신들이 오래전 외계인이었다는 걸 모르고 한 말이에요. 그들도 맹종의 마법에 걸려 있거든요. 기억하지 못하는 것이죠. 과거를 기억하지 못하죠. 보세요. 바로 인간, 모든 인간이 외계인이에요."

수리는 자비로운 말투였다.

"그렇다면 더더욱 너희들을 용서할 수 없어. 난 지구를 떠날 것이다. 새로운 행성에 가서 새로운 문명을 만들고야 말겠어."

치크는 마지막 몸부림을 하고 있었다.

그는 비행체 키니친으로 달려갔다. 하지만 어느 사이 와있던 고대 마야인들은 치크를 막아섰다. 치크는 당황했다. 잠시 후 치크는 모든 걸 포기하는 마음으로 고개를 수리 쪽으로 돌렸고 그의 눈에는 고대 마야의 역사가 파노라마처럼 스치고 지나갔다. 그러더니 수리에게 무릎을 꿇었다, 모두 환호성을 질렀다.

"내일이면 하짓날입니다. 그럼 안개문이 열릴 것입니다. 우리
는 바깥세상으로 돌아갈 겁니다. 우리 모두 같이 가요."

수리가 모두에게 말했다.

하지만 그때 반인반용 챨츄가 조심스럽게 다가왔다. 그의 시
뻘건 눈은 이제 검은빛으로 바뀌어 있었다. 완전한 악마였다.
반인반용 챨츄는 검은빛 눈으로 녹색뱀 토라위스카르반텍을
쳐다보았다. 그렇게 서로 한참을 쳐다보았다. 반인반용 챨츄는
시커먼 흑암의 눈으로 노려보았지만 녹색뱀은 자비롭고 온화
한 눈빛으로 쳐다보았다. 모든 걸 용서하려는 마음이 포개지고
포개진 눈빛이었다. 곧 반인반용 챨츄의 몸이 쪼개지기 시작했
다. 그의 몸이 쪼개지면서 조각조각 벗겨지며 그 허물이 하늘로
날아갔다. 그리고 마지막으로 남은 모습은 또 다른 에이프의 모
습이었다. 그때 치크가 비명을 지르며 앞으로 뛰쳐나갔다.

"어머니..."

치크는 어린아이처럼 울부짖었다.

모두들 치크를 보았다. 치크가 평생 쓰고 있던 가면이 벗겨졌
다. 그도 에이프 종족이었다. 반인반용 챨츄의 몸에 갇혀 있는
에이프가 바로 치크의 어머니, 희망을 죽이는 마녀였다.

"어머니, 단 하루를 살아도 인간의 땅에서 인간으로 살고 싶습니다. 어머니, 이제는 저를 놓아주십시오. 어머니!"

치크는 엉엉 울었다.

"왜지?"

희망을 죽이는 마녀의 목소리는 극도로 건조했다.

"희망 없이 사는 건 지옥입니다. 어머니! 그리고 더 이상 아이들을 죽이고 싶지 않아요. 어머니..."

치크의 울음은 그칠 줄 몰랐다.

"희망도 시작이 있으면 끝이 있는 법이지. 너도 이제 죽을 때가 됐구나."

희망을 죽이는 마녀는 무자비했다.

순간 희망을 죽이는 마녀는 수많은 촉수를 꺼내 치크를 단번에 거두어 갔다. 치크는 전혀 반항하지 않았다.

"안 돼. 치크를 놔줘."

사비가 울면서 외쳤다.

"바로 당신 같은 모습 때문에 치크는 인간을 증오했어. 왜 자신의 아들을 이렇게 만들었어? 엄마로서의 모정도, 인간으로서의 사랑도 없는 거야? 치크가 불쌍하지도 않아?"

사비는 울면서 말했다.

"하하하! 하하하!"

희망을 죽이는 마녀가 미친 듯이 웃기 시작했다.

그러더니 갑자기 웃음을 그쳤다.

"우주는 늘 스스로 균형을 맞추지... 희망이 있으면 절망도 있는 게 그 이치야. 절망하지 않으려면 희망이 없는 게 나을 수도 있어."

희망을 죽이는 마녀는 이상한 논리를 펼쳤다.

그리고 치크를 안고 사라졌다. 치크는 사라지면서 자기가 붙잡아 둔 챤의 영혼을 돌려주었다. 치크의 몸에서 연기와도 같은 하얀 비단실이 빠져나왔다. 그 비단실은 챤의 몸으로 옮겨졌다. 챤의 몸에 하얀 비단실이 쏘옥 들어갔다. 그러나 그 실은 끊어지지 않았다. 난쟁이 마법사 치크는 챤을 영원히 놓고 싶지 않았다. 그건 챤에 대한 집착이 아니라 사랑이었다.

어느덧 치크는 스스로 그 하얀 비단실을 끊어 버렸다. 챤은 다시 영혼을 되찾았고 챤의 입술은 붉은색으로 돌아왔다. 챤은 점점 키가 작아지더니 더 아기가 되었다.

"엄마!"

챤은 아기처럼 엄마를 불렀다.

마리는 챤을 포근하게 껴안았다.

수리가 웃었다. 사비도 마루도 웃었다. 챤은 난쟁이 마법사 치크가 떠난 하늘을 보았다. 챤의 눈빛이 아련했다. 이슬이 맺혔다.

"내가 진짜 파칼 왕, 진짜 케찰코아틀이라면... 챤, 난 너에게 자유를 주겠어. 넌 이제 영원히 자유야. 난 그 누구도 지배하지 않아."

수리는 챤의 손을 잡았다. 챤의 손은 따뜻했다.

그때 바닷가에서 이상한 신호음이 계속 울렸다. 마리가 타고 왔던 경비행기에서 모르스 신호음이 송출되고 있었다.

'12/20 3:15 메이데이 메이데이. 구조 신호 접수했다. 곧 구출하러 가겠다. 좌표는 확인되었다 기다려라. 로저.'

수리는 바다가 우는 소리를 들었다. 파도가 철썩이는 소리가 아니라 동물이 포효하는 소리와 같았다. 갑자기 많은 비가 내리기 시작했다. 그 빗방울 속에는 하얀 솜 같은 것이 담겨있었다. 비는 폭우로 바뀌어 갔다. 하늘이 바다가 되고 그 바다가 열린

것 같았다. 오늘이 고대 마야인들이 말하는 안개문이 열리는 하
짓날이라고 하기에는 걱정스러운 날씨였다.

난쟁이 마법사 치크가 희망을 죽이는 마녀에게 잡혀갔으니
수리가 고대 마야인들을 이끌 수밖에 없었다. 수리는 모든 사
람들을 이끌고 7자매의 동굴에 도착했다. 그런데 동굴 근처는
이상하게도 비가 전혀 내리지 않았다. 7자매의 동굴은 마지막
산고를 치르고 있는 여인네처럼 고통스러워하고 있었다. 거친
숨을 토해내며 바동거리고 있었다. 7자매의 동굴이 뿜어내는
안개의 양은 아직은 미미했다. 7자매의 동굴 앞에는 작은 제단
이 마련되어 있었다. 의식을 치르기 위한 신성한 장소였는데 데
오디와칸이라고 불렀다. 신들의 집합 장소라는 뜻이었다. 고대
마야의 위대한 예언자 칠람발람에 의하면 지구는 5126년을 주
기로 사멸과 재생을 반복한다고 했다. 위대한 뱀의 왕 마하우
간을 맞이하는 의식을 치러야 했다. 마하우간은 녹색뱀 토라위
스카르반텍의 어머니이자 모든 고대 마야인의 어머니였다. 결
국 파칼 왕의 어머니이고 케찰코아틀의 어머니이기도 했다.

고대 마야인들은 오랫동안 사람의 살아있는 심장을 제물로 바
쳐왔다. 사람의 깨끗하고 싱싱한 피를 바쳐야만 태양이 다음날

떠오른다고 강하게 믿었기 때문이다. 하지만 수리는 살아있는 사람의 심장을 도려내는 일은 할 수 없었다. 수리는 깨끗하고 싱싱한 아이들, 로즈버드들의 희망을 바칠 생각이었다. 태어나자마자 죽을 운명이었으나 죽지 않고 살아난 운명의 아이들, 희망의 아이들이었다. 갓 난 로즈버드부터 십 대 후반의 로즈버드들까지 모든 아이들이 신성한 제단 데오디와칸에 바쳐졌다. 아이들은 노래를 부르기 시작했다.

"에메랄드 비가 내리고
꽃들이 태어났다...
그대여 독수리처럼 자유로우리
대홍수가 땅을 휩쓸고 나면
하짓날 방패가 태양을 가리키리라..."

노래가 시작되자 7자매의 동굴에서 신음소리가 터져 나왔다. 멀고 먼 옛날, 시간의 저편에서 흘러나오는 듯한 신음소리는 모두에게 낯선 두려움을 안겨 주기에 충분했다. 아이들의 노랫소리는 점점 고조되었다. 그리고 노래가 절정에 달할 무렵, 7자매의 동굴에서 사람들의 뼈다귀가 튀어나오기 시작했다.

그 뼈다귀는 오래전 시발바로 떠난 아이들의 작고 여린 뼈다귀들이었다. 고대 마야인들이 먼저 무릎을 꿇었다. 도베와 주먹 쥐고 불끈들도 무릎을 꿇었고 스페니투스와 에이프들도 무릎을 꿇었다. 갓난아기들의 영혼이 구원되는 순간이었다. 아이들, 로즈버드들은 노래를 부르며 눈물을 흘렸다.

15. 지구의 종말?

　7자매의 동굴 밖에선 여전히 하늘의 문에서 쏟아져 내리는 비가 바다를 흥분시켰고 바다는 참지 못하고 그동안 갇혀 있던 물을 밖으로 토해냈다. 단 한 번도 파도가 치지 않던 바다는 거친 격랑이 일었고 그 격랑은 해일이 되었다. 해일이 시작되면서 바다에 그림처럼 떠 있기만 하던 중세의 선박들이 7자매의 동굴 앞까지 흘러서 왔다.

　또한 바닷가에 추락했던 비행기들도 7자매의 동굴 앞에 떠밀려 왔다. 이제 바다는 높이 치솟아 올랐다. 수백 수천 미터의 산이 되었다. 이제 고대 마야의 땅을 삼킬 시간이 된 것이다. 바다는 죽음의 숲을 밀어내면서 7자매의 동굴 앞까지 도착했다. 하지만 고대 마야의 바다는 지구의 운명을 바꿀 수는 없었다.

수백 수천 미터의 파도는 그 높이를 유지한 채 그대로 멈추어 버렸다. 마치 7자매의 동굴을 보호하고 있는 모양새였다.

로즈버드, 아이들의 노랫소리는 에메랄드 비를 내리게 했다. 하늘에서 에메랄드가 비가 쏟아져 내렸다. 7자매의 동굴 밖은 폭우가 쏟아지고 7자매의 동굴 앞은 에메랄드 비가 내렸다. 에메랄드 비가 내리자 그 비를 맞은 땅에서 수백 수천 수만 가지의 꽃들이 만개하기 시작했다. 드디어 때가 된 것이다. 그때 저 멀리 녹색뱀이 보이기 시작했다. 녹색뱀 마하우간이 오신 것이다. 마하우간은 그의 아들 토라위스카르반텍과 많이 닮았으나 얼굴은 사람 여자의 얼굴을 하고 있었다. 마하우간은 머리에는 케트살이라는 새를 얹고 있었고 목에는 머리가 두 개 달린 뱀을 두르고 있었다. 그리고 목에는 빛나는 옥수수수염을 감고 있었다. 그 옥수수수염은 바로 에메랄드로 만들어진 것이었다. 마하우간이 수리에게 고개를 숙였다. 7자매의 동굴에서 엄청난 양의 안개를 뿜기 시작했다. 그 안개가 얼마나 대단했던지 앞이 안 보일 정도였다. 사비와 마루는 이 놀라운 광경에 도취되어 있었다. 마리는 챤을 품에 안고 기쁨의 눈물을 흘리고 있었다. 갑자기 7자매 동굴의 거친 숨소리가 멈추었다.

일순 정적에 쌓였다. 그때 하늘에 다섯 개의 태양이 다시 나타났다. 그 태양은 희미한 윤곽을 보여주는 것이 아니라 너무나 뚜렷하고 명확했고 찬란했다. 모두 탄성을 질렀다. 그리고 잠시 후 마지막 여섯 번째 태양이 그 웅장한 모습을 드러냈다. 그때 수리가 자신의 등을 만져보았다.

"앗. 태양이 없어졌어."
수리는 자신의 등을 자꾸 만져보았다.
수리의 등에 존재했던 태양이 사라져 버렸다. 수리는 그제야 자신의 등에 담고 있던 태양이 바로 칠람발람이 예언한 여섯 번째 태양이라는 것을 알게 되었다. 수리는 사비를 쳐다보았다. 사비가 모든 걸 다 알고 있다는 표정으로 고개를 끄덕였다. 수리는 마루도 쳐다보았다. 마루도 고개를 끄덕였다.

그사이 몰려든 고대 마야인들은 주문을 외우기 시작했다. 모두 두 손을 모으고 기도를 올리며 울고 있었다. 지구 종말의 날이 다가왔다. 드디어 2012년 12월 21일이 되었다. 그때 7자매의 동굴은 아주 큰 숨을 들이마시며 사람들을 흡수하기 시작했다. 먼저 로즈버드들이 7자매의 동굴 속으로 빨려 들어갔다. 눈 깜짝할 사이였다.

그때였다. 하늘에서 내리는 에메랄드 비를 마시고 비로소 정신을 차린 세 아빠들이 나타났다. 세 아빠들은 눈이 휘둥그레진 채 사방을 둘러보았다. 그리고 자신들의 아이들 수리, 사비, 마루를 보고 깜짝 놀라는 표정을 지었다. 세 아이들에게로 곧바로 달려왔다. 수리와 사비, 마루는 아빠들을 껴안고 기뻐서 덩실덩실 춤을 추었다. 비로소 가족을 찾았다. 그들의 포옹은 아름다웠다. 챤과 마리가 수리에게 다가왔다.

"수리 형, 고마워. 형이 아니었으면 아마 난 죽었을지도 몰라. 아니 그건 괜찮아. 엄마랑 같이 살지 못했을 거야. 고마워. 나에게 가족을 만들어 줘서."

챤은 진심으로 고마워했다.

저 멀리서 폭음이 들렸다. 폭탄이 터지는 소리 같았다. 헬리콥터의 프로펠러 소리도 들리는 듯했다. 전투기 소리도 들리는 듯했다. 사람들이 웅성대며 소리를 질렀다. 갑자기 혼란스러워졌다.

"드디어... 지구의 종말이 시작됐다."

누군가 소리쳤고 사람들은 우왕좌왕했다. 갑자기 어수선한 분위기가 됐다. 그들은 누구랄 것도 없이 서로 먼저 7자매의 동굴 앞에 가기 위해 난리법석이었다. 그야말로 아비규환이었다.

"아빠, 빨리요. 빨리 떠나세요."

수리가 재촉했다.

"... 네가 먼저 가야지. 네가 먼저 가라. 어서."

아빠는 고개를 저었다.

"아빠, 전 이제 아빠의 아들 수리이기도 하지만 고대 마야인들이 믿고 따른 케찰코아틀이에요. 이런 위험한 순간에 나 몰라라 하고 먼저 갈 수는 없어요. 부탁해요. 절 믿어주세요. 저도 곧 집으로 갈게요."

수리는 단호했다.

"아빠, 저도 수리와 같아요. 물론 아빠를 찾기 위해 여기까지 왔지만 이젠 이 사람들을 놔둔 채 나만 먼저 살겠다고 그냥 갈 수는 없어요. 가서 엄마를 보살펴 주세요."

사비도 마찬가지 이야기를 했다.

"저도 똑같아요. 수리와 사비와 함께할래요. 엄마 마음 좀 달래주세요."

마루도 어른스럽게 말했다.

수리와 사비, 마루의 결심은 확고했다. 세 아빠들도 어쩔 수 없었다. 수리가 아빠에게 약병을 하나 건넸다.

"에메랄드 비가 내릴 때 받아 두었어요. 모리에게 주세요. 다시 말할 수 있을 거예요... 가장 먼저 내 이름을 불러 주었으면 좋겠는데... 모리에게 꼭 안부 전해주세요. 수리 형이 곧 돌아간다고요."

수리는 눈물을 글썽였다.

아빠는 수리의 손을 꼭 잡았다. 더 이상 지체할 시간이 없었다. 에메랄드 비가 그치고 있었다. 안개문이 금방 닫힐지도 몰랐다. 세 아빠들과 챤 그리고 마리가 떠나려는 순간, 챤이 수리에게 다가왔다.

"수리 형."

챤은 애틋했다.

"날 받아줄 수 있어?"

챤은 수줍어했다.

"무슨 소리야? 챤? 널 받아달라니..."

수리는 되물었다.

"우리 가족으로 받아줄 수 있냐고?"

챤은 간절한 눈길로 수리를 보았다.

"챤, 우리는 만났던 그 순간부터 이미 가족이었어."

수리는 만면에 웃음을 띠며 챤을 안아 주었다.

"먼저 가서, 내 동생 모리와 놀고 있어. 형이 준 게임기 갖고 있지? F1 게임하고 있으란 말이야. 알았지?"

수리는 챤의 이마에 키스를 했다.

"모리가 에메랄드 약을 먹고 말할 수 있다면, 너와 아주 좋은 친구가 될 수 있을 거야."

수리는 챤의 이마에 또 키스를 했다.

챤이 수리를 껴안았다. 세 아빠들과 챤과 마리는 안개문 앞에 다가갔고 안개문은 순식간에 그들을 빨아들였다. 그들은 그렇게 떠났다.

"지구에 종말 같은 건 절대로 오지 않습니다. 걱정하지 마세요. 제 말을 믿고 따르세요."

수리는 흥분한 고대 마야인들에게 큰 소리로 말했다.

순간 에메랄드 비가 그쳤다. 거짓말처럼 뚝 그쳤다. 모두 겁먹은 눈으로 하늘을 쳐다보았다. 녹색뱀 마하우간이 허물을 벗고 있었다. 벗은 허물은 아름다운 녹색 비단이 되어 너울을 만들었고 그 너울은 땅에 떨어지며 연둣빛 싹을 돋우고 꽃을 피웠다. 수많은 이름 모를 새들이 날아들었고 이름 모를 동물들이 쌍쌍이 다가와 서로 사랑을 나누며 얼굴을 비벼댔다.

"여러분 난, 12박툰 19카툰 16툰 10위날 6킨, 그러니까 마야의 하늘이 열린 지 1,870,766 독수리날, 녹색뱀, 금성의 신을 안고 태어난 수리입니다. 여러분의 케찰코아틀입니다."

수리가 외쳤다.

그때 하늘의 기류가 바뀌며 데오디위간으로 몰려들었고 녹색뱀의 형상을 한 구름이 대각선으로 데오디위간으로 내려왔다. 마지막 종착점에 바로 녹색뱀이 있었다.

"녹색뱀 마하우간이 허물을 벗으면서 새로이 부활했습니다. 이건 끝이 아니라 새로운 출발입니다. 위대한 예언자 칠람발람은 지구의 종말이 아니라 지구의 재탄생을 예언한 것입니다. 인간의 탐욕은 지구를 멸망이라는 위험에 빠트렸지만 결국 인간의 희망이 지구를 구한 것입니다. 우리는 희망을 잃지 말아야 합니다."

수리는 스스로가 자랑스러웠다.

엄청난 양의 안개를 내뿜던 7자매의 동굴에서 안개문이 입을 닫았다. 동굴은 이제 동굴이 아니었다. 그냥 커다란 산이었다. 입구도 출구도 없었다. 고대 마야인들은 비탄에 빠졌다. 자신들은 구원받지 못할 거라는 두려움 때문에 슬퍼하고 있었다.

"하늘을 보십시오. 어서요. 절망하면 안 됩니다."

수리가 모두에게 외쳤다.

모두 하늘을 쳐다보았다.

"하늘에 태양이 여섯 개 떠 있습니다."

수리는 감격했다.

"태양은 이제 완벽하게 여섯 개입니다. 이건 바로 우리에게 종말이 오지 않는다는 확실한 증거입니다. 이제 태양은 절대 사라지지 않습니다."

수리는 고대 마야인들에게 희망을 주려고 했다.

그런데 폭우가 끊겼다. 밀려왔던 중세의 선박들도 다시 밀려가고 떠밀려 왔던 비행기들도 다시 떠나갔다. 그리고 마지막으로 수백 수천 미터짜리 파도의 절벽도 물러갔다. 저 멀리 움키밀 산이 차곡차곡 주저앉고 있었다. 만년설은 녹고 용암의 강은 연둣빛 물이 흐르고 있었다.

그때 바깥세상 사람들의 말소리가 들리기 시작했다. 그 목소리는 고대 마야인들의 목소리는 아니었다. 하늘이 울렁거리기 시작했다. 뭔가 울컥 울컥하는 울리는 느낌이었다. 그러더니 갑자기 펑 하며 폭발하는 소리가 나면서 하늘이 열렸다. 크리스털 돔이 터지는 소리였다. 고대 마야인의 세상을 완벽하게 감춰주고 있던 크리스털 돔이 터졌다. 그리고 그 하늘로 바깥세상에서 건너 온 전투기들이 보이기 시작했다. 바깥세상에 사는 지구인들이 고대 마야인들을 습격해 왔다.

"키니친을 찾으러 가자."

누군가 외쳤다. 고대 마야인들은 우르르 몰려가기 시작했다.

수리가 그들을 막아섰다.

"우리는 우리의 지구를 지켜야 합니다. 그러니까 침착해야 합니다."

수리는 그 어느 때보다 의연했다.

고대 마야인들과 스페니투스와 에이프들 그리고 도베는 테테오난으로 빨리 떠났다. 키니친을 찾아야 했다. 키니친을 찾아서 지구인들과 싸워야 했다. 수리는 이런 어이없는 현실이 이해가 되지 않았다. 우리는 같은 인간이라고 말하기도 전에 지구인들은 총부리부터 들이댔다.

수리는 사비, 마루와 함께 테테오난을 향하면서 바다를 지나쳤다. 바다는 움직이고 있었다. 출렁이는 파도가 있었다. 뚫린 하늘로 멀리 바깥세상의 지옥도가 보였다. 총소리가 났고 폭탄 터지는 소리가 났다. 시커먼 연기가 피어오르며 사방이 불길이었다.

"저것 봐, 수리야."

사비가 하늘을 가리켰다.

"지금 바깥세상은 암흑이겠네... 바로 오늘이 그날이야."

수리는 착잡했다.

태양의 흑점 활동이 늘어나면서 태양풍이 몰아치고 있었다. 태양은 N과 S 극이 11년마다 바뀌었다. 태양풍이 불면서 지구의 발전소가 멈추고 모든 기계들이 멈추고 정전이 되고 산불이 났다.

세 아이들은 드디어 테테오난에 도착했다. 광대한 만년설 위로는 아직 52대의 키니친이 도열해 있었다. 때맞춰 지구인의 공격이 거세지기 시작했다. 포격을 가하기 시작했다. 모든 키니친들은 그 모습을 감추었다. 스텔스 기능을 갖추고 있는 키니친은 어떤 레이더에도 잡히지 않았다. 이제 키니친은 싸울 준비를 갖추었다. 자기를 구하고 지구를 구하기 위한 출정을 위해 수리의 명령만을 기다리고 있었다.

그때 난쟁이 마법사 치크가 불현듯 나타났다. 완전한 백발의 노인이었고 허리마저 구부정했다.

"난 백발을 얻는 대신 현명함을 얻었다."

치크는 목소리도 노인이었다.

"우리 모두가 외계인이자 지구인이다. 우리는 싸우면 안 된다. 이 전쟁을 막아야 한다."

도베가 소리를 질렀다.

"우리를 무조건 죽이려 하고 있잖아요? 보고도 그런 말을 하는 겁니까?"

스페니투스는 흥분한 채 외쳤다.

"우선 원인을 찾아서 해결해 볼 생각을 해야 합니다."

도베는 엄중했다.

"... 네... 맞습니다. 이 모든 잘못의 시초는 우리에게 있습니다. 우리가 가서 그들을 설득해 보겠습니다."

스페니투스가 다시 소리쳤다.

"가면 죽어요. 죽일 거예요. 가지 마세요."

수리가 스페니투스를 말렸다.

"이제껏 모든 정부들이 외계인의 존재를 부인했어요. 실제로 외계인과 만났었고 그들의 시체를 간직하고 있지만 그들은 그것조차 부인했습니다. 아마 가면... 실험실로 직행하게 될 거예요."

수리는 다시 한번 스페니투스를 말렸다.

"그래. 수리 너의 말도 맞아. 난 싸우고 싶지 않아. 더 이상 비극을 만들고 싶지 않아... 그렇다면 무슨 방법이 있을까..."

스페니투스는 수리의 말에 굴복했다.

"왜 그들은 외계인의 존재를 부인하는 거예요?"

사비는 궁금했다.

"그들의 탐욕은 자신보다 월등한 존재를 절대 인정하지 않는다. 그들의 탐욕은 끝이 없지. 우주를 정복하고자 하는 그들이 쉽게 인정할 리 없지. 모두가 잘 사는 정복이 아니라 일부만 잘 사는 정복이거든. 그건 희망이 아니라 탐욕이다. 하지만 난 이제 알게 됐다. 탐욕과 희망은 전혀 다르다는 것을."

치크는 현명한 현자로 변해 있었다.

수리는 처음으로 치크에게 따뜻한 시선을 보냈다.

"저들은 이 땅에 황금이 가득하다는 것을 알고 있다. 그래서 온 것이다. 이 땅에서 사라진 인간들을 구하러 온 것이 아니야.

아직 모르겠어?"

치크는 다시 한번 강조했다.

"황금을 가지러 왔다고요? 그 황금을 얻기 위해서 살육을 한단 말이에요?"

사비는 믿기 힘들었다.

"그래. 물론 모든 지구인이 그러는 건 아니다. 몰지각하고 탐욕에 찌든 일부이지만... 그 일부가 막강한 권력을 갖고 있어서 문제지... 그게 문제야."

치크는 작은 한숨을 내쉬었다.

그때 갑자기 모두가 옆으로 쏠리면서 쓰러졌다.

"아앗! 이건... 지구의 자전축이 바뀌는 건가 봐요. 이곳은 존재하기도 하고 존재하지 않기도 해서 우리가 몸으로 느낄 수 있는 거 같아요!"

사비가 비명을 질렀다.

"2만 6천 년마다 한 번씩 지구의 자전축은 바뀌어요. 그럴 때마다 여름과 겨울의 계절도 바뀌는데 바로 지금인 것 같아요."

사비는 눈빛을 빛내며 말했다.

"그래. 맞아. 예언은 종말이 아니라, 경고였어. 지구는 우리에게 경고하고 있는 거야. 맞아."

수리가 뭔가 깨달았다는 듯이 말했다.

"맞아. 그거였어. 우리에겐 아직 희망이 남아있어. 마치 판도라 박스 안의 모든 것이 다 쏟아져 나와도 희망만이 살아남았던 것처럼 말이야."

마루는 손뼉을 치며 말했다.

"어서 가세요. 고향으로 가세요. 스페니투스, 도베도 함께..."

수리는 인사를 했다.

스페니투스와 에이프들 그리고 도베와 주먹 쥐고 불끈들이 키니친에 탑승했다. 그들은 싸우고 싶지 않았다. 자기를 지키기 위해서 고향으로 가야 했다. 키니친이 떠오르기 시작했다. 하늘로 떠오르며 허울을 벗은 키니친의 모습은 완벽하게 미확인 비행물체 UFO의 모습을 하고 있었다.

"놀라워. 키니친 말이야. 투명하고... 가자미 모습이기도 하고 아니 장어 모습이기도 하고. 순간순간 그 형태가 변하고 있어. 살아있단 말이야..."

수리는 자신이 꿈속에서 보았던 비행체가 키니친이라는 걸 확인했다.

지구인들 전투기의 작동이 문득 멈추었다. 조종사들이 낙하산으로 탈출하기 시작했다. 그들은 고대 마야의 땅으로 떨어졌다. 아까 바닥에 떨어졌던 에메랄드 비가 다시 하늘로 오르기 시작했다. 하늘로 높이 올랐다가 다시 땅으로 떨어졌다. 그러면서 자신의 연둣빛 에메랄드 몸을 마구 터트렸다. 마치 옥수수 강냉이가 터지듯이 톡톡 터졌다. 에메랄드 속에 갇혀 있던 하얀 눈이 내리기 시작했다. 수천수만 년 동안 여름만 계속되던 고대 마야의 모든 땅에 하얀 겨울눈이 내리기 시작했다. 이제 모든 과거의 죄악을 덮고 모두가 구원받을 시간이었다. 수리와 사비, 마루는 하얀 눈을 맞았다. 다시 태어나는 듯했다. 그토록 갈망하던 변화의 시간이었다. 재탄생의 시간이었다.

"아치문이야."

수리는 반가웠다.

세 아이들은 그 문을 뚫어지게 쳐다보았다. 그 아치문엔 덤불 속의 염소 한 마리가 그려져 있었다. 염소가 손을 흔들었다. 수리와 사비, 마루도 손을 흔들었다. 그와 동시에 세 아이들은 아치문으로 빨려 들어갔다.

난쟁이 마법사 치크는 그 모습을 보고 있었다.

"잘 가라... 수리..."

치크는 인사를 했다.

돌아서서 길을 떠났다. 테테오난의 비밀연구소 원더 아래에는 깊은 지하 감옥이 있었다. 감옥에는 희망을 죽이는 마녀인 자신의 어머니가 갇혀 있었고 반인반용 챨츄도 갇혀 있었다. 치크는 어머니와 챨츄를 직접 가두었다. 스스로에게 벌을 내린 것이다.

치크는 죽음의 숲으로 들어섰다. 진실의 거울을 들여다보았다. 진실의 거울 속의 비친 모습은 바로 챤이었다. 치크는 웃었다. 진실의 거울 속으로 뚜벅뚜벅 걸어 들어갔다.

고대 마야의 땅은 이제 고요해졌다. 다시 크리스털 돔이 고대 마야 땅을 덮었다. 여섯 개의 태양이 고대 마야 땅을 돌고 있었다. 고대 마야의 땅은 크리스털 돔으로 완벽하게 위장한 거대 풍선으로 허공에 붕 떠 있었다.

지구인들은 종말을 맞이하지 않고 새해를 다시 시작하는 것에 감사하며 자축하고 있었다. 신문 가판대에는 '버뮤다 트라이앵글에서 군대와 전투기가 사라지다.'라는 기사가 1면을 장식하고 있었고 사라진 세 명의 아이들, 수리, 사비, 마루의 사진이

실려 있었다.

　수리 엄마와 사비 엄마, 마루 엄마는 앞에 나타난 남편들을
보고 입을 다물지 못했다. 행색이 거지나 다름없었다. 게다가
찬과 마리를 보고 있자니 부아가 치밀었다.

　"이제 여자가 생긴 거예요? 애까지 낳았어요?"

　수리 엄마는 수리 아빠와 이혼한 것도 잊고 부들부들 떨었다.

　"아니야. 아직 상대가 누군지 확실하지 않아. 과연 누구일까?"

　사비 엄마는 사비 아빠를 무섭게 노려보았다.

　"난... 아니야... 아니 그런 게 아니라..."

　사비 아빠는 버벅거렸다.

　"난 아니야? 그럼 당신?"

　마루 엄마가 마루 아빠를 잡아먹을 듯이 째려보았다.

　"난 아니라니까... 사정이 있어. 상상하는 그런 거 아니야... 말
좀 들어봐."

　마루 아빠는 당황한 채 제대로 말도 하지 못했다.

　"의심을 안 할 수밖에 없는 게... 너무 예쁘잖아요? 안 그래요?"

　수리 엄마는 마리의 미모에 질투가 났다.

　"하하하... 맞아... 그런데... 이분은 그런 분이 아니야. 하하하."

수리 아빠는 웃기만 했다.

"여보... 당신 정말 너무하네... 아이들 소식은 묻지도 않고..."

사비 아빠는 사비 엄마에게 야단치듯 따졌다.

"... 그래요... 그럼 먼저... 흠... 아이들 잘 있어요?"

수리 엄마가 미안한 표정을 지으며 물었다.

"그래. 잘 있어. 우리 아이들이 여기 있는 모두를 구했어. 정말 자랑스러워. 자랑스럽다고..."

수리 아빠는 입에 침이 마르게 칭찬했다.

"지금 어디 있어요?"

사비 엄마가 물었다.

"응?... 그게... 그러니까..."

사비 아빠는 말을 더듬었다.

"어디 있어요?"

마루 엄마의 목소리가 높아졌다.

"그게... 그러니까..."

마루 아빠는 대답하지 못했다.

"아무도 몰라요."

마리였다.

세 엄마들은 모두 마리를 보았다.

"지금 고대 마야를 탈출해서, 다른 곳으로 갔을 거예요."

마리는 세 엄마들을 안심시키려고 했다.

"다른 곳 어디요?"

수리 엄마가 물었다.

"그건 아직... 몰라요. 하지만 안심하셔도 돼요. 제 말 믿으세요. 그리고 전 나이가 아주 많아요. 안 믿으시겠지만... 남편분들이 바람핀 거 절대 아니에요."

마리는 최선을 다해서 설명을 했다.

수리 엄마와 사비 엄마, 마루 엄마는 좀 누그러지는 듯했다. 하지만 완전히 의심을 푼 건 아니었다.

"엄마... 아빠... 수리 형..."

모리였다.

"모리가?... 말을 하다니..."

수리 엄마는 눈물을 흘렸다.

모리를 품에 안았다.

"수리가 준 약이야... 하하하..."

수리 아빠가 약병을 보여주었다.

"그리고 또 선물이 있어."

주머니에서 에메랄드 하나를 꺼내서 보여주었다.

"어머. 에메랄드..."

사비 엄마는 놀라서 까무러칠 뻔했다.

"에메랄드 비가 내릴 때, 주머니 속으로 들어갔나 봐... 팔거나 하지 마. 세 아이들이 살아있다는 증거니까. 나중에 내 말을 이해하게 될 거야."

수리 아빠, 사비 아빠, 마루 아빠는 환하게 웃었다.